煤まみれの騎士
V
美浜ヨシヒコ
ILLUST —— fame

シグと呼ばれるこの男の本名、シグムンドは、親から与えられた名ではない。

路上生活の中、いつの間にかつけられていた名である。

確か、どこかの酒場の名を適当に振られただけと本人は記憶しているが、定かではない。

名すら親から与えられなかった男。

裕福な家に生まれたロルフとは対極の子供時代であった。

あの貧民窟の奥、廃材で出来た住処。

そこに居た時シグは、誰に顧みられることも無い存在だった。

世界の片隅で潰えるだけの、一粒の芥であるはずだったのだ。

そんな彼が今、世界を変える戦いに参加している。

ロルフと共に。

そして、そうとは口にしないが、ロルフと共にある時、シグは今までの人生に無い感情を感じていた。

楽しいのだ。
このロクでもない世界。
唾棄すべき世界。
それを変えるべく戦っている。
そして実際、眼前で世界は変わりつつある。

STORY

知勇ともに優れた神童・ロルフは、十五歳の時に誰もが神から授かるはずの魔力を授からなかった。

彼の恵まれた人生は一転、男爵家を廃嫡、さらには幼馴染のエミリーとの婚約までも破棄され、騎士団では"煤まみれ"と罵られる地獄の日々を送ることになる。

しかし、ロルフは磨き上げた剣技。膨大な知識による機転。そして、折れることのない不屈の精神で、絶望的な戦況を変えてきた。

それでも、ロルフへの冷遇は変わることはなく……。ロルフはとうとう、あらぬ冤罪で第五騎士団を追放されてしまう。

魔族領に隣接する辺境へと派遣されたロルフ。そこで彼は、自分と同じ"煤まみれ"と蔑まれる魔族の奴隷少女・ミアと出会う。

ミアと過ごす毎日で、ロルフの中にあった疑問は、やがて強い決意へと変わっていく。

本当に魔族とは、滅ぼすべき邪悪なのだろうか。この罪なき子供は、なぜ悲しみを強いられているのか。

王国の騎士たちによる非情な魔族の蹂躙。終わることのない侵略と抗争。

その戦火の中で、ロルフは魔力を断裁する漆黒の剣、"煤の剣"を手にした。

神に棄てられた"煤まみれ"は、この理不尽な運命に抗うべく、魔族とともに――。

「ロンドシウス王国を倒す」

CONTENTS

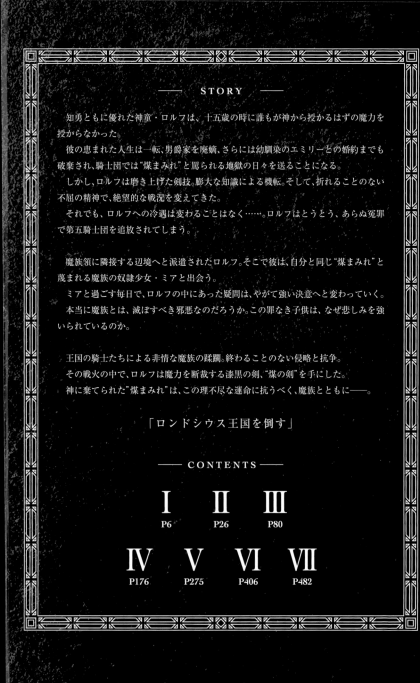

煤まみれの騎士 V

美浜ヨシヒコ
ILLUST―― fame

I

水音と共に、水飛沫《みずしぶき》が舞い上がります。

飛沫は陽光を反射して、きらきらと散っていきました。

水が光を湛《たた》える光景は、きまって美しいものです。

ですが私の目により美しく映るのは、その水飛沫を上げて力強く泳ぐ、二人の男性の姿です。

全力で泳ぎ続ける彼らからは、訓練にかける真剣な意気込みが伝わってきます。

水泳を訓練に採り入れる方は珍しくありません。

偏った負荷をかけずに筋肉を鍛えることが出来るうえ、心肺能力の向上にも繋《つな》がるのです。

当然、水場が無いと出来ないので、やりたくてもやれないケースは多いと聞きます。

ですがこのヘンセンには水泳に適した大きな池があり、この種の訓練も可能なのです。

今日は泳ぐには肌寒いのですが、あの二人には関係が無い様子。

ロルフさんに言わせると、水が冷たい方が精神が引き締まるのだとか。

高い訓練効果を得るために適切な気温も必要だということは、彼にも分かっています。

ただ、どうやら彼は、頑健な精神を保つことに重きを置いているようです。

ですが精神論を他者に強要することはありません。あくまで自身の考え方として、心の強さを重要視しているのです。

訓練中、彼の表情は真剣そのものです。

そして、後ろを泳ぐシグさんも真剣です。

彼は、訓練には真摯な態度で臨みます。地道な日々の研鑽《けんさん》を厭《いと》う人ではないのです。

失礼ながら、少し意外でした。

強い人には、やはり相応の理由があるということなのでしょう。

シグさんには、このヘンセンに来るまで泳いだ経験が無かったそうです。

それで、ロルフさんが訓練で泳いでいるという話を聞くに及び、興味を示したのです。

「いいじゃねーかそれ。俺も付き合うぜ」

そう言って、初めて水に入ったシグさんでしたが、ロルフさんから簡単な指導を受けただけで、たちまち泳げるようになってしまいました。

少し遅れつつも、しっかりロルフさんに付いていってます。

激しく水を巻き上げる大きなフォームには、無駄が多いようにも見えますが、あれがシグさん流なのでしょう。

実際、初めてとは思えないほどに、凄《すご》いスピードで泳いでいきます。

やがて二人は大きな池を往復して泳ぎ切り、水から上がってきました。

ぜえぜえと、荒い息遣いが聞こえます。

私はこちらへ歩いてくる二人の、その見事な体軀《たいく》に目を奪われました。

ロルフさんの体は、大きく重厚です。

まるで巨木のよう。

花や動物が自然と寄り添ってくるような、周りのすべてから頼りにされる、まっすぐ立った深緑の巨木です。

それでいて、鋼鉄と見紛《みまが》うような筋肉は、強力な大剣を思わせもします。

ロルフさんが大剣なら、シグさんはさしずめ剝《む》き身《み》の匕首《あいくち》です。

がちりと引き締まった全身は、何やら凄みをはらんでいます。

いつかの遠征で、竹林に見た虎を思い出しました。

彼の筋肉の脈動は、危険な肉食獣のそれと同じなのです。

「モニカ」

二人の体に共通しているのは、幾つもの古傷に彩られているという点です。

そこにある歴戦の重みが、肉体に強烈な存在感を与えています。

そしてその体の美しい隆起。そこへ走る血管。

彼らからは、得も言われぬ艶《なま》めかしさを感じるのです。

「モニカ」

古来より、多くの芸術家が裸体に美を見出《みいだ》してきたことにも頷《うなず》けます。

彼らの肉体は、宝石のような高貴さを持つ一方で、生命が内に秘める激しい炎の存在も感じさせるのです。

鍛え上げられた体は、かくも尊いものなのかと、興奮を禁じ得ません。

つい、熱い息が漏れてしまいます。

私の目を釘《くぎ》づけにしたまま、二つの肉体はどくどくと脈打っていました。

水に濡《ぬ》れたそれは、とても官能的です。

そして上気し、ほんのりと桜色に染まる様は、どこかコケティッシュでさえあります。

触れたくなる衝動に駆られるのです。

「ねえちょっと」

まったくもって、けしからぬ肉体です。

あのように挑発的な造形美が二つも。

それが、訓練後の激しい息遣いに上下しているのです。

由々しき事態と言うほかありません。

やはり直接触って、色々と確認しなければならないでしょう。

「グへへへへ」

「モ、モニカ!?」

「あら、リーゼさん。いかがなさいました?」

気がつけば、隣にリーゼさんが立っていました。

彼女は上官ですが、私を姉のように慕ってくれています。

私も年上の女性として、見本であろうと常より心がけているのです。

私たちは戦場に身を置く者ですが、かと言って女性としての自分を見失うべきではありません。淑《しと》やかさ、繊細さ。そういったものを、私から学んで欲しいのです。

「えっと……大丈夫？」

「？　何がですか？」

怪訝《けげん》な目でこちらを見つめるリーゼさん。

よく分かりませんが、最近の激務で彼女もお疲れなのでしょう。

私も、もっとサポートしてあげなければなりませんね。

「リーゼも来てたのか」

「服着なさいよ」

近寄るロルフさんから目を逸《そ》らし、すげなく着衣を促すリーゼさん。

水泳は普通、全裸か肌着のみで行いますが、この二人はちゃんと肌着を着けています。

なので恥ずかしがることもないのですが、リーゼさんには目の毒のようです。

かわいらしいことですね。

「トーリさんたち、もう来てるわよ」

タリアン領での会戦、そしてバラステア砦《とりで》の再奪取から、六か月が経過していました。

ロルフさんたちは、あの戦いのあと友誼《ゆうぎ》を結んだ人間の有力者と、今日、対話を持つことになっているのです。

「でも約束は午後からでしょう？　慌てなくても大丈夫ですよ」

そう言って、二人にタオルを手渡しました。

ロルフさんは丁寧に、シグさんはぶっきらぼうにお礼を言って、体を拭き始めます。

二人の体の表面を流れる水滴が拭い去られていき、美しい肉体が陽光の下に現れます。

訓練を経て、より美を増した肉体です。

私はそれを、この目で堪能《たんのう》するのでした。

◆

俺たちはアルバンの屋敷《やしき》に、トーリを迎えていた。

彼は茶色い髪と口髭《くちひげ》を持った細身の中年男性。そして、人間だ。

六か月前の戦いで陥落せしめたタリアン領。

そこに本拠を持つローランド商会は、王国最大の商会として知られている。

向かいに座るトーリは、その商会の会長なのだ。

また、あの戦いの中でタリアンから救ったアイナの、父親でもある。

そのアイナと、同じくタリアン邸に捕らわれていたカロラが、随行してトーリの横に座っていた。

対してこちらはアルバンと数名の文官。そして武官は俺とリーゼだ。

ほかの高級武官は任務中。フォルカーもアーベル総督の任に戻っている。

「ではトーリ殿。タリアン領の参事会も問題なく回っていると？」

「左様ですアルバン様。アーベルというモデルケースがあったのも活《い》きました」

旧ストレーム領では、人間たちで構成された参事会を置いて、統治にあたらせていた。

魔族による直接統治は当面避けている。

そして新たに奪取したタリアン領でも、同様の手法を採ったのだ。

「私もそうですが、実利的な考えを持つ者たちは、貴方《あなた》がた魔族への差別意識が比較的低く、協力的です」

まあ私の場合はもはや王国が嫌いというのもありますが、と続けるトーリ。

実際、彼は進んで俺たちに協力してくれていた。

「ここしばらくの小康状態のおかげで、こちらも地固めが出来ました」

トーリがそう言うとおり、ここ最近は大きな戦いが起きていない。

六か月前、俺たちがタリアン領を落とした後、そのタリアン領から東に少し離れたアルテアン領も陥落した。

落としたのはレゥ族という氏族だ。

王国は立て続けに領土と、多くの将兵を失った。第三騎士団半壊の憂き目にも遭っているのだ。

彼らには、国内を安定させるのに時間が必要だった。

また俺たちとしても、新たに得た領地の運営を軌道に乗せるため、時間が欲しかった。

結果、この数か月、俺たちと王国は睨《にら》み合《あ》い、互いを牽制《けんせい》したまま内政に注力している。

この間、参事会の取りまとめのほか、諸々《もろもろ》に協力してくれたのがトーリなのだ。

彼の実務能力は群を抜いていた。

ローランド商会会長の肩書は伊達《だて》ではないようだ。

「それと、イスフェルト領の動向ですが、やはり予想されたとおりです」

トーリは、次の戦場と目されるイスフェルト領についても報告する。

あそこは王国のみならず、ヨナ教にとっても重要な地だ。

教団も王国に同調し、厳戒態勢を敷いているらしい。

いよいよ次の戦いが近いということだ。

この数か月、大きな戦いは起きていなくとも、各地での散発的な戦いは続いている。

俺たちヴィリ・ゴルカ連合や、アルテアン領を落としたレゥ族のほか、多くの氏族が大陸中で戦っているのだ。

そして魔族を殲滅《せんめつ》すべしという王国の国是も変わらない。

戦いが終わる気配など無く、むしろ現在の小康状態は、これから先に待ち受ける激しい戦いを予感させるものだった。

それを裏付けるような、イスフェルト領内での軍事行動の活発化について、トーリから情報が共有される。

その報告を受けながら、俺たちは今後の対応を話し合った。

「その関係で、アルテアン領の件でも報告が。アイナ、頼む」

「はい会長」

父トーリの指示を受け、アイナが返事をする。

ちらりと俺を見ると、こほんと一つ咳払《せきばら》いし、それから報告を始めた。

「目されたとおり、かの地には王国への地下抵抗運動《レジスタンス》の存在が確認されました」

「やはりか」

アルバンが、腕組みをしてそう言った。

反体制派はいずれの世にも存在するが、アルテアン領に一定以上の規模を持つ抵抗組織が存在することを、彼は予測していたのだ。

「領主が有能でも清潔でもなかったうえ、あそこは元々、独立独歩の気風が強いからな」

「仰《おっしゃ》るとおりですアルバン様。私も商会の仕事で、このカロラと共に何度か赴いたことがありますが、反骨の気質が強い土地です」

アイナがそう言うと、横に座っていたカロラが頷く。

それから、その言葉を引き継いで言った。

「反体制派は、アルテアン領の傭兵《ようへい》ギルドと繋がっているようです。ギルド長がそのリーダーと目されます」

「だとしたら、戦力としても期待出来るわね。上手《うま》く同調出来ればだけど」

リーゼの言《げん》を、皆が首肯した。

魔族と人間の協力関係には、まだまだ課題が残るが、こうしてトーリたちとは肩を並べることが出来ている。

以前から期待しているとおり、誼《よしみ》を結ぶこと可能なはずだ。

そんな思いを肯定するように、アイナが言う。

「同調に向け好材料はあります。フリーダが件《くだん》のギルド長と親しいのです」

「ほう、ロルフと旧知という、あの傭兵か」

「彼女、顔が広そうだもんね」

アルバンとリーゼも、前回の戦いのあと、フリーダと顔を合わせている。

ここに居るトーリらと同様、フリーダも王国への嫌悪が強く、そのぶん俺たちと連携することに抵抗を示さなかった。

おそらく、彼女のような人物をもってしても、魔族への不信はまだゼロではないと思う。

だが共にあるうちに、きっと良《い》い関係を作っていける。

そして彼女が反体制派のリーダーと親しいのは僥倖《ぎょうこう》だ。

そういったことが重要なのだ。

紡いだ縁が次の縁を繋ぎ、環《わ》を大きくしていくのだから。

「しかし、地下抵抗組織などというものがよく見つかりましたね」

「まあ、事実上、地下組織ではなくなっていますから」

文官の一人が呈した疑問にアイナが答える。

彼女の言うとおりだ。

アルテアン領はレゥ族によって陥落し、王国領ではなくなっている。

地下に潜って活動する必要は無くなっているのだ。

そのレゥ族も、次のイスフェルト領の戦いに参加することになっている。

魔族軍は大兵力になる見込みだ。

だが、敵も大きい。

イスフェルト領には、済生軍と呼称される、ヨナ教団の私兵集団がいるのだ。

強力で、その数は騎士団一つ分と同等か、それ以上と目されている。

そして間違いなく、王国も騎士団を出してくる。

現在は、魔族が戦勝を重ねて領土を切り取っているが、実際のところそれは、王国のごく一部を削《そ》いだだけだ。

今なお王国は強大である。

むしろ、敵が本腰を入れてくるのはこれからだ。

ヨナ教団の重要拠点であるイスフェルト領を守るために、王国が出してくる騎士団は、おそらく……。

「ロルフ様」

思考に沈む俺を、トーリの声が引き戻した。

見ると、細身の紳士は、向かいで穏やかな表情を浮かべていた。

「怖い顔をしておられますな」

「む……失礼しました、会談中に。次の戦いの大きさを思い、つい考え込んでしまいました」

「ずいぶん正直な将軍様ですな。そこで謝罪する方など、人間の国にはあまり居られませんよ」

「魔族にも居ないけどね、こういうのは」

リーゼの言葉に、皆が笑声をあげる。

その声に緊張がほぐれるのを感じた。

今度の戦いは、俺が経験した過去のどの戦いよりも大きなものになる。

だが、きっと大丈夫だ。

俺は胸に勝利を誓うのだった。

◆

会談ののち。

トーリの望みで、俺たちはヘンセンの町並みを見て回っていた。

驚いたことに、トーリは誰も随行させず、一人で残った。

信頼を表すためであろう。

それに報いるため、こちらも俺とアルバンだけだ。

また、俺たちとしても、彼だけに話したいことがあったので、都合が良かったのだ。

俺とアルバンは、その〝話したいこと〟を彼に告げた。

「神疏《しんそ》の秘奥にそのような裏があったとは……」

「推測を含む話ですが、しかし、いま言ったとおり――」

「ええ。筋が通っている。頷ける話です」

沈痛な面持ちで、俺たちの話を受け止めるトーリ。

頭の回転が速い彼は、秘奥による思想誘導や、それが女神への信仰心と結びついていることについて、よく理解してくれた。

「信教は統治の手段としてごく一般的です。それは良い。良いが……しかし、これは」

苦虫を嚙《か》み潰したような顔を見せるトーリ。

そこには怒りや屈辱が見て取れる。

「信仰心の薄い唯物主義者たちに、魔族への差別意識が低く見られるのには、そういう理由もあったのですね。私もその一人だ」

「そうなります」

先進的な商人であるトーリは、強い唯物主義者であり、実利主義者だ。

信仰からは、かなり離れたところに居る。

「その事実にこちらが気づいていることは、可能な限り秘匿しなければなりませんね」

「そうだ、トーリ殿。だから貴方だけに話したのだ」

アルバンとしても、部下たちを信頼している。

リーゼ含め、皆に秘密を作りたくはないだろう。

だが、この件はそういうわけにもいかないのだ。

「分かりました。それで、話してくださったのは私を信頼したからだと考えてよろしいのですか？」

「俺はトーリ殿を信じます。ただ、アルバン殿。貴方はどうだろうか」

俺はアルバンにそう質《ただ》した。

これから先、いよいよ大きな戦いが始まっていく。

互いの信頼について、この場でハッキリさせておかなければならない。

「ふむ。際どいところを突いてくるじゃないか。言いたいことは分かる」

腕組みをして、重々しく口を開くアルバン。

やや言い辛《づら》そうにしながらも、しっかりとトーリを見て言った。

「実のところ、まだ確信に至っていないのだ。我々には歴史がある。良くない歴史が。ロルフのことは信じたが、新たに現れるそれ以外の人間も同じように信じ続けられるかというと、そこはやはり難しい」

隠さず、胸の裡《うち》を話すアルバン。

トーリは優れた人品の持ち主で、しかも彼の協力は俺たちにとって得難いものなのだ。

手を結ぶべき相手であるはずだ。

だが、それが分かっていても、割り切れぬものがある。

長い対立の歴史は、そう簡単には乗り越えられない。

そもそも俺も、未だ信頼を積み重ねる途上にあるのだ。

「トーリ殿。貴方にはヨナ教の教えへの拘泥が無く、思想誘導の影響も低い。それは分かる。分かるが……」

アルバンは武官あがりだ。

戦って信を得ようとした俺に対しては、まだ理解を示せるものがあったのだろうが、商人が相手となると難しいのかもしれない。

それを知ってか、トーリはアルバンに正面から向き直った。

相対《あいたい》するアルバンとはまるで逆の、細身で柔和な印象の男だが、気圧《けお》される様子は無い。

会長は、ああ見えて凄い胆力なんですよ。一流の傭兵であるフリーダも舌を巻くほどです。

とは、アイナの言《げん》だ。

「私は、借りを返す機会を頂きたいのです。商人ですから、貸し借りには敏感なのですよ」

「……ふむ」

「この私には、無限に近い負債がある。お分かりでしょう」

負債とは何のことだろうか。

俺には分からないが、アルバンは何かに思い至ったようだ。

腕組みしたまま、トーリを見つめ、そして言った。

「商人としてではなく、父として道を選んだと言われるか。だが、部下である商会の者たちへの責をどうお考えなのか」

「なに。商会としても、貴方がたと結ぶのが最良と考えておりますので」

トーリがそう言うと、アルバンはしばし考え込んだ。

それからゆっくりと俺の方を向き、伝える。

「ロルフ。トーリ殿は、娘たちを救ってくれた恩に報いたいとお考えのようだ」

借りとはそういうことか？

だが、あれは……。

「トーリ殿。タリアン邸への攻撃は、俺たちにとっても必要なことでした。それにバラステア砦の危機に気づけたのも貴方がたのおかげで……」

「タリアン邸でのことだけではありません。その前の一件についても、感謝しているのです」

アールベック邸でのことか。

一応秘密なのだが、あの一件に俺が関わっていたことを、彼は知っているようだ。

「ああ、一応申し上げますが、アールベック子爵の事件を解決する際に貴方が関わったことは、娘たちからは聞いておりません」

「そうですか。それでも俺の関与を知るに至ったと。さすがに凄い調査力をお持ちですね」

「ん？　ああ、いや。調査なんかしてませんよ」

「え？」

「お前が口止めをしたのなら、あのフリーダという傭兵とて誰にも話してはいまいよ。調査して分かることでもあるまい」

「そのとおりです。ですが娘たちが以前からロルフ様を知っていて、しかもそこに只《ただ》ならぬ恩があることは、彼女らの顔を見れば分かりますから」

「そういうものですか」

俺がやや戸惑う横で、アルバンが得心したように頷いている。

人の親にとっては理解出来る話であるようだ。

「ですので、私は貴方と貴方のご友人に、全面的に協力しようと決めたのです。娘たちをあんな目に遭わせた王国に、もはや忠誠はありませんしね」

俺にそう言ってから、アルバンへ手を差し出すトーリ。

「理だけではなく恩讐《おんしゅう》で動く私という男を、信じてみては頂けませんか？」

差し出された手を見つめるアルバン。

それからしばしの間を置いた。

そしてゆっくりと手を出し、決意したようにトーリの手を握る。

「分かった。今後ともよろしく、トーリ殿」

雪解けは、こうやって少しずつ進んでいく。

わだかまりは大きく、一朝一夕では無くならない。

だが、皆の不断の努力で、少しずつ、少しずつ両者の距離は縮まっていくのだ。

◆

「む？　あれは何ですか？」

それからしばらく町を歩き、この地の文化を視察してもらう。

その最中《さなか》、トーリは軒先へ干された敷物《しきもの》に興味を示した。

「何……とは？　絨毯《じゅうたん》だが」

「ちょ、ちょっと触らせてもらって良いですか？　…………おお、この毛足と密度《ノット》。これは……！」

この地の手織りの技術は優れており、絨毯などは特に美しいと俺も思っていた。

ただ商売になるかというと、俺に分かるはずも無い。

トーリはその絨毯を撫《な》でながら目を輝かせている。

「良いですね！　こういうものは人間社会でも大いに喜ばれますよ！」

「そうなのか？　我々にはよく分からないが」

興奮するトーリに、やや困惑しつつ答えるアルバン。

それに構わず、トーリは捲《まく》し立《た》てる。

「どんどん物を流通させましょう。こういう優れた品を使って、両者の文化に理解を深めるのです！」

ローランド商会にとって、現王国領との取引続行はやはり難しく、商圏の縮小が見込まれた。

だが、本拠である旧タリアン領での活動は続行出来るし、旧ストレーム領や旧アルテアン領でも商売が可能だ。

そこに加えトーリは、今までまったく未開であった魔族領に商機を見出している。

「アルバン殿。今でもヘンセンとアーベルの間には物流があるんですよね？」

「ああ。限定的だが、香辛料などは売買されている」

「それをもっと広げましょう！　いやあ、ワクワクしてきましたなあ！　壁を壊しましょう！」

壁を壊す。彼はそう言った。

両者間で文化や産物を流通させ、壁を取り払おうというのだ。

「前向きなお考えだが、相手への嫌悪が先立つなかで、そう上手くいくだろうか？　ロルフはどう思う？」

「俺には経済に類する話は分からないが、トーリ殿は逆と仰りたいんじゃないだろうか」

「そうです！　仲が悪いから交われないのではなく、交わることによって仲の悪さを解消すると考えるのです！　大丈夫！　どんなに不仲でも、経済的結びつきはそれとは別です！　まずは結びつくことですよ！」

それは俺にも分かる。

軍事よりも政治が、政治よりも経済が、より多くの人に作用するのだ。

まして敵は、軍事、政治、経済のいずれにも作用する、信仰というワイルドカードを使ってきている。

こちらとしては、戦い以外の打てる手も、すべて打たなければならない。

それに際し、やはりローランド商会という味方の存在は、極めて重要だ。

「むっ!?　あの木工細工、よく見せてください！」

少年のようにはしゃぐトーリ。
それを見て、俺は自然と相好を崩していた。
そして、俺が愛してやまぬ馬乳酒もいけるのではないかと密《ひそ》かに思うのだった。

Ⅱ

「また、純軍事的な兵力増という点を抜きにしても、戦術的見地において、人間との協力関係は有効と言える」

何度目かの、議会への出席。

こうして人前で話すのにも、だいぶ慣れてきた。

周囲からの視線に含まれる俺への敵意も、幾ばくか薄れている。

徐々にだが、信頼は獲得出来ていると見て良いだろう。

タリアン領での戦勝も評価されているようだ。

「つまり、他種族からの多面的な物の見方が加わることで、戦術に幅が広がるということだ。一例を挙げると――」

アルテアン領に確認された、王国への抵抗組織。

かなりの規模であるらしく、次の戦いへ向けて彼らとの協調が検討されている。

今日は、その点について合議しているのだ。

こういったことも、将軍である俺にとって大切な仕事である。

「実際、参謀職に他国の将官を招き入れるケースも戦史には散見され――――」

だが、この種の仕事のあとは、何か自身が剣から遠ざかるような不安を感じてしまう。

やはり俺は、剣を取って自ら戦ってこその男なのだ。

こういう日は、決まって訓練の量が増える。

おそらく今夜も、いつもより多く剣を振ることになるだろう。

◆

「ロルフ、お疲れさま！」

議事が終わり、議場から吐き出される人波の中、話しかけてきたのはリーゼだった。

隣にモニカも居る。

二人も今日の議会に来ていたのだ。

ヘンセンの議会には、武官もよく出入りする。

発言が出来るのは請われた場合のみだが、傍聴は自由だ。

「今日、ミアたち来るんでしょ？　私たちも行くわ」

そう言って、俺と並んで歩き出す。

ミアたちは、この数か月、集落とヘンセンを行き来していたが、本格的にこちらへ移住することが決まったのだ。

あの集落の地下で、エーファと共に子供たちを匿《かくま》っていた年配の女性、イルマ院長。

彼女の養護院をヘンセンで再開する目処《めど》が立ったため、ミアたちもこちらへ移るのである。

住まいは、俺の家のすぐ近く。

あの区画は軍関係者が住む場所なので、ミアには好ましくないと思ったのだが、彼女がその場所を希望したのだ。

まあ、見知った顔が近くに居た方が安心するだろうし、彼女が望むなら異論は無い。

「それにしても、反体制派と協力する件、無事に可決されて良かったですね」

「ああ。あとは、向こうが首を縦に振ってくれるかだが」

「フリーダに期待ね」

今日の議会で、反体制派と手を組むことが可決された。

フリーダが先方のリーダーと親しいため、交渉に向かっている。

戦いの準備は着々と進み、軍の編制も予定どおりに片付きつつある。

あとは、反体制派、および魔族のレゥ族。今回手を組むことが予定されている彼らと、どう協力するかだ。

それについて今後の展望を話し合いながら、俺たちは歩く。

やがて見えてきた俺の家の前には、ミアとエーファが居た。

「済まない。もう着いていたんだな。あがって待っててくれても良かったのだが」

「大丈夫。いま着いたところよ」

そう答えるエーファの横、ミアが上目遣いで俺を見ていた。

確かスモックドレスと言ったか？　ふわりと、ゆとりのあるワンピースに身を包んでいる。

俺と同じように煤《アルガ》まみれと呼ばれていたころからは、ちょっと想像がつかない綺麗《きれい》な格好だ。

俺の方は未《いま》だに、剣を振るたび煤にまみれるが。

「……ロルフ様」

口元に小さな笑みを浮かべている。

ミアが、笑顔を浮かべている。

「ミア。集落からの道中、疲れなかったか？」

「大丈夫、です」

一つ歳《とし》を重ね、十三歳になったミア。

受け答えもずいぶんしっかりしてきた。

嬉《うれ》しいことだ。

子の成長を喜ぶ親の気持ちになる俺だった。

◆

「ん」

「うん？」

「ん」

「ふむ、これは？」

家に入って座るや、ミアがバスケットから皿を取り出し、両手で持って差し出してきた。

これは、パイだろうか？

一口サイズの丸いものが皿に沢山載っている。

「それ、引っ越しのご挨拶よ。このへんでは近隣の家にパイを振る舞うのが風習なの」

「ほう、それは知らなかった」

エーファの説明に得心する俺。

引っ越しの際に何かを振る舞う文化は他にもあるが、パイとは珍しい。

俺は切り分けるタイプのものしか知らないが、何とも可愛《かわい》らしい一口サイズのパイだ。

「ありがとう。いただきます」

そう言って、差し出された皿から一つを手に取り、口に運ぶ。

さくり、と心地よい食感に続き、果物の甘味がじゅわっと広がった。

「む……旨《うま》い。これはかなりのものだ」

「うん。ほんと、おいしい！」

「上手に出来てますね」

リーゼとモニカも賛辞を贈る。

本当に旨い。見事な出来だ。

「色々な果物が入っているんだな。リンゴにブドウ、それから……これはスグリか。俺はこういうのは初めて食べる」

そう言いながら食べ切ると、ミアがにこにこしながらもう一つ差し出してくれる。

遠慮なく受け取り、それをまた口に運ぶ。

「ミンスパイ……干し果物を果実酒に漬け込んだもので作ったパイよ。私も少しだけ手伝ったけど、ミアが殆《ほとん》ど一人で作ったわ」

「本当か。やるじゃないかミア。うん、ぎっしり詰まった果物の旨さが力強い。好きな味だ」

そう言いながら、更にもう一つ貰《もら》う。

それを見ながら、モニカが口を開いた。

「ミアちゃんは、ロルフさんの恋人候補ですね」

とんでもないことを言い出すモニカ。

リーゼの視線に剣呑《けんのん》さが混ざる。

俺のことを小児性愛者だとでも思ったのだろうか。

「ミアは子供だ。そういう話になるわけがないだろう」

さっきまで笑顔だったミアが、不機嫌な表情を見せる。

彼女にとっても、この種の話題は不快だろう。

やはり子供にこういう話は良くない。

子供の感性は、周囲の影響を大きく受けるうえ、不可逆だ。

そのあたり、大人は気を遣わなければならないというのに。

「この子、幼く見えるけど十三歳でしょう？」

「幼くは見えません……」

「いや、だから十三歳は幼いだろう、普通に」

「幼くありません……」

何故《なぜ》か反論を挟むミア。

自身の幼さを否定したがるのは人にとって普通だが、子供がそれをする必要は無い。

あとで教えてやらねばならないだろう。

「ロルフさんとはせいぜい八歳差でしょう？　別におかしくないじゃないですか。私の両親は十四歳離れてますよ」

「年齢差ではなくミアの歳が問題なんだ」

モニカは見た目によらず、破天荒な人物であるようだ。

俺は、頭の中の要注意人物リストに彼女の名を書き加えるのだった。

「では数年後には差し障りが無くなってますね！」

ぽん、と両手を合わせ、得心したかのように破顔するモニカ。

厄介極まりない。

エーファは何やら苦笑しているが、妹が馬鹿なことを言われているのだから、助け舟を出して欲しいものだ。

その横でリーゼが、何かに思い至ったように言い出した。

「シグもアルノーって子に懐かれてるけど、人間には幼児に纏《まと》わりつかれる特性でもあるのかしら？」

「幼児じゃないです……」

先が思いやられる。

戦いを想起させるものからミアを遠ざけるため、一度は離れたが、こうして縁がまた交わった以上、彼女の健やかな成育に寄与してやらねばならない。

周りの大人がおかしなことを言うような環境は良くない。

俺は無理にでも話題を変えることにした。

「ところでエーファ。ヘンセンでの暮らしに不便は無さそうか？　何かあれば頼ってくれ」

「ありがとうロルフさん。今のところ大丈夫よ。支援を受けてこっちでイルマと養護院をやれることになったし、仕事も何とかなりそう」

以前、集落の地下で会った時、俺へのエーファの態度にはかなり険があった。

今はそれが、だいぶ和らいでいる。

バラステア砦でミアを救った結果、俺を認めてくれたようだ。

「あの集落は大事な場所だけど……でも、まあ、帰ろうと思えばいつでも帰れるしね」

生まれ育った場所から居を移すことに迷いはあっただろう。

ましてミアは、まったく意に沿わぬかたちで、かの地から連れ出されたのだ。

ようやく帰れた土地に、思い入れの無かろうはずも無い。

だが、あの集落の生き残りは、ミアのほかは、あの地下に居た人たちだけなのだ。

ほかはもう、一人も居ない。

かの地で生活基盤を得るのは、現実的に言って少々厳しい。

それに、あの集落には慰霊碑も建立され、土地の保全は出来ている。

このヘンセンからは馬で一日の近さだし、エーファの言うとおり、帰ろうと思えばいつでも帰れるのだ。

それならば、周囲に頼りやすいこちらに居た方が良いだろう。

ヘンセンに来たのは正しい判断だと思う。

「いつでも頼ってねエーファ。それと……」

リーゼが居ずまいを正し、エーファに向き直った。

そして真剣な表情で言う。

「あの時、あの敵襲の中、よく逃げてくれました。私たちの不甲斐《ふがい》なさで危機を招いてしまい、申し訳なく思っています。そして、生き延びてくれてありがとう」

礼を述べてから、胸に手をあてて瞑目《めいもく》するリーゼ。

俺とモニカもそれに倣う。

そう。

あの敵襲の中、逃げて生き延びてくれたことが、本当に有り難い。

人々がそうやって諦めずにいてくれることが、何よりの助けになるのだ。

「謝罪とお礼が遅れてしまってごめんなさい。中々ちゃんとした時間が作れなくて」

「そ、そんな、やめて。貴方たちは命がけで助けてくれたんだから」

恐縮して慌て出すエーファ。

それから、ミアの後ろに回り、その両肩に手をあてて言った。

「謝ったりなんかより、ミアのことを褒めてあげて欲しいわ。この子が活躍したんだから」

急に水を向けられ、少し驚いた様子を見せるミア。

エーファの言うとおり、あの時は砦に火を放つというミアの機転が活きた。

王国騎士たちが出火への対応に追われていたから、俺たちが砦に突入する隙が出来たのだ。

「ああ、ミアは賢い。俺は知っていたよ」

言って、ミアの頭に手を乗せる。

リーゼとモニカも、少女に向け微笑《ほほえ》んでいる。

とは言え、建物に火を放つことを褒めるのもさすがにおかしいので、俺は言葉に迷ってしまう。

結果、俺の行動は黙ってミアの頭を撫でるに留まった。

くすぐったそうに目を細めるミアを見て、思う。

胸に宿した自戒のことを。

捨て去った家族との絆《きずな》を都合よくミアに見出してはいけない。

そこは、違《たが》わず自らを戒めねばならないのだ。

ミアはフェリシアの代わりなどではない。

そんなのはミアに失礼だ。

俺はただ約束を守るのみ。彼女がもう悲しい思いをしないで済む未来を作るのみだ。

少女を前に、改めてそれを思うのだった。

◆

「ふぅ……」

池を往復して泳ぎ切り、水から上がる。

だいぶ息も切れなくなってきた。

「はぁ……！　はぁ……！　くそっ！　まだ勝てねえか！」

少し遅れて、シグも泳ぎ切る。

数日前に泳ぎを覚えたばかりの男だが、俺とたいして変わらないスピードだ。

「おいロルフ！　もう一勝負だ！」

「待て。オーバーワークだ。少し休憩を挟まないと、訓練も逆効果だ」

「関係ねえ！」

いや、あるだろう。

シグは訓練にはちゃんと取り組む男だが、しばしば理屈を無視する。

理論への傾倒を忌避したスタイルこそ彼の強みであるとも言えるが、ノウハウを完全に度外視して良いものではない。

ただ、人の振り見て……というやつで、彼を見ていると、俺は自身の省みるべき部分を思い出す。

俺も、怪我《けが》を押して訓練を続ける等、割と理屈に合わないことをやってきたのだ。

根っこの部分で結構似てる、とは、俺たちを評したリーゼの言葉だ。

言われた時はそんなこともあるまいと思ったが、あれは的を射た言葉だったかもしれない。

「よし、休憩終わりだ！」

何でだよ。

まだ十秒ほどしか休んでいない。

やはり、これと似ているというのは納得がいかない。

「てめえ！　失礼なこと考えてやがるな！」

「だからその動物的な勘は何なんだ」

前回の戦い。

ヘンセンから深くタリアン領まで向かい、敵の屋敷を突いた。

その後、王国軍の企《たくら》みに気づき、領境の平原へ向かい、その足でバラステア砦まで取って返し、戦ったのだ。

たいへんな強行軍だった。

にもかかわらず、シグに疲れは見えなかった。

――一度の戦で、あれだけ動き回って暴れたのは初めてだぜ！

終わったあと、彼は楽し気にそう語るのだった。

対して俺はと言えば、さすがに少し疲れてしまっていた。

剣の技術はどれだけ修めても十分とは思えないが、実のところ体力には結構自信があったのだ。

にもかかわらず、その体力において俺は、シグに水をあけられているらしかった。

これではいけないと思い、体力強化に励んでいるのだ。

まあ、結局シグも訓練に付き合っているので、差は縮まっていないかもしれないが。

「おい！　深いほう行くんじゃねえよ！　エマの言うこと聞いとけ！」

「はーい！」

今日は気温が高く、アルノーとその友人たちが水遊びをしている。

エマが見てくれているが、子供たちは活発で、あちこち動き回ってしまう。子供の相手は本当に大変だ。

そのエマが、少し離れたところから、こちらに向けて何かを言っている。

「いらっしゃいましたよ！」

彼女が指さす先、若い男が二人、こちらへ歩いてきていた。

長身ながら、かなり痩軀《そうく》の男と、対照的に、背は低いが肩幅の広い筋肉質の男だ。

いずれも朴訥《ぼくとつ》な顔立ちをしている。

「司令官……いや違った。ロルフさん。それにシグさん」

「今日はよろしくお願いします！」

瘦軀の男がトマス。筋肉質の男がダン。

彼らは人間である。

バラステア砦で、イーヴォという男の息子たちを王国騎士から守った二人だ。

彼らは以前、そのバラステア砦に兵として勤めていた。

つまり俺の部下だった者たちである。

二人は魔族軍への合流を希望してくれた。

最初は、バラステア砦の防衛隊として職を斡旋《あっせん》しようかと思ったのだが、当人たちがヘンセンへの赴任を望んだのだ。

――もし可能なら、いっそ元からの魔族領に住んでみます。折角ですし。

とのこと。

魔族の子供を守るため、剣を取って王国騎士たちを斬り伏せた二人だ。腹は据わっているようだった。

今日は二人の剣術訓練に付き合う約束なのだ。

◆

服を着て、木剣を手に、池のほとりにて訓練を行う。

俺は人に教えるほどのタマではないと思うが、請われれば技術を伝えることに否やは無い。

バラステア砦在籍時、トマスとダンは何度か俺の剣を見ており、そこに倣うべきものがあると思ってくれていたそうだ。

「こうですか？」

二人が上段の構えから木剣を振り下ろす。

二振りの木剣が、びゅごうと風切り音をあげた。

良い剣筋だ。

彼らは、かなり優れた腕前を持っている。

第三騎士団の騎士数名を相手取り、著しく負傷しながらではあるが、子供たちを守り切ったのだ。

その技量は確かなものだと思って良いだろう。

「うん。二人とも、かなり使うな。ただ、意識が剣に行き過ぎているように見える」

そう言って、俺も木剣を上段に構えた。

「肝要なのは、五体の力をロス無く剣に乗せることだ」

振り下ろす。

ふっ……と吐息のような風切り音があがり、木剣は下段でぴたりと止まる。

「え…………」

二人が目を丸くしている。

一振りへ込められた技術に気づけるだけの下地を持っているということだ。

「今の振り、出来そうか？」

「む、無理です」

「すぐには無理だろう。だが、訓練すれば出来るようになる」

「そうでしょうか……？」

「自分らには難しい気がしますが……」

「いや、出来るさ」

そう言って、二人に素振りの手ほどきをする。

一振りごとを丁寧に、しかし数も大事だ。

愚直で反復的な素振りは、最も有効な剣術訓練の一つなのだ。

「ああ、それと二人はプレッシャーで押し込む術《すべ》をもう少し身に着けた方が良い。素振りの大切さを説いたばかりで逆説的なようだが、振るばかりが剣じゃないからな」

「それは前から思ってるんですが、どうにも上手くいかなくて……」

「どう踏み込んでも、相手がプレッシャーを感じてくれないんです」

「おい、ただ構えて踏み込むだけじゃ意味ねえぞ」

「シグの言うとおりだ。敵は肩口の動きや呼吸を見て、こちらの動作を予測する。次の瞬間にも切っ先が動くと思わせることが重要なんだ」

そう告げて、手本を見せる。

俺は二人に向け、木剣を正眼に構えて踏み込んだ。

「う……!?」

彼らはびくりと震えて後ろに退がる。

「訓練と分かっていても、剣が襲いくるように感じられただろう？　相手が高位の剣士であればあるほど、こういった技術が有効になる。覚えるんだ」

「は、はい！」

「よーし、そのへん踏まえて地稽古といこうぜ。二人まとめて来い」

シグが木剣を手に前へ出る。

トマスとダンは、絶望的な表情を見せた。

二人は、シグの実力のほどを知っているが、凶暴性も知っているのだ。

まあ、シグもあまり無茶はしないだろう。

それに彼のような相手との稽古も身になるはずだ。

「お、お願いします！」

二人の木剣の先が震えていた。

◆

シグもあまり無茶はしないだろう。

いったい何を根拠に俺はそんなことを考えたのか。

俺の判断ミスを嘲笑《あざわら》うかのように、ぼろぼろになった二人が横たわっている。

「オラァ！　立ちやがれ！」

「ぜぇ……はぁ……。は、はい……！」

「お、お願いします！」

よろめきながらも立ち上がり、膝をがくがくと震わせて木剣を構えるトマスとダン。

ガッツと向上心がある。

二人とも良い剣士だし、更に良い剣士になれる男だ。

だが、ここで壊されてしまっては元も子もない。

「そこまでにしておこう。続きは後日だ」

「ああ!?　やっと温《あった》まってきたとこだろうが！」

「アルノー。今日の訓練は終わった。シグと遊んで良いぞ」

「わーい！　シグ兄《にい》！　あっち行こうよ！」

「あ、おい！」

アルノーに纏わりつかれ、連行されていくシグ。

それを見送り、俺は二人に向き直った。

「次の戦い。言うまでも無く、王国との戦いだ。トマス、ダン」

「し、失礼します！　上官のお話を遮って申し訳ありませんが、す、座る許可を！」

「も、申し訳ありません！　いつつつつ……」

律儀に許可を求めるトマスとダン。

二人はもはや立っていられず、俺が頷くと、どさりと座り込んだ。

一挙一動ごとに、痛みで顔を歪《ゆが》めている。

見事に全身ぼろぼろだ。

しかし瞳には力があった。

いずれも朴訥な顔立ちの、ひょろりとした男とずんぐりとした男。

この風貌に強さを想起する者は少ないだろう。

だが、優れた剣士だ。

二人は座り込んだまま、ふうふうと呼吸を整えた。

それからしばしの間を置いて、口を開く。

「……ロルフさん、こう続けるつもりだったでしょう。〝手伝って欲しい。だが、強制はしない〟」

「〝しかし俺には君たちのように強い味方が必要だ〟とも言うつもりだった」

「はは。このザマを見てください。自分らは強いですか？」

「強い。気づいていないかもしれないが、あの日、バラステア砦で子供たちを守る決断をした時、君たちは無上の強さを証明した」

「………………」

またも、しばしの沈黙。

二人は考え込んでいる。

胸中で何かを咀嚼《そしゃく》しているように見えた。

「戦いますよ、もちろん。すべきことをするために、ここへ来たんです」

「そうそう。やってやりますよ！」

「ありがとう」

笑い合う俺たちへエマが近づく。

その手に救急箱を持っていた。

「兵隊さん。怪我を手当てしましょうね」

「済まないエマさん。彼らはトマスとダン。王国を出て合流してくれたんだ」

「聞いてますよ。イーヴォさんの息子さんたちを助けてくれたんですよね。みんな感謝してます」

そう言いながら、エマは二人に寄り添って座る。

そして薬瓶と包帯を手に取り、手当てを始めた。

二人は恐縮し、やや戸惑いながら礼を言う。

「あ、ありがとうございます」

「えっと、助かります」

たおやかな指が、優しく、ゆっくりと包帯を巻いていく。

二人が痛みを感じないようにという心遣いが、その指先に感じられた。

「トマスさん、ダンさん。こんなになってまで、人々のために訓練を頑張ってくれて、ありがとうございます」

手当てをしながら、穏やかに微笑むエマ。

それを見つめて、二人は頬を赤らめている。

「あ、あの！　自分はトマスです！」

「ダ、ダンです！」

「ふふふ」

今エマが名を呼んだにもかかわらず、名乗る二人。

一様に頬を赤らめている。

これは興味深い光景だ。

人間の多くは、魔族を性愛の対象とはしない。

だがそれは思想的背景に根差したもので、善悪や美醜についての感性は別に変わらないのだ。

よって、魔族への差別意識を乗り越えた者には、異性愛も生まれ得ると俺は考えていた。

トマスとダンの赤い頬は、それを裏付けている。

もっともエマは人妻で、夫フランクとは、とても良い関係を築いている。

睦《むつ》まじい夫婦仲はつとに有名だ。

気の毒だが、トマスとダンにチャンスは無い。

それをどう伝えたものか、俺は迷うのだった。

◆

ロルフたちが戦いの準備を進めているヘンセンから南へ行ったところに、バラステア砦と旧ストレーム領がある。

そして、その東に隣接するのが、先般陥落したタリアン領。

更にその南に位置するのが、次の戦いの場と目されるイスフェルト領である。

ロルフたちは、そのイスフェルト領を三方面から攻撃しようとしている。

攻撃するのは、ヴィリ族とゴルカ族の混成軍、レゥ族軍、そして人間による反体制派である。

反体制派は、イスフェルト領の東に隣接する旧アルテアン領を本拠としていた。

そのアルテアン領の先代領主は、有名な暗愚であった。

領民の暮らしより、自身の贅《ぜい》を優先させる男だったのだ。

彼は芸術を好み、領の運営よりも、絵画や彫刻の蒐集《しゅうしゅう》に忙しかった。

領民から吸い上げたカネは、そのために使われた。

だが、それを誤った行為とは思っておらず、むしろ自らを芸術の守護者と評していた。

自分は優れた感性を持ち、物の価値を解する男なのだと信じていた。

芸術の保護は為政者の責務であるという建前を、我欲のために拡大解釈しているという事実に、彼は決して気づかなかったのだ。

時おり重い腰を上げて領地運営に乗り出すも、良い結果は得られなかった。

政治においても経済においても、彼にセンスは無かった。

だがそれを恥じることも無い。彼にとって重要なのは芸術のセンスだったのだから。

ある時、造船用の木材に需要があることを知った彼は、領内の山で大規模な伐採を行った。

またぞろ蒐集活動の合間にやる領地運営の真似事《まねごと》か、と周囲は溜息《ためいき》を吐く。

だが、そのうち数名は、泡を食って彼を止めた。

土地の調査もせず、無計画に伐採など行って良いものではないからである。

だが彼は聞き入れず、木々を刈り取った。

果たして翌月、裸になった山で大規模な地滑りが起きる。

折悪《あ》しく、長雨の時期だった。

三桁にのぼる民家と作地が、そこにあった命もろとも土砂に呑《の》まれたのだ。

いよいよ人々の不満は限界を超える。

そんな中、領主は精神に変調をきたして寝込んでしまった。

多くの領民の命を損なったこと。

その結果、ついにすべての支持を失ったこと。

それらは関係が無かった。

彼の屋敷へ収蔵された美術品の多くが贋作《がんさく》であることが判明したのだ。

だが、それを良い機会と、彼の長男が立ち上がった。

そして抜け殻のようになった父に認めさせ、新たに領主となる。
長男はすぐに、土砂災害からの復興に乗り出した。
予算を組み、スケジュールを引き、大規模な対策班を立ち上げた。
中央の支援も取り付けた。
その手腕は確かで、施策は的確かつ迅速だった。
長男は有能だったのだ。
まさに鳶《とび》が鷹《たか》を生んだと、人々は喜んだ。
しかし、災害復興は自然を相手にした事業である。
それは水物であり、思いどおりにいかないのが常なのだ。
実際、復興は、予定との間のズレを徐々に生じさせた。
だが俊才と呼ばれる手合いは、自身の予定が狂わされることを嫌う。
長男は日増しに苛立《いらだ》ちを強めていった。
彼は自己愛が強かった。
有能な自分を好ましく思い過ぎたのだ。
無能な先代の不始末を有能な自分が解決し、人々の支持を得る。
大きな不幸の渦中にあった人たちは、彼によって救われる。
救世主である。
その未来図は、彼の名誉欲を大いに刺激していた。

彼にとって、絶対に実現させるべき未来だった。

そのため、計画したとおりに進まない復興を目の当たりにし、それによって名誉への酔いから醒《さ》め始めた時、彼が感じたのは焦りだった。

負けそうになった時、謙虚な者は引き返してやり直す。

そうでない者は、どうにか現有のリソースだけで押し通そうとする。やれるはずだ、と思ってしまうのだ。

彼は後者だった。

想定を大幅に超過するかたちで人足たちを働かせた。

膨大な土砂や瓦礫《がれき》の撤去作業は毎日深夜に及んだ。

人足一人あたりの一日の作業時間は、十時間から十二時間に増え、更に十六時間へ。最終的には二十時間にまで増えた。

睡眠もそこそこに、人々はひたすら働かされる。倒れる者も出始めた。

本来は軍を動かすべきだった。

この地は山脈を挟みながらも魔族領と隣接しており、領軍を保有しているのだ。

だが、その領軍を投入することは出来ない。

この数か月、山々を越え、魔族のレゥ族が度々現れており、それによる戦闘が散発していたためである。

やむを得ず長男は、人員を追加で徴発して復興作業にあたらせた。

だが作業は過酷を極めるばかりで、当然の帰結として逃走する者も出始める。

それに対して激昂《げきこう》する長男。

彼は現場の監督官たちに鞭《むち》を持たせ、それで人足を打たせた。

そこへ再びの長雨。

例年では見られないものだった。

小規模な地滑りが頻発し、いよいよ死者も出始める。

それでも人々は過酷な労働に従事させられた。

領主の怒りに焦《じ》らされ、監督官は怒号をあげる。

精魂つき、膝をついた人足の背中に、鞭が叩《たた》きつけられた。

復興現場は地獄の様相を呈していた。

そして働き手を奪われた人足の家族たちは、困窮を深めていく。

そもそも、この復興はもはや急ぐ必要も無い。

すでに生存者は無く、災害のあった地は長いスパンで立て直すしか無いと判断されているのだ。

まして領境では戦闘が続いている。

残念だが、領軍が使える状態になるまで、失った土地は放棄するのが妥当だった。

だが長男は、なおも復興に拘《こだわ》った。中央から支援を受けていることも影響したのだろう。

しかしそんなことは人々には関係が無い。

どうしてこんな目に。

彼らの悲憤と怨嗟《えんさ》は、爆発寸前だった。

それに呼応し、この地で活動していた反体制派が勢いを強めていく。

もともと、先般のストレーム領とタリアン領の陥落を受け、各地に存在する反体制派は活発化していたのだ。

中でも、この地方の反体制派は勢力が非常に大きく、それが更に力を増している状況だった。

そして蜂起寸前にまで至ったところで、領民を衝撃が襲った。

レゥ族が、領の中心部にまで攻め入ってきたのだ。

◆

レゥ族は数こそ多いが、ここ数年目立った動きを見せておらず、山を踏み越えてくることもあまり無かった。

だが、氏族内にヴァルターという男が現れてから、情勢が変わったのだ。

彼の戦果は著しく、いまや魔族の間で英雄と名高かった。

「『雷杭《ラベイジステーク》』！」

そのヴァルターが杖《つえ》をかざすと、天から雷の杭《くい》が何本も降り注いだ。

それが領軍の隊列に突き刺さる。

神罰を想起させるその光景は、女神ヨナと共にあることを最大の自負とする王国兵にとって、許し得ぬものだった。

だが、そんな怒りは知ったことではないと言わんばかりに、次の魔法が詠唱される。

「『風刃《ブリーズグリント》』！」

巧みだった。

大きな魔法で散らされた隊列へ、幾つもの風の刃が撃ち込まれる。

雷が討ち漏らした王国兵を、風が拾い上げるように斬り裂いていった。

「ぐあぁぁぁっ！」

「奴だ！　ヴァルターを仕留めろぉ!!」

ヴァルターさえ倒せば。

その思いのもと、領軍は魔族の英雄へ剣を向ける。

だがレゥ族はよく統率されており、敵をヴァルターに近づけさせない。

時おり高位の王国兵が、どうにか肉薄一歩手前までいくが、ヴァルターの周囲を守る精鋭たちに撥《は》ね返される。

「やらせないわ！」

殊《こと》に剣閃《けんせん》の鋭い女剣士が居《お》り、ヴァルターには槍《やり》の穂先たりとも触れさせなかった。

このままでは領主のもとまで攻め込まれる。アルテアン領が終わる。

そんな焦燥を強める兵たちを鼓舞すべく、後方の馬上から指揮官が大音声《だいおんじょう》で号令をかけた。

彼はこの地の領軍をまとめ続けた、信の厚い将軍であった。

「臆するな!!　負傷者を下げつつ、左右を固めろ!」

その声を後ろに聞きながら、ヴァルターを視認していた領軍兵のうち何人かが、ぎょっとした表情を浮かべる。

凄《すさ》まじい魔力光がヴァルターの杖を包んでいるのだ。

ばしばしと激しい音をあげ、赤黒い雷がその杖に集まった。

雷は一点に集束し、暴れ狂うエネルギーを溜《た》め込む。

そしてしばらくののち、彼は詠唱した。

「『赫雷《イグニートスタブ》』!!」

熱線が撃ち出される。

それはおよそ魔法の射程とは思えぬ距離を穿《うが》ち、遠く後方の馬上へ突き刺さった。

「かっ……?」

熱線が将を射落としたのだ。

目を見開き、馬上から落ちる指揮官。

一拍おいて、領軍は恐慌に陥る。

「うわあぁぁぁーーー!?」

指揮系統と戦意と勝ち目を失った領軍。

彼らを追い立てながら、レゥ族は領主の館へ迫る。

そして数刻後、アルテアン領は陥落した。

領主父子は泣き喚《わめ》いて投降を拒んだすえ、逃げる領軍で混乱を極める戦場に死んだ。

復興に関わらされていた人々は、この侵攻によって、大げさではなく自身や家族の命を救われた。

誰もが、言い知れぬ何かを胸中に燻《くす》ぶらせるのであった。

◆

「地下抵抗組織の長なんだから地下に籠ってるのかと思ってたよ」

旧アルテアン領の傭兵ギルド。

その本部の二階、それなりに整った執務室にフリーダは通されていた。

応接用の椅子に彼女と向かい合って座っているのは、デニスという壮年の男。

この傭兵ギルドの長である。

黒味の強い茶の髪に、傭兵らしからぬ、整えられたあご髭《ひげ》。

体はやや小さめだが引き締まっている。

佇《たたず》まいに余裕を感じさせつつも、その眼差《まなざ》しに油断は無い。

現役を退いてはいるが、傭兵として熟練の領域にあったことが見て取れる。

「そりゃ本当に地下に居ちゃ仕事にならんからな」

デニスは崩した態度で答えたが、フリーダの来訪にはやや驚いていた。

魔族側からの使者を迎える約束であったこの日、現れたのは旧知の傭兵だったのだ。

「来るのがお前さんだとは思わなかったよ」

「色々あってね」

そう言って、出された茶を口に運ぶフリーダ。

彼女はタリアン領を本拠としてきた傭兵だが、このアルテアン領にも知り合いは多い。

ギルド長であるデニスとも親しかった。

「ここんとこ、どう？　忙しいかい？」

そう尋ねるフリーダ。

デニスは、この地方の傭兵の顔役と言って良い存在で、年もフリーダより一回り以上、上である。

だがフリーダは物怖《ものお》じしていない。もともと気安い間柄なのだ。

しかし、そのフリーダの心情を見透かしたように、デニスは小さく笑った。

「ふふふ……」

「ん、何だい、その笑いは？」

「いや、お前さんもちゃんと世間話から入るんだと思ってな。あのフリーダが渉外担当とはねえ」

「い、いいじゃないか別に」

易々《やすやす》と主導権を握られるフリーダ。

熟練の傭兵は戦場の外でも老獪《ろうかい》なようだった。

「私と旧知とは言え、フリーダが交渉ごとに向くとも思えんが、まあ、魔族どもは君の人品を信頼したということなのかな」

そう言って、ティーカップを口に運ぶデニス。

唇を茶で濡らし、やや間を置いてから尋ねた。

「フリーダ。魔族を信じるのか？」

「まあ……全幅の信頼を、とはいかない。迷いはあるよ。これまでずっと敵と定めてきたんだから」

「ではどうして？」

穏やかな口調ながら、デニスの声音には真剣さが含まれている。

それが重要な問いであることは明らかだった。

「第一に、魔族がどうとか以前に、王国を諦めた」

「国を見限る理由は？　聞きづらいことだが、やはりアールベック子爵の件か？」

「加えて、同じようなことがまたあってね」

「……そうか。気の毒だったな」

フリーダの大切な友人であるアイナとカロラは、タリアンの手によって再び貴族の無法に晒《さら》された。

フリーダ自身も危険な目に遭ったが、それ以上に、彼女は二人の身に起きたことが許せない。

かつて二人を襲ったアールベック領での悲劇を知りながら、なお欲のために彼女らは拐《かどわ》かされたのだ。

しかもタリアンは、騎士団長として国家に重用された者だったのである。

フリーダとしては、最早《もはや》あのような者の跳梁《ちょうりょう》を許す王国に忠誠を感じなかった。

「そのへんは、デニスも同じだろ？」

「まあな」

直近二代の領主によって、荒れに荒れたアルテアン領。

多くの者が人生を壊された。

デニスの生家は豪農で、食うには困らなかったが、それゆえに、先代の治世で重税を課された。

画家の卵のための奨学制度を設けるとかで、突然為《な》された課税だった。

それも、あまりに無茶な税率で、デニスの家はたちまち困窮した。

デニスは三人兄弟の次男であった。

弟は口減らしのため、他領の貴族のもとへ奉公に出た。

そしてまともな待遇を与えられず、病を得て死んだ。

兄は、家を守るため両親を支えた。

だが両親は、いよいよ首が回らなくなってきたところに、奉公先での息子の死を聞くに及び、ついに自死を選んだ。

並んでぶら下がる両親を発見した兄は、その時に精神のすべてを使い果たし、あとの人生では酒だけを友とし、二年後に吐血して死んだ。

傭兵として生きるデニスは、自身の食《く》い扶持《ぶち》を稼ぐのが精いっぱいだった。

家族を救えなかったことに、今も忸怩《じくじ》たる思いを抱いている。

そして同時に、家族を奪った国と体制への憎しみを募らせるのだった。

反体制組織を育て上げ、蜂起の寸前まで行ったところで、アルテアン領は魔族によって陥落した。

だがデニスの敵はこの地の領主だけではなく、国であり、体制である。

体制が、あのような領主の存在を許した。

そしてアルテアン領だけの問題ではない。弟は他領に行ってなお、死ぬ羽目になったのだ。

彼の戦いは何も終わっていない。

「しかし魔族と結べるかというと、それは別の話だ。フリーダ、魔族の側についた理由の第二は何だ？」

「友人の存在だよ」

そう言って、フリーダは一つ息を吸った。

それからロルフについて話す。

彼に受けた恩。

彼に抱く信頼。

ロルフという男が、いかに凄い人物であるか。

「それほどの男が信じるものを、あたしも信じるべきだと思ったんだ」

「お前さんらしい考え方だ」

「それで改めてこの目で見ると、ヘンセンの魔族は悪い連中じゃないように思えたよ。……おかしなことを言ってるように聞こえるかもしれないけど、仲良くなれるかもしれないって、そう思えた」

「…………」

「いや、本当に。ええと、どうしよう。上手く伝わらないな……」

「ふふ。そこで狼狽《うろた》えてちゃあな。やっぱりお前さんは交渉ごとに向かないよ。ところで……」

「何だい？」

「そのロルフのこと、ずいぶん熱を持って話すんだな」

「いや、そういうのじゃないよ……たぶん。あるのはあくまで敬意」

答えるフリーダの表情を眺めつつ、デニスは考え込んでいた。

ロルフという男のことは聞いている。

国へ、ひいては人間社会へ弓を引いた大逆犯。

女神に棄《す》てられ、魔族と結んだ悪逆の徒。

そういう評判だった。

だが、デニスと部下の傭兵たちは信仰への傾倒が小さく、女神に棄てられたという点に、さほど強い嫌悪感は抱かない。

王国では、剣を取る者は概《おおむ》ね信仰心が強いが、この地の傭兵たちは違っていた。

もともと自立の気風が強い風土である点に加え、実利主義者たちで構成されたローランド商会との繋がりが強いことも影響しているのだ。

「そう言えば、トーリ会長も魔族との間に誼《よしみ》を結んだそうだな」

「そうだよ。会長も王国には失望してるしね」

顎に手をあて、考え込むデニス。

彼の知る限り、トーリはたいへんな知恵者で、判断を誤ったことは無い。

更にストレーム領とタリアン領も、魔族の手に落ちて以降、上手く回っている。

「……お前さんたちの願いは、次の戦いで同調したいということだよな？」

「そう。あくまで攻撃のタイミングを合わせたいだけ。無理に同盟を求めるわけじゃないよ」

ロルフたちの狙いは三正面作戦である。

王国のイスフェルト領を、北の旧タリアン領側、東の旧アルテアン領側、そして南のレゥ族支配地域から、同時に攻めるというものだ。

同盟を結んでの高度な連携は望んでいない。

これまでの魔族と人間の対立を思えば、急に手を携えて大きな戦いに臨むのはリスクが大き過ぎるのだ。

デニスから見て、その考えは妥当だし賛同出来る。

部下の傭兵たちがヨナ教の教義に傾倒しておらず、ロルフや魔族への差別意識が低いとは言っても、それはあくまで相対的に、という話でしか無い。

一朝一夕では越えられぬ対立意識は、厳然として存在するのだ。

だが、同盟を結ぶでもなく、ただ同調して攻撃するという前提なら、デニスとしてもやりようがある。

半ば魔族を利用するという体《てい》にも出来るし、それなら組織の動きをまとめやすい。

またデニスはフリーダを信用している。

彼女の言いようを真似《まね》るわけではないが、そのフリーダが信じるなら、個人的にはロルフという男を信じても良いのだ。

更に、このアルテアン領を落としたレゥ族に対しては快哉《かいさい》を叫ぶ自分も居り、そちらと同調することにも強い忌避感は無い。

「イスフェルト領……。あの地にある霊峰は、王国の現体制を決定づけているヨナ教団の重要拠点だ。私たちとしても落としたい」

「うん。それで？」

「敵の敵と手を組むという論法は、戦略上ごく常識的で、正しい。そして我々にとって許し難い敵は、あくまで王国の現体制だ」

「…………」

「その体制は、国王が病臥《びょうが》してからは特に酷《ひど》い。あの王女様はそこそこ頑張っているが、もう国は命数を使い果たしていると私は思う」

「…………うん」

「魔族との協力。我ながら信じ難い判断だが、そういう変化を拒絶出来る時代が終わるのかもしれん。あくまで同調して攻め込むのみで、積極的な同盟関係じゃないという点は強調させてもらうが、良いだろう。協力する」

「デニス！　ありがとう！」

身を乗り出し、デニスの手を取るフリーダ。

傭兵ギルドの一室で、歴史の転換点になるかもしれない判断が為されたのだった。

◆

「がっ……!!　ああああぁぁぁぁぁあああああ!!」

第五騎士団本部。

幹部が居住するフロアの廊下を歩くエミリーの耳を、獣のような叫びが刺した。

「また、か……」

悲しげに言葉を漏らし、エミリーは叫び声がした方へ向かう。

そして一室の前に立つと、そのドアをノックした。

「シーラ。入るよ」

返事を待たず、ドアを開ける。

部屋の主、シーラ・ラルセンは、ベッドの上で仰向けになり、はあひいと浅く呼吸していた。

目を見開き、左手が何も無い空間を掻《か》きむしっている。

「はっ……はひっ……！」

左手が掻きむしるのは、本来右腕がある場所だった。

だが彼女の右腕は、肩口から失われている。

「はっ……あ、があああぁぁぁぁぁ!!」

シーラが右腕を失ってだいぶ経《た》つ。

失ってしばらくの間は精神の均衡を失っていたが、今では平静を取り戻しつつあった。

だが、時折このように、激しい幻肢痛に襲われる。

無いはずの右腕が痛むのだ。

「はぁっ……あ、ぐ……!!」

失った右腕に痛みを与えるのは、屈辱の記憶である。

体の一部を失うのは当然大事《おおごと》だが、それでも本来であれば、時を経ることでそれを受け入れる。

個人差はあれど、誰でもいずれは順応するものだ。

だがシーラは、しばしば憎悪に叫び声をあげる。

腕を奪われた時の屈辱が蘇《よみがえ》るのだ。

自分より遥《はる》か下に居たはずの加護なし。心底から見下していた無能者。

そんな男に敗れたのだから。

あの日。

負ける可能性などまったく無く、むしろシーラは情けをかけてやるつもりだった。

それなのに、愚かな男は投降しなかった。

だから現実を教えてやることにしたのだ。

彼女には十人もの精鋭がついていて、それを会心の魔法で大幅に強化した。

相手は一人。万全であった。

いかなる命乞いの言葉が聞けるのか、楽しみだった。

それなのに。

まったく歯が立たなかった。

腕を落とされたシーラは、味方が壁になる間に、無様に逃げ出した。

どう考えても信じられないし、あり得ない。

自分が敗れるはずが無い。

だが何度確かめても、あるはずの場所に腕は無い。

そしてシーラの思考を、あの男の姿が埋める。

恭順の意志など一切浮かべない、あの黒い瞳。

憎悪が募る。

その憎悪の中に、あの男への恐怖があることを認め得ず、ただ憎しみだけを増幅させていく。

「ぐ……！　ぐうぅ……！」

「シーラ……」

友人の額に手をあて、その名を呼ぶエミリー。

彼女のことを心から案じている声音だった。

とても悲しい。

だが一方で、シーラの命があって良かったと、その点には胸をなでおろしている。

彼女が殺されなかったことに、エミリーは心底から安堵《あんど》しているのだ。

それは、友人の命が助かったことのみへの安堵ではない。

シーラがロルフの剣に斃《たお》れていれば、ロルフが五年間も共にあった仲間を殺していれば、その時は確定してしまう。

ロルフが敵であると。

王国にとって、ロルフは紛《まが》うこと無き敵なのだが、エミリーはいまだ、その事実を直視出来ない。

まだきっと、いつかきっと。

そんな夢想を手放せないでいるのだ。

シーラの生存は、エミリーにそんな夢想を捨てさせずに済んだ。

そのことに、エミリーは感謝している。

「おのれ……！　おのれ……！　おのれぇぇ……!!」

そんなエミリーの胸中を知れば、果たしてシーラは何を思うだろうか。

誰にとっての幸運なのか、シーラはそれを知らぬまま、ただ怨嗟を紡いでいる。

粘つく汗に顔中をまみれさせながら、歯茎を剝《む》き出《だ》しにして。

「シーラ……もう行くね。落ち着いて、ね」

してやれることは無いと、エミリーには分かっている。

この憎悪の嵐が過ぎ去るのを待つしか無いのだ。

残念に思いながらも、彼女は部屋を後にした。

「はぁ……」

廊下に出てドアを閉める。

そして一つ溜息を吐いた。

どうしてこんなことに。

いったい何度、自らに問うたか分からない、その思い。

それに囚《とら》われるエミリーのもとへ、人影が歩み寄った。

「ヴァレニウス団長」

「え……」

一瞬、精神の変調が極まって幻覚でも見ているのかとエミリーは思った。

声の主は、この場に居るはずの無い人物だったのだ。

ピンクブロンドの麗人。

第一騎士団団長、エステル・ティセリウスである。

副団長のベルマンを伴い、彼女はそこに居た。

「中央へ呼ばれていたのでな。帰りに寄らせてもらった」

「そ、そうですか」

第五騎士団のあるノルデン領は、王都に隣接している。

ゆえに中央からの帰り道であることは確かだが、これまでティセリウスがこの地に寄ったことなど無い。

何か理由があることは明白だった。

「…………」

「…………」

「な、何ですか」

沈黙に耐えかね、エミリーは問《と》い質《ただ》す。

いったい何の用で来たというのか。

「ヴァレニウス団長。我々第一騎士団は、次の戦いを仰せつかった」

「え？」

「イスフェルト領だ」

「………！」

先般陥落したタリアン領。

そこと隣接するのがイスフェルト領である。

魔族軍が次に進軍すると目される場所であった。

そこは王国のみならず、ヨナ教団にとっても重要な地で、かなり大きな戦いになることが予想されている。

その戦いに赴くのだ。ティセリウスと第一騎士団が。

そしてその戦場には、当然ロルフも居る。

「え……その」

「そのことをお伝えしようと思ってな」

「そ、そうですか」

「………………」

覗《のぞ》き込むように、エミリーの目を見るティセリウス。

だがエミリーは何も言えない。

ティセリウスが何を意図してここに現れ、それを伝えたのか。

エミリーには分からないのだ。

「何も言わないのだな、貴公は」

「え……」

「貴公は状況に対し、何もしない。行動せず、望む未来が到来することをただ待つのみ。子供のころの甘やかな世界が戻ることを、ただ期待するのみだ」

「な……！」

エミリーは一瞬、屈辱に頬を染め、それから恥を感じ、やはり頬を染めた。

反論出来なかったのだ。

そしてただ俯《うつむ》いてしまう。

その様を見て嘆息するティセリウス。

横で、副団長ベルマンが初めて口を開いた。

「お嬢様。もう参りましょう」

「そうだな。それではヴァレニウス団長、失礼する」

それから二人は踵《きびす》を返《かえ》し、歩き出した。

去っていく背中に、どうにか絞り出すようにして、エミリーは声をかける。

「あ、貴方は、ロルフのもとへ降《くだ》るつもりですか⁉」

やや突拍子の無い問いであった。

だがエミリーには、それがあり得ると思えたのだ。

「……どう思う？」

背中ごしに横顔だけを向け、問いを返すティセリウス。

その声には力があり、エミリーは答えることが出来なかった。

「……私は騎士。国に忠誠を誓った身だ」

ティセリウスはそう言って振り向き、エミリーを正面から見据えた。

強い瞳にエミリーは気圧される。

それに構わず、ティセリウスは告げた。

「降ることは無い。この手に剣がある限り、騎士の誓いを違《たが》えることは無い。絶対にな」

それから再度背を向け、去っていくティセリウス。

その背中を見送りつつ、エミリーは思った。

今度の戦いは、かなり大規模なものになる。ロルフとティセリウスが戦場で会う可能性は低いかもしれない。

だが、どのようなかたちであれ、きっと、きっと――。

「〝私の想《おも》い人が勝つ〞。それを言わぬのだな」

「…………！」

立ち去る際の、その言葉。

蔑まれている。

エミリーは、ようやくそれを理解した。

そしてしばらくの間、ただ床を見つめるのだった。

◆

王都レーデルベルン。

王宮の庭には、色とりどりの花が美しく咲いている。

そこに女は居た。

人形のように整った顔立ちの彼女は、ロンドシウス王国の王女、セラフィーナ・デメテル・ロンドシウスである。

庭の中ほどに設《しつら》えられた白いテーブルのうえで、紅茶が湯気を立てていた。

テーブルについているのは、ほかに二人。

一人は五十代の男。宰相、フーゴ・ルーデルス。

いま一人は四十代。やや長い赤茶色の髪を持った長身の男であった。

その男に向け、王女セラフィーナが語りかける。

「壮健そうですね、イスフェルト侯爵。司教どのとお呼びした方が良いですか？」

「お揶揄《からか》いを。臣《しん》は王国の忠実な臣民でありますれば」

恐縮したふうも無く答える男は、大貴族バルブロ・イスフェルト。

王国の侯爵であり、かつヨナ教の司教である。

彼が領主を務めるイスフェルト領には、霊峰と呼ばれる山、ドゥ・ツェリンがある。

峰とは言っても、標高は千六百メートルと低く、面積は広い。

ほぼ裾野《すその》で構成された、なだらかな山だ。

ただ、木々の代わりに岩ばかりがある荒涼とした山である。

その中心部、山頂にあたる場所には、ヨナ教団の大神殿が建っている。

霊峰は信仰のシンボルの一つで、毎年、礼拝の時期には多くの信徒が大神殿を訪れる。

その地は教団にとって、極めて重要な場所なのだ。

その霊峰を領内に持つイスフェルト家の領主は、教団においても重責を担うことになる。

そのため、四代前の国王の治世に、領主は教団によって司教へ叙せられ、以降代々、イスフェルト領において領主と司教は兼務されている。

イスフェルト家は、もともと伯爵家であったが、当主が司教になった際、それに見合う爵位をと国王が考え、侯爵に陞爵《しょうしゃく》させたのだ。

当時、それに反対し、政教分離の重要性を説く学者が居たとされるが、今日《こんにち》に至るまで、その学者は狂人という扱いである。

「イスフェルト侯爵。戦いの準備は如何《いかが》でしょうか」

「は。済生軍の編制は進んでおります。ほぼ全軍の投入になるかと」

霊峰には、教団私有の軍が常駐している。

司教イスフェルトが司令官を務めるその軍は、正式名称を神前教導支援会というが、一般には済生軍と呼称されていた。

非常に精強な軍で、とりわけ魔法には大いに優れている。

殊《こと》に侯爵の息子で次期当主であるアルフレッド・イスフェルトは、不世出の天才魔導士と有名だった。彼は王国の騎士団長と伍《ご》して戦えるとまで言われている。

霊峰への侵攻という事態を前に、当然その済生軍が動くことになるのだ。

「ですが敵には勢いがあります。御山の加護があっても、済生軍だけで守り切れるかどうか」

そう言って、侯爵は紅茶を口に運ぶ。

御山の加護とは、そこにあって然《しか》るべき霊験のほか、山の地形を指している。霊峰には幾つもの谷が走り、攻め入る側の行動を制限するのだ。

だが、それがあっても今度の戦いでは多くの兵力が要される。

侯爵はそれを思い、音を立てずにティーカップをテーブルへ戻し、抑揚の無い声で訊《き》いた。

「王女殿下。聖なる御山を踏み荒らす者どもを滅するべく、ご助力についてお話頂けるものと思って良いのでしょうか」

イスフェルト領から北に隣接するタリアン領、そして東に隣接するアルテアン領。

それらが立て続けに陥落し、イスフェルト領は、そして霊峰は、二面から魔族と相対《あいたい》しているのだ。

これらを同時に相手取るのは、強力な済生軍にとっても厳しい話だった。

「無論です。霊峰を落とされるわけには参りません。王国としても万全の布陣で臨みます」

「有り難い仰せです王女殿下。いずれの騎士団を出してくださるのでしょう？」

「当然、第一だよ侯爵。ティセリウス団長にも通達済みだ」

答えたのは宰相ルーデルスだった。

それを受け、イスフェルト侯爵は頷く。当然得られるべき回答を得て満足したのだ。

この重要な戦いに出るのは第一騎士団であるべきだと、彼も思っていた。

しかし、続く王女の言葉は、侯爵にとっても予想外だった。

「ただ、それだけでは不足です。第二騎士団も投入します」

一瞬の静寂の間に、王女の言葉を咀嚼する二人。

それから宰相ルーデルスが口を開いた。

「第一と第二を、同時に投入すると仰せあるのですか？　そこまで大きく軍を動かしては、ほかの戦線を支え切れないのでは」

当然の指摘だった。

いずれの団にも、任地があって役目がある。

おいそれと、国の中をあちらこちらへと動かせるものではない。

まして最高戦力二つである。

いかに霊峰の戦いが重要とは言え、その計画は現実性を欠くように見えた。

「問題ありません。第二が押さえた東部の諸地域は、各地の領軍で維持出来ます」

焦りを見せること無く、王女セラフィーナは答える。

彼女はすでに、計画を煮詰めていたのだ。

「また、西部の安定した幾つかの地域には、駐屯が不要であると結論出来ています。現状、国内に存在する遊兵を再分配することで、薄い戦線を無くすことが可能です」

そう言って、紙束を卓上に差し出すセラフィーナ。

拝見しますと述べ、それに目を落とした宰相と侯爵は、そこに書かれた精緻な計画に目を見張った。

当然だが、本来、王女は計画の上申を受ける立場である。

それなのに、採るべき計画が王女の側から提示されている。

宰相ルーデルスは無能ではなく、むしろその能力を極めて高く評価されている男だ。

だが、ここに至っては立つ瀬が無い。

恐縮し、表情を強張《こわば》らせる彼に、王女は薄く微笑んで言った。

「良いのです。ルーデルスは政務が本業。まして陛下の病臥は紛れも無く国難なのです。私もすべきことをせねばなりません」

「殿下……。言葉もございません」

ロンドシウス王国では、国王が病に臥《ふ》せって長い。

妃《きさき》は数年前に病没している。

母の死と、病み疲れる父の姿に心を痛めながら、若い王女は責務と向き合い続けているのだ。

ただ、国王が存命である以上、王女の権限は限定的で、彼女にその領分を踏み越えることは出来ない。

それゆえに、国内の乱れを分かっていながら、思うように是正出来ないでいる。

そこに関する王女の心痛に、宰相は常より申し訳なく思っているのだった。

「先ごろ再編した第三の駐屯計画を精査します。さすれば、各地の防衛プランを補完出来ましょう」

「ありがとうルーデルス。頼りにしています」

にこりと笑って礼を述べる王女。

それから真剣な表情を作り、改めて二人に向き直る。

「おそらく、反体制派も挙兵します。ゆえに第一と第二を投入するのです」

「その点はわが領でも警戒していますが、しかし現実的にあり得るのでしょうか。人間が魔族との同盟に及ぶなど」

侯爵が問うた。

ごく当然の疑問だった。

「厳密には同盟というかたちは採らないでしょう。それぞれが同時期に侵攻するという、相互利用関係を築くのだと思います」

答える王女。

だが、それを聞いても二人は釈然としなかった。

その反応を予想していたかのように、王女は続ける。

「聞いておりましょう。失地では人間による参事会が構成されており、ローランド商会は王国を離れて魔族領に商圏を広げようとしています」

二人にとって認め難い話だが、それらは事実だった。

だが認めねば、敵を知らねば、きっと敗れることになる。

それを思い、王女はやや語気を強めて告げた。

「これまでの常識を捨ててかからねばならない。そういう転換点に来ているのです。お忘れなきよう」

Ⅲ

俺はヘンセンを南へ出て、旧領都アーベルに来ていた。

アルバンと、ゴルカの族長ドゥシャンも来ている。それとほかの文官たち、そしてリーゼも一緒だ。

レゥ族と反体制派。これからその代表たちと、決戦に向けて最後の意識合わせを行うのだ。

会合の場所は、普段アーベルの参事会が使っている会議室である。

俺たちは、その室内で先方を待っていた。

それにしても、このアーベルに来たのがずいぶん久しぶりに思える。そう時が経っているわけでもないのだが。

こう目まぐるしく状況が変わる日々の中に居ると、少し前のことが遥かな過去にも感じられてしまう。

あの官舎を訪れてみようかと思ったが、今日は時間が無い。

今度あらためて、ミアと共に行くとしようか。

官舎での日々は、俺にとって価値ある思い出だ。

彼女にとってもそうであってくれたら嬉しい。

「ロルフ。反体制派の代表が着いたみたい。もうすぐここに来るわ」

「分かった」

リーゼに答え、懐から一枚の手紙を取り出して、再度目を通す。

フリーダがヘンセンの議会へ宛てたものだ。

首尾よく反体制派の合意が得られたことを伝える手紙だった。

吉報である。最も欲しかった報《しら》せだ。彼女は本当によくやってくれた。

あのアールベック子爵邸の地下で会った時からずっと、とても頼りになる人だ。

今、俺を取り巻く誰も彼もが、同じ目的に向けて邁進《まいしん》、腐心している。

フリーダやトーリら人間たちは、渉外に情報収集にと時間を惜しんで動き続けている。

それにヴィリもゴルカも、魔族の高官たちは日々、計画を詰めているのだ。

そして戦いに向け、弛《たゆ》まず訓練を続ける戦友たち。そこにはトマスやダンのような新たな希望も加わってくれた。

皆がひたすらに同じ方向を見据えている。

それを思うと、どうも熱に浮かされるような感覚に包まれる。

どうやら俺は、この状況に軽い高揚を覚えているらしい。

守るべきものがあって、目的があって、そして共にそこを目指す者たちが居る。

これだけで、こうも日々は意味を持つのだ。

そんなことを思いながら、フリーダの手紙に目を落とす。

それにしても、前回のタリアン邸へ救援を願う手紙でも思ったが、妙に丸みのある可愛らしい文字だ。

彼女のイメージと少しばかり合わない。

そんな、やや失礼かもしれないことを考えていると、入室者があった。

数名の随行員を連れて現れたのは、反体制派の代表者だ。

俺たちは起立して迎える。

「呼びかけに応じてくれてありがとう。ヴィリ族の族長、アルバンだ」

「ドゥシャンだ。ゴルカ族の族長をしている。今日の出会いに感謝する」

「デニスです。アルテアンの傭兵ギルドの長で、反体制派の、まあ、リーダーですな」

続いて、俺やリーゼたちも挨拶をして、それぞれ席についた。

デニスは、挨拶の際、俺を興味深げに見つめていた。

「にしても、まさかこんな日が来るとはね。驚いてますよ」

席に着くや、彼が言う。

嘆息しながら肩を竦《すく》めていた。

「魔族なんぞと手を組む日が来るとは、かな?」

「そうですが、〝なんぞ〟とは言わない方が良いでしょうな、ドゥシャン殿。正規の同盟でこそないが、同じ目的のために手を組むのですから」

「然り。我らの間に上も下も無い。その思いが何より重要だ」

デニスとアルバンの言うとおりだ。

それさえ分かっていれば、共に戦える。

まだこの場に、ぎこちなさは多分にあるが、この戦いが終わればそれも変わっているはずだ。

魔族と人間が手を組んで戦いに勝つという前例を作ることが出来れば、それは歴史において宝石のような価値を持つと俺は信じている。

「ロルフ殿。フリーダがよろしくと言ってたよ」

「いま彼女は？」

「旧アルテアン領で傭兵たちをまとめてる。大丈夫。みんな言うこと聞いてるよ。彼女、凄く人気あるから」

人気か。頷ける話だ。

あの器量にあの剣技だからな。

気風の良い性格も、戦う者たちから好まれることだろう。

「彼女、君のことを話す時、やたら熱っぽい目をするんだよ。傭兵たちに恨まれるようなこと、しない方が良いかもよ」

「していない。二度ほど裸を見たが、それは――――」

「駄目だろそれ」

「いや、不可抗力で」

「隣を見た方が良いよ」

デニスの言葉に従い横を見ると、リーゼが物凄《ものすご》い目で俺を睨《にら》んでいる。

なるほど、どうやら俺の不徳だったようだ。

前後の事情がどうであれ、女性の裸を見てしまうような無作法に及んだのなら、ただ反省すべきなのだ。

不可抗力などと言い訳をする時点で、心得違《こころえちが》いというものなのだろう。

「分かった。大いに反省する」

「…………」

「分かってなさそうだけど、まあ良いか」

にやりと笑うデニス。

それからリーゼの顔を見て、興味深そうに言った。

「人間と魔族がね。それが叶《かな》えば……ふむ、まあ」

どこか感慨を感じさせる声音だった。

よく分からないが、アルバンとドゥシャンが得心したように頷いている。

「お着きになりましたよ」

そこへ係の者が声をかける。

レゥ族の代表も来たようだ。

旧アルテアン領を含めたレゥ族の支配地域からこのアーベルへ来るには、途中イスフェルト領を、つまり王国を通らねばならない。

元より氏族間の交流はあり、隠密《おんみつ》に行き来できるルートも確保されているそうだが、それでも重責ある者がおいそれと来られるものではない。

にもかかわらず、彼は現れた。

「ど、どうも。ヴァルターです」

先のアルテアン領奪取でも活躍した、魔族の英雄ヴァルターだ。

無造作に伸ばした髪に、線の細い体。

浮世離れした学者のような風貌だった。

先ほどと同じように挨拶を交わす。

そのたび、や、どうもどうもと妙に恐縮するヴァルター。

対照的に、彼に随行するレゥ族の者たちが俺やデニスへ向ける視線は、やや険しい。

現状、仕方の無いことだが。

「では始めよう。まずはヴィリ・ゴルカ側の編制から。リーゼ」

「はい」

アルバンの指示を受け、リーゼが説明を始める。

決戦へ向けた会合が始まった。

◆

「これにより、三正面作戦が確定しました。北からヴィリ族とゴルカ族。南からレゥ族。そして東から反体制派が攻め入るかたちです」

常に無く整った言葉で説明するリーゼ。

表情がやや凝り固まっている。緊張しているようだ。

この会合が重要を極めるものであると分かっているのだろう。

彼女も緊張などするのだな、と考えていると、それが顔に出ていたのか、ぎろりと鋭い目を向けられた。

今日はよくリーゼに睨まれる日だ。

「デニスさんたち人間側と、よく渡りがつきましたねえ」

ヴァルターが言った。

敵意は無く、ただ驚きを声に乗せただけのものに聞こえる。

「要するに、世界が新たな局面を迎えつつあるということでしょうな」

「そう。俺がこの場に居ることが、一つの証左だよ」

デニスの言葉を俺が補足する。

なにせ将軍なのだ。皆と違う色の肌を持つ者が、軍を率いている。

それにヴァルター一行は、このアーベルに来て、魔族と人間が協業する光景なども見ているはずだ。

　これらの事実に、一定の説得力はあることだろう。

「まあ、心配は分かります。わだかまりはありますよ。でも」

　頭を掻きながらデニスは言う。

「この戦いに勝ち、生きて再会出来たら、我々の関係も変化するかもしれません」

「ええ、それを望みます」

　ヴァルターが答え、皆が頷いた。

　その点から言っても、この戦いは重要なのだ。

「まあ、当初から三正面作戦が望まれていたわけですし、それが成るなら重畳《ちょうじょう》というものですよね」

「そうね。で、リーゼ。敵軍に関する予想は？」

　ヴァルターに続いて発言したのは、彼の随行員の一人で、エリーカという女性だ。

　どうも口ぶりから言って、リーゼと旧知らしい。

「まずは当然ながら済生軍。それから、ロルフの予想では第一騎士団が出てくるわ」

　王国最強、第一騎士団の名をリーゼが挙げると、場に緊張が満ちる。

　ヨナ教団にとって霊峰ドゥ・ツェリンは絶対に守らねばならない、信仰の象徴なのだ。

　そしてヨナ教団と王国は、優先事項を共有している。

ゆえに王国はこの戦いに最高戦力を使おうとするだろう。

「やはり第一騎士団ですか……かの英雄、ティセリウスが出てくるわけですね」

「本当の英雄はヴァルターよ。それを分からせてやるわ！」

英雄と称される者の随行員なら、副官のような任を帯びていることだろう。

慎重な判断を促すのが役割の一つであるはずだ。

だがこの二人は、ヴァルターが穏健派で、エリーカが彼の背を押すような関係にある。

ほかに、もう二人の随行員が居るが、いずれも少し困った顔をしていた。

「それと、ローランド商会から報告が来ている」

やや重々しく言ったのはアルバンだった。

卓上に紙束を広げながら、報告の内容を告げる。

「王国は各地で、騎士たちの任地を大幅に組み替えているようだ。見る限り、これは……」

「第一を動かしつつ、かつ第二騎士団も動員するためのもの、か」

俺が継いだ言葉に、皆が口を引き結ぶ。

有利な防戦側にある王国だが、対するこちらは大兵力だ。

もし反体制派の合流まで敵が読み切っていれば、済生軍と第一騎士団を合わせても兵数で劣ることに気づく。

そうなれば、当然そこを埋めようとするだろう。

だが、第一と第二を同時に動員するなど、並大抵のことではない。

たいへんな手腕が必要だ。

人と物とカネが濁流のように動くなか、その流れを把握してコントロールし切り、すべての差し障りを排除することで初めて可能になる。

それほどのブレインが居るのだ。やはり中央は油断ならない。

「ステファン・クロンヘイム……」

リーゼが口にしたのは、第二騎士団を率いる団長の名だ。

清廉かつ公正。だが過度に厳格ということもなく、柔軟な優しさを持つ人物と聞く。

その優れた人品から、清騎士、正道の騎士と称される男だ。

そして言うまでも無く、恐ろしく強い。

「第一騎士団と第二騎士団。ティセリウスとクロンヘイムが同じ戦場に出てくるとはな」

「加えて済生軍も強いぞ。騎士団と同等以上という評価もある。所属する者の中では、侯爵の息子が有名だな」

ドゥシャンの述懐を、アルバンが補足した。

「侯爵の子。アルフレッド・イスフェルトですね。確かに彼も要注意です」

そしてヴァルターが口にした名は、俺も知っている。

騎士団長に匹敵する力を持つとされる魔導士だ。

改めて考えるまでも無く、敵の戦力は凄まじい。

だが、俺たちも打てる手はすべて打ち、戦力をそろえて策を整えた。

そして士気では決して負けていない。

勝つのだ。

至るべき未来のために。

◆

「で、どうなの？　そいつの腕のほどは。あんまり失望させて欲しくないんだけど」

会合が終わり、俺たちは互いに勝利を誓って会議室を後にした。

アルバンとドゥシャンは、デニスに声をかけ、連れ立って出て行った。

人間との溝を埋めるため、一席設けてあるらしい。

そのへんは文官に任せ、俺は俺でレゥ族の面々と向かい合っている。

こちらの腕前を確認しておきたい、という先方の求めに応じ、俺たちは訓練場にやってきたのだ。

かつて領軍が使い、今はアーベルの駐留軍が利用している場所である。

先方の求めと言っても、ヴァルターは申し訳なさそうに頭を掻いている。

これを望んだのは、彼の随行員のエリーカだ。

ずいぶんと勝気そうな女性で、訓練場に着くなり、俺の力量について訊いてきたのだ。

それに対しリーゼが答える。

「あんたとこの英雄サマより余程強いわよ」

「はぁ？　協力を求めておいてその言《い》い種《ぐさ》は何？」

「それはお互い様でしょ。あんたこそロルフに失礼な態度とらないで」

会合中から、リーゼとエリーカが旧知であることは何となく分かっていたが、どうも互いの態度に棘《とげ》がある。

気安さも見て取れるし、不仲というわけではないと思うが。

「ヴァルターが居なきゃ、今度の戦いは勝負にならないんだからね！」

「それはロルフも同じですぅー！　むしろロルフの方が強いし重要ですぅー！」

「あんたアタマ沸いてんじゃないの⁉　そいつがヴァルターに勝てるわけないでしょ‼」

「本気⁉　うちのロルフの方が百倍強いわよ‼」

何だろう。

何が始まったんだこれは。

帰って良いのだろうか。

やや困惑する俺へ、ほかに二人居たヴァルターの随行員が小声で伝えてきた。

ちなみに二人は男性で、名はギードとグンターというそうだ。

「エリーカはリーゼ殿と同じく、レゥ族の族長の娘なのだ」

「同い年で、子供のころから何かにつけて張り合っているらしい」

なるほど、二人は同じ立場にあるのか。

どうやらライバルのようなものみたいだ。

「ヴァルターがどれだけ強いか理解してないでしょ！　アルテアン領の戦いでは『赫雷《イグニートスタブ》』で敵将を一撃だったんだからね！　分かってる？　超高難度魔法よ！」

「『赫雷《イグニートスタブ》』？　ああ、アーベルの戦いで、ロルフが斬った魔法ね」

「滅茶苦茶《めちゃくちゃ》言ってんじゃないわよ!!」

「事実よ!!」

更にヒートアップしていく二人。

ヴァルターはおろおろするばかりで、ギードとグンターは額に手をあて溜息を吐いている。

俺が止めた方が良いんだろうか。

そんなことを思っていると、エリーカがこちらにつかつかと近づいてきた。

彼女は慣れた動作で剣を抜く。

そして鋭い風切り音のあと、切っ先が俺の喉元に突きつけられた。

「ふん！　ぜんぜん反応出来ないじゃない！」

「お、おいエリーカ！」

「人間とは言え、約定ある相手にそれは駄目だ！」

ギードとグンターが諫《いさ》めるが、エリーカは口を三日月にして勝ち誇っている。

俺はと言うと、手に持った短剣を返すべきか迷っていた。

初太刀に目を引いて、本命の短剣を突き入れる戦法であることはすぐ分かったので、一応、エリーカの腰から短剣を抜き取ったのだ。

殺気が無かったから放置でも良かったが、短剣を失った場合の技の展開に一瞬、興味を覚え、つい動いてしまった。

彼女が短剣を奪われたことに気づいていないので、特に展開は無かったが。

「これ……」

その短剣を差し出す。

柄に綺麗な彫りが入った、中々の業物だ。

「え……」

彼女は俺の手にある短剣に気づいたあと、自分の腰に目を向け、ぶら下がる空の鞘《さや》を見た。

次に笑顔が強張り、そしてその顔が真っ赤に染まる。

「あーーーっはっはっは！　取られてるじゃん！　剣、取られてるじゃん！」

「〜〜〜〜〜〜!!」

「〝ふん、ぜんぜん反応出来ないじゃない〟だっけ？　ねえ、もっかい言って！　さっきのもっかい言って！」

「ぐぐ……!!」

腹を抱えて大笑いし、煽《あお》るリーゼ。

エリーカはぶるぶると震え出してしまった。

ギードとグンターは目を見開き、驚いた表情をしている。

「だ、だから何よ！　ヴァルターの方が強いのは変わらないわ！」

「悪いけどそれは勘違いなのよね。あんたは剣を取られたことにも気づかない程よわよわだから、強さについて理解出来ないんじゃない？　私はロルフを理解出来てるけど」

「もう一度言ってみなさいよ!!」

俺は剣士、ヴァルターは魔導士である。

そして剣士と魔導士は、戦場における運用方法がまったく違うので、単純に強さを比較出来るものではない。

研鑽のほどを競い合うのは良いが、適切な相手と競う方が建設的だ。

それは割と常識的な話で、二人にも分からぬはずは無いのだが、どうも理屈の外で口論を続けている。

「ロルフは『凍檻《コキュートス》』に閉じ込められても、それを斬って生還したのよ」

ふふんと胸を張るリーゼ。

その姿を見て、俺はなるほどと胸中で手を打つ。

彼女は俺を自慢したがっているのだ。

俺という友を誇ってくれている。

「さっきから妄言のスケールが滅茶苦茶なのよ！」

「事実だっつってんでしょ！」

誇りたいと誰かに思ってもらえているなら、誇られるに相応《ふさわ》しくあるべきだ。

意気に感じるとはそういうこと。

騎士団では大切な人たちを失望させてしまった。

自分の歩んだ道を恥じてはいないが、期待に応えられなかったのは事実だ。

この場面で一歩を引くのは正しくない。

信じてくれているリーゼに、恥をかかせてはならないのだ。

自身の強さを強調すべき場面だろう。

「フッ。俺に勝てると思っているのか」

「きゅ、急にどうしたの？」

リーゼが困惑している。

台詞《せりふ》を間違ったかもしれない。

「あ、あの。強い弱いはともかく、手合わせするのは構いませんよ。魔法を斬るって話、僕も興味がありますし……」

ヴァルターがおずおずと言った。

◆

距離を取って向き合う俺とヴァルター。

頭を掻きながら、恐縮したように彼は言う。

「貴方が魔法を斬るって話は聞いてました。それで、一体どういうものなのかと……。ここに来たのはそれを見せてもらうという目的もあって……」

申し訳なさそうな口調だが、彼の目には、興味や探求心といったものが強く見て取れる。会った時、彼の風貌を見て学者のようだと思ったが、あながち間違っていないようだ。その探求心のもと、彼は今の強さへ至ったのだろう。

「魔法を斬れるのは、この剣があるからだ」

「おお！　それが煤の剣ですね！　貴方しか触《さわ》れないという……！」

「それ以前に魔法を剣で捉えられるわけないでしょ！」

「ロルフには出来るんですぅー！」

まだ騒いでいる。

確信出来たが、やはりこの二人は仲が良いようだ。

「えーと……ははは、何かすみません」

「謝罪なんか止《よ》してくれ。それより、あんたは敬意と信頼を得ている。俺も魔族社会でそうなる必要があるんだ。色々手本とさせてもらいたい」

「今さら殊勝に振る舞っても遅いのよ！　魔法なんか斬れませんって言いなさい！」

「ロルフ！　そういうのいいから！　負けたらぶっとばすわよ！」

…………。

「あの、やっぱり何か、すみません」

「こちらこそ」

そう言って、両者構えをとる。
リーゼとエリーカはまだ何か騒いでいるが、俺はその音を世界から消した。
対面するヴァルターの表情はさっきまでと打って変わり、細めた目で俺を見ている。
彼も今、俺と同じ世界に居ることが分かる。
ずしりと周囲が重くなった。
空気が質量を主張している。
フェリシアと相対《あいたい》した時も、この感覚を味わった。
だが、感じる重さはあの時を大きく超える。
渦巻く魔力の奔流を纏い、ヴァルターが杖を構えている。
本来なら踏み込んで斬りかかる場面だが、これは力を見せ合う場。
彼は魔法を見せ、俺は魔法を斬らねばならない。
だが、ここが戦場だったとしても、俺は踏み込まなかったと思う。
彼が纏う魔力は図抜けており、そして全身に油断ならぬ迫力がある。
あそこに踏み込むのは危険だ。
その警戒を裏付けるように、更に空気が重くなり、そして冷えた。
呼応して、俺の精神も一段深い場所へ潜り、集中を強める。
次の瞬間、ヴァルターが詠唱した。
「『風刃《ブリーズグリント》』!」

発生が早い。

詠唱が終わるや、ほぼ……いや、一切タイムラグ無く、風の刃が射出された。

そして数がおかしい。

この魔法で生成される風の刃は、通常一つだ。

稀《まれ》に熟練の術者が二つを同時に撃ち出すらしいが、今は、俺に向けて六つの刃が飛来している。

そのうえ不可視に近い。

『風刃《ブリーズグリント》』は魔力光を纏うため、刃の位置が相手に知れてしまう。

だから技術によって上手く魔力光を抑えることが重要なのだ。

ヴァルターの場合、その技術が非常に高度であるらしく、刃の位置は極限まで隠蔽されている。

結果、高速で飛来する刃を視認するのは困難になっている。

凄い。驚くべきことだ。

エリーカがあれだけ誇るのも頷ける。

だが風である以上、音はするし、肌で感じることも出来る。

だから六という数も分かった。

聴覚と触覚で対応出来るなら十分だ。

俺は全身を脱力し、それと反比例するように感覚を最大限高め、刃を捕捉する。

………………！

ヴァルターの技術は、まったく見事なものだ。

六枚の刃は、すべてが俺の体をギリギリかすめる位置と角度で飛来している。

完璧にコントロールされているのだ。

こちらも全力の剣技で応えねばならない。

俺は脱力した体に一瞬で力を込め、剣を振った。

一振りで刃を二枚。三振りで計六枚を処理する。

ひゅっと消失音が響き、すべての刃が無くなった。

「えっ？」

エリーカが声をあげた。

ギードとグンターは声を失っている。

そしてリーゼは腕を組み、満足げだ。

「ふふん！」

「なんと……」

ヴァルターも驚いている。

力を示すことは出来たようだ。

「今よ！　斬り込みなさい！」

「いや、リーゼ。もう良いだろう？」

互いに腕のほどを確認し合うことは出来た。

決戦前に無理も出来ないし、これ以上は必要あるまい。

「そうですね。僕も、もう十分かと。エリーカも良いよね？」

「う……まあ、うん」

「まあうんって何よ。魔法が斬れると信じてませんでした、ゴメンナサイって言いなさい。ほれ、言いなさい」

「ぐ……こいつ……!!」

エリーカを煽るリーゼ。

心底から嬉しそうな笑顔だった。

「まあまあ。とにかくロルフ殿の力のほどは分かった。彼の強さは疑うべくもない」

「それにリーゼ殿を見る限り、彼はヴィリ族内で信頼を得ているようだ。我々も信じるべきだろう」

ギード、グンターが諫める。

俺を信じると言ってくれた。

また一つ、壁が取り払われたのだ。

「それはいいとして、エリーカはゴメンナサイしなさい。ほれほれ」

「ぬぐぐ……!!」

……たぶん。

◆

「それにしても物凄い剣技ですね」

「まだまだ道半ばだよヴァルター殿。凄いのはこの剣さ」

そう言って剣を見せる。

漆黒を湛《たた》える煤の剣を。

「魅入られるような黒ですねえ。貴方しか手に出来ないという点も興味深い。一体どういう謂《いわ》れの剣なんですか？」

「これは古竜グウェイルオルの炎に焼かれた剣なんだ。それはあくまで伝承だが、俺は事実と確信していて――――」

「竜!?　グウェイルオルと!?」

「ああ」

途端に目を輝かせるヴァルター。

学者然とした風貌のとおり、伝承の類は好きと見える。

「ちょ、ちょっと触らせてもらえませんか？」

「構わないが、火傷《やけど》するぞ」

「ちょっとだけ！　ちょっとだけですからうあっちゃぁぁぁぁぁ！」

ヴァルターは興奮するまま、煤の剣に触れた。

そして手に火傷を負い転げ回る。

「何してんのよヴァルター！」

「まったく……」

エリーカが声をあげ、ギードとグンターは呆《あき》れている。

それにめげず、起き上がったヴァルターは俺に詰め寄った。

「さ、さすが古竜ゆかりの剣！　なぜ貴方は触《さわ》れるのですか!?」

「俺には魔力が無いんだ。おそらく、この剣は魔力を拒絶していると思われる」

「な、なるほど！　グウェイルオルは魔法を嫌ったとされますからね！」

興奮を強め、拳を振り立てるヴァルター。

その様子に、リーゼが尋ねる。

「ヴァルターさんは竜が好きなの？」

「あっ……！」

何故かエリーカたちが、マズいという表情を見せた。

それをよそに、ヴァルターは熱っぽい口調で語り出す。

「好きですとも！　良いですか？　古竜グウェイルオルが吐く炎は、鋼を炭に変えたと言われています！　ですがこの逸話は、炎の凄まじさを伝えるだけのものではありません！　竜の炎に、ある種の神性が認められることが重要なのですよ！　炎を浴びたものに何らかの神秘が発現するケースは実際に報告されています！　これは決して突飛な論ではなく、歴史に積み重ねられた幾つもの事象がそれを真実たらしめているのです！　かのアガトもその一つであるという説をご存知ですか？　僕はそこをずいぶん調べましたが、文献を繙《ひもと》けば、その説に一定以上の説得力があることが分かるのです！」

「おおっ？　ヴァルター殿、詳しいじゃないか。貴方もアガトに関する説を支持しているのか？」

「ではロルフ殿も？　ええ、ええ！　勿論《もちろん》です！　地域や地形から言って、アガトの入江が冬でも凍らないのは理屈が通りませんからね！　かつて竜の炎がかの地を舐《な》めたという説を採用すれば、アガトに関する様々な事象に説明がつくのです！　近くの山中で竜の爪痕とおぼしきものが見つかっていることもご存知ですよね？」

「もちろんだ。炎の神性については、ほかにも様々なケースが挙げられているぞ。グウェイルオルの炎がベゼ地方の肥沃化に関わっているという説は知っているか？　これに関しては論拠の積み上げが不十分で、現状では否定されることが多いが、現地の民はそろって肯定しているんだ。熾竜《しりゅう》ジュヴァに関する伝承で有名なベゼで、このケースは興味深い。そもそもジュヴァの炎については神性が伝わっていないという点に意味がある。二柱の竜の相違は最も意義深いテーマの一つだからな」

「分かります！　分かります！」

リーゼやエリーカが妙に冷めた目をしているのが少し気になるが、それより同好の士に会えたことが嬉しい。

俺たちは、しばし竜について語り合うのだった。

◆

「はい、ロルフさん。馬乳酒、おすそわけです」

「ありがとうエマさん。ああそうだ。ちょっと待ってくれ」

俺はヘンセンの自宅に戻っていた。

決戦を控えても、日々の訓練は変わらない。

庭先で素振りを終え、井戸で体を拭いていると、エマが馬乳酒を分けてくれた。

「これ、俺からもおすそわけを」

隣家の奥方である彼女からは、いつも貰ってばかりだ。

良い近所づきあいのため、こちらからもおすそわけを、と以前から思っていた。

忙しくて、中々機会を得られなかったが。

「鹿肉じゃないですか！　こんなに上等なの、どうしたんですか？」

「アーベルからの帰りに出くわしてな。俺が仕留めたんだ」

「ええっ、本当ですか？」

驚くエマ。

実際、狩猟の心得をまったく持たぬ俺が、森の中で偶然出くわした野生動物を仕留めることなど、
そうそう起こり得ない。

運が良かったのだ。

戦いを前に、幸先《さいさき》が良いというものだろう。

「まあ、処理は分かる者にやってもらったけどな」

「ありがとうございます。うちの人も鹿肉は大好きで。早速今夜いただきますね！」

そのフランクも、明日からしばらく出征だ。

いよいよ戦いが始まる。

しばらく一人になるエマだが、寂しそうな顔は見せない。

周りに気を遣わせたくないと考えているのだろう。

彼女の夫を、必ず妻のもとに帰してやらねばならない。

そして俺も生きて帰るのだ。

◆

「うむ……」

旨い。

馬乳酒は俺の生活にとって欠かせぬものになった。

心地よい酸味と、涼やかなほろ苦さ。

冷たく綺麗な小川へ身を浸したかのような気分になれる。

「…………」

家の中、一人座って夜を迎える。
俺は椀《わん》に揺れる馬乳酒へ目を落とし、考えた。
いよいよ進発となる明日のことを。
そしてこれまでのことを。
あれは約九か月前。
俺がこのヘンセンを訪れている間に、領軍が攻めてきたのだ。
魔族軍はそれを撃退し、返す刀でバラステア砦を落とす。
そして領都アーベルを陥落させ、ストレーム領を奪取した。
それから一月《ひとつき》半ののち。
俺たちはタリアン子爵を討ち、領境の平原で第三騎士団を撃破。
タリアン領を落とした。
その後、敵にバラステア砦を突かれるも、これを撃退。
ここまで怒涛《どとう》の日々で、いずれも厳しい戦いだった。
だが、いま臨もうとしているのは、それらとは比べ物にならないほど大きな戦いだ。
そして、重要な戦いなのだ。
今、俺たちにとって良い流れが来ている。
戦勝を続け、少しずつ王国領に踏み込んでいる。

人間による参事会は上手く機能しており、ローランド商会という味方も得た。

魔族領と旧王国領の垣根を取り払って経済圏を作り、文化を交わらせている。

望んだ世界の片鱗《へんりん》が、見えつつあるのだ。

次の戦いに勝てば、それは更に現実味を帯びるだろう。

勝たなければならない。

勝たなければ。

「……………」

霊峰ドゥ・ツェリン。

ヨナ教団にとって信仰の象徴の一つ。彼らにしてみれば、絶対に守るべき拠点だ。

そして、教団と密接に繋がる王国としても、霊峰の陥落など許せない。

だから敵は、その防衛に全力を挙げてくる。

教団の精強極まる軍、済生軍に、王国からは第一騎士団と第二騎士団。

恐ろしい布陣だ。

こちらも万全を期してはいる。

俺たちヴィリ・ゴルカ連合に加え、レゥ族、更に人間の反体制派。

大兵力である。レゥ族の兵数はヴィリ・ゴルカ連合に匹敵するし、反体制派も想定された以上に大規模だった。

しかし、それでも厳しい戦いになる。

敵はかつてないほど強大なのだ。
「……ティセリウス団長か」
口をついて出たのは、第一騎士団団長の名。
王国最強の騎士であり、俺を理解してくれた人。
そして、敵だ。
俺と同じように、彼女にも戦う理由がある。
譲れぬ強い思いが、きっとあることだろう。
それに加え、ステファン・クロンヘイムが率いる第二騎士団。
更に、侯爵の息子であるアルフレッド・イスフェルトを擁する済生軍。
いずれも難敵だ。

「…………………」

今の俺は一軍を預かる身で、そこには大勢の仲間が居る。
それは本当に感謝すべきことだ。
だが、多くの者の命を預かる責は、あまりに重い。
そして、一人も欠けずに帰ってくることは不可能だ。
戦いは必ず誰かを喪《うしな》わせるし、何かを損なわせる。
それは避けようの無い未来なのだ。
なればこそ、絶対に勝たねばならない。

そうでなければ、すべてが無駄になってしまう。
命も、時間も。すべてが。
「…………………」
夜に静寂が満ちる。
俺は馬乳酒をあおった。
皆は決戦前夜をどう迎えているだろうか。
隣家のフランクは、もう帰宅しているはずだ。
無事を誓い、無事を祈り、夫婦で大事な時を過ごしていることだろう。
ほかの者たちもそうだ。
父母から激励される者。
兄弟姉妹から別れを惜しまれる者。
恋人と抱きしめ合う者。
あるいは、去った魂と語らう者。
あちこちの家で、これから戦う者たちが、愛する人と過ごしているのだ。
そして、戦う前の最後の平穏を与えられている。
誰も一人ではない。
「…………………」
家の中を見まわした。

今夜は、やけに広く感じる。

「…………静かだな」

虫の音一つ無い夜。

誰も居らず、何も聞こえない。

時間が凍っているかのような静寂の中に、一人俺は居た。

「ふぅ…………」

何とは無しに、息を吐く。

ただの吐息が、やけに大きく聞こえる。

「…………」

静かだ。

――――こん、こん

ごく控えめなノック。

だいぶ明るくなってきた彼女だが、この小さなノックの音は変わらない。

「どうぞ。入ってくれ」

ドアが開き、少女が現れた。

ミアだ。

「……あの」

「ミア。こっちに来て座ると良い」

椀に馬乳酒を注ぎ、対面に座ったミアへ差し出す。

彼女もこれが好きなのだ。

酒と銘打たれているが酒精はほぼ無く、子供もよく飲む。

「ありがとうございます……」

緊張した面持ちで椀を両手で持ち、口に運ぶミア。

それから、おずおずと話し出した。

「あの……ごめんなさい。大事な時間なのに」

命がけの戦いに赴く日の前夜。

大切な時間だ。

そういった感覚は普通、十三歳の女の子に分かるものでもないと思うが、ミアという子には分かるのだ。

「大事な時間だからこそ、ミアが来てくれて嬉しいよ」

「は、はい……」

はにかむように俯くミア。

本当に、表情を見せてくれるようになった。

「あの……」

「うん」

「すごく大きな、戦いなんですよね。いつもよりもっと……」

「そうだな」

戦いについて何かをミアの耳に入れたりは、誰もしていない。

だが、多くの者たちが忙しく準備にあたっているのだ。

ミアは察してしまうのだろう。

「大丈夫。必ず帰ってくる」

「分かってます……」

「ほう？」

即答だった。嬉しい話だ。

信用があるようだな。

「ロルフ様は、強いですから。すごく……」

「強いかな？　ミアがお墨付きをくれるか？」

「はい。砦でも、わたしを助けてくれましたし……」

あの時はミアの危機に激昂し、常に無く暴れるような戦い方をしてしまった。

今にしてみれば反省点も多いが、ミアがそう言ってくれるなら有り難い。

「……だから、怖がらなくても大丈夫です」

「やっぱりミアには分かってしまうか？」

「……はい」
戦いは怖い。それは当然だ。
戦いを前に、怖さを感じぬことなど無い。
だが、人は勇気を手に、いつだって恐怖へ立ち向かえる。
これまでずっと、俺はそうしてきた。
恐怖自体は人にとってある種必要な感情だし、恐怖を恥じる必要も無い。
それも分かっている。
だが、今夜はいつにも増して、落ち着かない。
胸中で熾火《おきび》のように燻《くすぶ》る恐怖を、上手く処理出来ないでいる。
怖いのだ。
少しでも判断を誤れば負ける。多くを喪う。
今度の戦いは、そういう戦いなのだから。
それを思っていると、ミアが立ち上がった。
そして俺の傍《そば》に来る。
「ミア？」
その行動の意味が分からず、俺は座ったまま彼女の顔を見上げる。
するとミアは俺の頭に両腕を回し、そのまま胸に抱いた。
「……大丈夫です。ロルフ様は負けません。………いちばん、いちばん強いですから」

いちばん強い。

ミアはそう言ってくれた。

彼女の中で、俺は最強の男であるらしい。

その期待に応えるために、頑張らねばならないようだ。

それからミアは、俺の頭を胸から離し、そして目を覗き込むように見つめてきた。

数秒の沈黙を置いて、今まで最も強く、はっきりした口調で言う。

「待ってますから、早く帰ってきてくださいね」

「……ああ、分かったよミア。ありがとう」

感謝の言葉が、自然と口をついて出た。

胸の中の恐怖が急速に萎《しお》れていくのを感じる。

「不思議だ。ミアはどうして、人の考えていることが分かるんだ？」

壮絶な経験を持つ子だ。

その日々が、人の心を見通せるほどの深みを彼女に与えているのかもしれない。

だがそれにしても、ここまで正確に分かってしまうとは。

まったくお手上げと言うほか無い。

「……誰のでも分かるわけじゃありません。ロルフ様の考えてることが分かるだけです」

「……？　俺だけそんなに分かりやすいかな？」

「………………」

ミアは再び、俺の頭に腕を回して抱きしめる。

だが、さっきより妙に力が強い。

と言うか物凄く強い。全力で絞めてきている。

ミア？　痛いのだが。

あと苦しい。

しかし声が出せない。

「…………………」

「…………………」

決戦前夜は、こうして更けていった。

◆

翌日、ロルフたちはヘンセンを進発した。

そして霊峰ドゥ・ツェリンへ向け進軍を開始する。

旧ストレーム領、および旧タリアン領を通り、イスフェルト領へ向かうのだ。

バラステア砦を抜け、旧ストレーム領へ至ったのは、進発から二日後の朝だった。

ヘンセンからバラステア砦への移動には、単騎でも丸一日かかる。

大軍であるにもかかわらず、そこを二日弱で踏破したのは、かなりの早さであった。

士気と統制が高いレベルにあることが分かる。

それから彼らは、アーベルの近郊で野営の準備に入った。

大軍であるため当然だが、街の中に寝床を得ることは出来ない。

しかしアーベルは、彼らが戦勝によって得た街である。

それなのに入れないというのは、やや道理に合わない話のようでもあった。

彼らも、肩をいからせて占領地を歩きたいわけではない。

だが身命を賭して戦った者たちが、そして今また戦いに赴く者たちが、街の灯に照らされることも無く、ただ外壁を眺めながら地面に寝ることになる。

それを少し気の毒に思ったリーゼは、幹部たちと相談し、街へ入ることを兵たちに許した。ロルフも迷わず同意した。

アーベルで宿を取ることは不可としても、野営までの数時間、街で過ごすことを許可したのだ。

それを受け、多くの者が喜びアーベルへ入っていく。

男性兵の中には、命がけの戦いを前に、ぬくもりを求めて娼館《しょうかん》へ向かう者も居た。

そしてそれ以外の者のうち、多くは酒場へ足を向けた。

ただ、魔族と人間が共に暮らすこの街にあっても、融和への課題は山積している。

酒場に関しては、魔族が集まる店、人間が集まる店が半ば固定されているのだ。

よって魔族兵たちは余計な衝突を避けるため、魔族の多い酒場へ入っていった。

今回の戦いが終われば、そんな光景も少しは変わるかもしれない。

街を眺めながら、幾人かの者たちはそう思ったという。

この戦いの意味を知る者の中には、人間の多い酒場を敢《あ》えて訪れる者も居たようだった。

いずれにせよ、その夜は皆が束《つか》の間《ま》の酔いを得た。

◆

「お兄さん、お兄さん」

「いらねえ」

一人、夜道を歩くシグ。

そこへ娼婦《しょうふ》が声をかけるも、彼はすげなく断る。

シグは、酒場で時間を潰そうとアーベルに来ているだけであり、そういう気分ではなかったのだ。

「ちょっと。〝いらねえ〟はないでしょ」

「うるせえな。とっとと失《う》せろ」

「はぁ？　何よそれ？」

苛立つ女。

下に見られがちな立ちんぼの街娼《がいしょう》だからこそ、プライドは捨てないと決めている。そういう類の女であるようだった。

だが、シグにとっては知ったことではない。

「うるせえっつってんだよ」

「あんた！　娼婦だからってそういう態度……！」

「あ？」

女は激昂するが、シグは気にしたふうも無く視線を返す。

その視線に、女は後ずさった。

「ちょ、ちょっと……」

一睨みしただけである。

だが肉食獣のような眼光に、女は怯《ひる》んでいた。

「…………」

「な、なんなのよ！」

怯《おび》えに声を上ずらせながら、じりじりと後ろに下がる女。

それから、どうにかして捨《す》て台詞《ぜりふ》を絞り出す。

「ドロールハウンドみたいな目をして！　もういいわよ！」

そう言うと、女は背を向けて足早に歩き去った。

途中、何度か振り返ってシグを見る。

噛みつかれるとでも思ったのかもしれない。

「ふん」

鼻を一つ鳴らすと、シグは目についた酒場へ入っていった。

比較的大きく、賑《にぎ》やかな大衆酒場である。
ずかずかと奥へ行き、いちばん隅、一人がけのテーブルへ。
そしてエールを注文した。
「はい、おまちどう」
運ばれてくるエールを喉に流し込む。
すぐさま飲み干すと、次を注文。
そしてまた、ただ無言でエールを口に運ぶ。
彼はしばしば酒を欲する。
しかし実のところ、酒の味はさして好きではない。
そして心地よく酔える質《たち》でもない。
それでも酒が必要だった。
酔いはシグに、追想をもたらす。
酒を飲むとシグは、昔日から今日に至る日々を鮮明に思い出すのだ。
ゆえにシグは、酒を欲した。
「…………」
シグの座るテーブルだけが静かだった。
店内では弦楽器がかき鳴らされ、人々が歌い踊っている。
明るく楽し気な雰囲気の中、それに目もくれず、シグはエールだけを飲み続けていた。

何杯も呷《あお》る。
彼が飲むのは、決まってブラウン・エールだった。
いま目の前に置かれているのは、五杯目のそれだ。
大きな木のカップの中で、濁りの強い茶色が揺れている。
それを一息に飲み干すシグ。
ほどなく次の一杯が運ばれてくる。
卓上に置かれた次の水面。それをシグはじっと見つめた。
八杯目か、十杯目か。
酒に強いシグがようやく酔いを得たころ、水面が何かを語りかけてくる。
ゆらり、ゆらりと。
水面はシグに記憶の扉を開かせるのだ。
その揺れに合わせるように、ぽろり、ぽろりと記憶が転《まろ》び出る。
シグの求めていた追想が始まる。
彼の記憶は、甘美なものではない。
痛みと屈辱、そして怒りに満ちている。
シグはそれを、一つ一つ思い出していく。
「…………」
親の顔を知らず、路上孤児《ストリートチルドレン》として貧民窟《スラム》で育った。

廃材で拵《こしら》えた住処《すみか》で、同じ境遇の者たちと肩を寄せ合って雨露をしのいだ。

そして食べ物を盗み、泥水をすすって生きてきたのだ。

その後生き延び、長じたあとも、目に入る世界はシグにとって唾棄すべきものであった。

価値など無いのに尊大な者。

富める者に諂《へつら》う者。

いずれも腹が立って仕方なかった。

傭兵団の一員として各地を転戦した時など、どこへ行っても何かに怒っていた。

このアーベルでは、子供へ剣を突き立てる者に出くわした。

到底許し得ぬことであった。

魔族なら子供であっても殺して良いと、そういうことらしい。

シグは、それを理解する気には全くなれなかった。

剣を突き立てた男は辺境伯、すなわちこの地の領主であったが、そんなことは関係が無かった。

怒りのままに斬り伏せてやったのだ。

だが、辺境伯が特別愚かだったわけではない。

どちらを向いてもそんな者ばかり。

シグが見てきた世界は、シグの記憶は、ひたすら怒りに満ちている。

「…………」

しかし忘れたくはない。

より正確に言うと、忘れてはならないと理解していた。

なぜ忘れてはならないのかと問われれば、きっとシグは答えるだろう。

知るかよ、と。五月蝿《うるせ》え、と。

実際のところ、理由など知ったことではない。

だが忘れてはならない。

決して怒りを忘れてはならない。

そのことをシグは理解しているのだ。

「…………」

十五杯目のエールを呷るシグ。

近づき難い雰囲気であった。

だが、それに気づかぬほどに酔っているらしい一人の男が、シグに話しかける。

「なあ、あんた」

中年の男であった。

エールを手に、シグの傍に立っている。

「あ？」

「ザハルト大隊の人だろう？」

「…………」

数か月前、シグが属していた傭兵団、ザハルト大隊は、この街に滞在していた。

その際、酒場にも訪れている。

ゆえに男は、シグの顔に見覚えがあるようだった。

「だったら何だ？」

「いやあ、大変だったな！」

ザハルト大隊は、辺境伯の意を受け、ロルフたちヴィリ族軍と戦った。

そして敗れたのだ。

団のリーダー、エストバリ姉弟は共に敗死。

残った団員は離散し、ザハルト大隊は消滅したのだった。

「お仲間は散り散りになったみたいだが、あんたはこの街に残ったのか。良いところだろう？」

「知らねえよ」

男の物言いは無遠慮なものであったが、表情に悪意は無かった。

ただの酔客である。

ゆえにシグも、鼻面を殴りはしなかった。

よほど機嫌が悪ければその限りではなかったかもしれないが。

「なぁに、気にするな。ありゃあ相手が悪かった！」

「あん？　分かるのかよ」

「だってよ、あん時の相手、あの後タリアン領まで落として、今度はイスフェルト領まで侵攻しようとしてんだぜ」

「…………」

「まったく、どえらいことだよなぁ」

男は人間だが、魔族軍の侵攻をそう評した。

何とは無しに、シグは訊いてみる。

「魔族にやられて腹は立たねえのか？」

「立つさ。そりゃあもうムカつくねえ！」

そう言って、男は手に持ったエールを喉へ流し込む。

そして大きく息を吐くと、赤ら顔で言った。

「しかし実際、相手が強かったわけだしよ」

「だから強い弱いがお前に分かんのかってんだよ」

「いや、分かんねえ！」

男はげらげらと豪快に笑う。

完全に酩酊《めいてい》しているようだ。

そして笑顔のまま言った。

「でも強いんじゃないのか？　あんたらに勝ったんだから！」

「だったら今度の戦も勝つかもしんねえな」

「いやー！　どうかなあ？　な？」

やや呂律《ろれつ》の回らない調子で、気分良く叫んでいる。

どうとも取れる男の言葉。

しかし、酩酊した相手にその意図を質《ただ》す気にもなれなかった。

「ははは！　とにかく、こうして呑めりゃいいのよ！」

「能天気なこったな。この領が落ちてるんだぜ」

「まあ、ほれ！　いいんだよ！　辺境伯も戦上手ではあったがよ、良い領主ってわけでもなかったからよ！」

「ああ、そいつは俺が斬った」

「ははは！　そうかそうか！」

男は、ばしばしとシグの肩を叩く。

酒場の冗句と捉えたようだった。

「何にせよ、強い奴と戦って負けたんだ！　恥じることはないぜ！　なあ！」

「別に恥じちゃいねえよ」

そう言って立ち上がり、飲み代《しろ》をテーブルに置く。

そして歩き出す。

ずいぶん飲んだが、ふらつく素振りは無かった。

「兄ちゃん、またな！」

シグの背に向けて叫ぶ男。

返事せぬまま、シグは酒場を後にした。

◆

「……ふん」

夜道を歩きながら、シグは先ほどの男を思い出す。

彼もヨナ教徒であるはずで、霊峰の陥落を歓迎出来るわけも無い。

この街には信仰へ傾倒し切っていない者が多いと聞くが、それでも教義は教義である。

そして実際、彼は魔族への怒りを口にしていた。

「〝そりゃあもうムカつく〟、ね」

だが、それはただの怒りだった。嫌悪ではなかったように思える。

もっとも、酒によって無分別な寛容を得ていただけかもしれない。

元より自分が言っていることがよく分かっていないだけかもしれない。

そして恐らく、あの男は霊峰が陥落するとは思っていないだろう。

戦いの当事者たち以外で、霊峰が落ちると信じる者はそう居ない。

霊峰ドゥ・ツェリンは、それほどの存在なのだ。

「…………」

しかしあの男は、少なくとも、強きを強いと言った。

どこかロルフたちを認めるような口ぶりだったように思う。

何でもない酔客の態度が、何かが変わりかけていることを示している。シグにはそう見えた。

「…………」

酒がシグに与えた追想。

世界は、どうしようも無いものだと思っていた。

ただ痛苦を与えてくるだけ。

ただ怒りを催させるだけ。

だから憎んでいた。

そして今も憎んでいる。

この世界はロクでもないと思っている。

だが、変わるというのなら。

変えられるというのなら……。

「ちょ、ちょっと！　やめて！」

シグの思考を、金切り声が中断させる。

顔を向けると、横合いの路地の奥で、男女が小競り合いをしていた。

男は、身なりから察するにまともな職の者ではない。

女の方は、濃い化粧と露出の多い服を身に纏っていた。

「また娼婦か」

旧ストレーム領では、今のところ善政が敷かれている。

経済はよく回り、治安も悪くない。

だが、街娼を取り締まる法は無かった。

正しくは、今の世でそれを取り締まることは出来ないのだ。無くしようのない者たちである。

ゆえに、このアーベルにも彼女たちは居る。

そして娼婦が居れば、それを利用しようとする者たちも居る。

だから、娼婦と客引きの小競り合いなど、日常茶飯事であろう。

シグにとっても、特に興味を引く光景ではなかった。


「…………」


だが、女の顔に見覚えがあったのだ。

酒場に入る前、無下にあしらったあの娼婦であった。

そうであっても、本来ならシグにとって、どうと言うことの無い話である。

一片の興味も示さず立ち去るのが、彼にとっての常であった。

しかし、立ち去り際の、女の言葉が耳に残っている。


――――ドロールハウンドみたいな目をして！


ドロールハウンドは大型の猟犬を更に一回り大きくし、著しく獰猛《どうもう》にしたような魔物である。

牙に涎《よだれ》を滴らせ、血走った目で得物を探す、凶悪な獣なのだ。

さすがのシグも、そんなものに喩《たと》えられたのは初めてであった。

「…………」

子供のころ、泥の中の水たまりに映る自分は、さして目つきの悪い顔をしていなかったように思う。

いつからだろうか。凶相とも呼ぶべき顔になったのは。

憎み、憎み続けた結果、こうなったとでもいうのだろうか。

そんなことを思わせた女に、シグはほんの少しの興味を覚える。

「……ふん」

路地に足を向け、奥へ入っていくシグ。

細くて暗い路地の奥では、男と女がまだ争っていた。

「何するのよ！　ふざけんなこの！」

「黙りやがれ！　売女《ばいた》が舐めやがって」

「その売女で商売してるド三一《サンピン》が何言ってんのよ！」

「てめえ!!　その口、二度と利けなくしてやる!!」

男は激昂のまま、短刀を抜いた。

そして女の髪を摑《つか》み、その短刀を振り上げる。

顔を傷つけるつもりなのだ。

言うことを聞かなくなった娼婦は、商品として成立しない。

その商品価値を消してしまおうというつもりである。

「ひぃぃぃっ!?」

女の悲鳴。

気位が高くとも、恐れには身が竦む。

シグに睨まれても捨て台詞を口に出来た女だが、顔に迫る白刃には叫喚するほかない。

娼婦は目に涙を滲《にじ》ませ、恐怖と絶望で顔を歪ませていた。

「おい」

声をかけ、男に踏み留まらせる。

振り上げた手を止めさせてから、冷静になるよう促すのだ。

それがこういうケースにおいては、大体にして正しい行動である。

しかしシグはそんなことを知らないし、知っていたとしてもそれを選ばない。

だから彼は、声をかけると同時に男へ蹴りを見舞っていた。

「ぐぁっ!?」

蹴り飛ばされた男は、短い悲鳴をあげる。

かなり体格の良い男であったが、シグの強烈な蹴りを受け、派手に転がされた。

そして倒れ込むと、何が起きたのかを理解するのに数秒を要し、その後ようやく起き上がった。

「ぐ……てめえ！　何のつもりだ！」

取り落とした短刀をすかさず拾い、男は構えた。

声も表情も、憤怒《ふんぬ》を極めている。

「え、あんたは……」

女は驚きに目を丸くした。

彼女を一瞥《いちべつ》すると、シグは男に向き直る。

「女助けて二枚目気取りか！」

「そんなんじゃねえよ」

「その女は盗人《ぬすっと》だぞ！」

「知ったことか」

諍《いさか》いの原因になど興味は無い。

相手の事情など知ったことではない。

だが、相手にはシグのルールを守らせる。

すなわち、武器を振り上げる以上は、攻撃されても止《や》む無《な》しというルールである。

「調子こいてると後悔するぞ兄ちゃん！」

「はん、そうかよ」

男は、怒鳴って威嚇することを優先しているようで、中々かかってこなかった。

面倒に感じたシグは、正面から男に近づいていく。

事も無げに、丸腰のまますかずかと歩いてくるシグを前にし、男は更に怒りを強めた。

「おい！　刺されてえのか！」

「いいや？」

「俺がやれねえと思ってんのか！　おぅコラァ!!」

「ちょ、ちょっと！」

女は泡を食って静止しようとする。

この男は極めて気の短い性格で、これまでも刃傷沙汰《にんじょうざた》を起こしていた。

それを知っている女は、シグが刺されると思ったのだ。

高をくくって近づけば、本当に刺し殺されてしまうと。

「クソが！　死ねやァ!!」

「駄目！　止めて！」

「うるせえんだよ!!」

苛立ちに叫んだのはシグであった。

彼は右拳を男の顔面へ叩《たた》き込む。

男が突き込んだ短刀は、シグに届かなかった。

「ごぶ!?」

男は鼻から血を零《こぼ》しながら、仰向けに倒れる。

だが昏倒《こんとう》は免れたようで、シグが近づくと、よろよろと起き上がった。

そして、落とした短刀を拾い上げ、再び構え直す。

「……殺す！　ぜってえ殺したらァ!!」

「やってみろや!!」

男より数段ドスの利いた声で凄むと、シグはずいと男に接近し、その腕を捻《ひね》り上げる。

そして男が短刀を取り落とすや、肩口へ肘を叩き込むのだった。

「ぐあぁっ!?」

三度《みたび》、倒れる男。

シグは、その男の腹へ、爪先を蹴り込んだ。

「ごぶっ！」

もう一度。更にもう一度。

呼吸が出来なくなるほどに強烈な蹴りを、続けざまに腹へ見舞った。

やがて男は、地に伏したまま背を丸め、震え出してしまった。

「あ……あぐ……」

「寝転がってんじゃねえぞてめぇ!!」

理不尽な怒りに叫ぶシグであった。

◆

声にならぬ悲鳴をあげながら男が逃げ去ったのち。

路地にはシグと女の姿があった。

「あ、あのさ……」

女が口を開く。

だが、そのまま二の句を継ぐことが出来ず、沈黙した。

シグは、少しの興味と成り行きで男を蹴飛ばしたが、ただそれだけだ。

ゆえに、そのまま立ち去ろうとした。

「え、ちょっと！」

「あん？」

慌てた様子で女が声をかける。

シグが振り向くと、女は言った。

「あの、ありがとう」

「ああ」

「……助かった。あいつ、顔切ろうとしてたし。ヤバかったから」

女は、刃を思い出して震えた。

商売上、荒事には多少なりとも慣れている。

暴力を目にすることも少なくはない。

だからシグの苛烈な暴力にも、さして忌避感は抱かなかった。

だが、顔に迫る刃は怖い。そればかりは無理からぬことなのだ。

一応は女性に対する経験値を持つシグのこと。そこは理解するのだった。

「……まあ、その顔に傷が入っちゃ勿体《もったい》ねえからな。俺のこれと違って」

シグは自身の頬を指し示す。

そこには大きな傷があった。

ロルフとの戦いでつけられた傷である。

ふふ、と笑って女は言った。

「あのね。あたし、上前をハネようとしちゃったの。お金なくてさ」

「そうか」

女は相場を大きく超える上納金を取られていた。

それで貧窮し、軽挙に及んだのだった。

彼女はそこまでは語らなかったが、シグには想像がついた。

よくある話なのだ。

「あの……やっぱり、ヤる？　お金はいいよ」

貧窮しているにもかかわらず、タダでと女は申し出た。

だが、それでもシグは素っ気ない。

「いや、やめとく」

「そう……」

「あれだ、戻らなきゃなんねえからよ」

「戻るって？」

「街の外に集まってる奴らんとこ」

「ああ。あんた、兵隊さんなんだ」

本当のところは、単に抱く気が起きなかっただけである。

戻らなければならないと言ったが、定められた自由時間を律儀に守るシグではない。

だが、それを理由にした。

シグが持つ、なけなしの礼節を、最大限発揮した結果であった。

「大変だね、戦いに行くんでしょ」

「お前も大変な商売だろ」

「と言っても、この仕事はもう無理だけどね……」

さっきの男は、末端の客引きに過ぎない。

大抵の売春は組織化されており、この女もその一員なのだ。

そして組織のカネに手をつけようとした女が許されるはずも無い。

彼女がこの街で商売を続けることは不可能だろう。

「はは……どうにもならないね」

「何が？」

「いやほら、親も学も無い女が、どうにかしたくて足掻《あが》いてみたけどさ」

「…………」

「ま、こんなもん」

女の瞳に浮かぶ諦念。

彼女の心境は、シグにも分かった。

あの貧民窟《スラム》の光景。

苛立たしいだけの者たち。

下らなくて、どこまでも変わり映えのしない世界。

「じゃあ街を出ろよ」

「出ろったって、ほかに行くところなんて……」

「バラステア砦は人手不足だって話だ。飯炊きでも掃除婦でもやってみりゃいいだろ。いっそヘンセンでもいいしよ」

物流の中継地点となっているバラステア砦は、輸送に携わる者たちで連日ごった返している。

厳しい肉体労働になるが、職はあるようだった。

また、経済圏が広がっている現在、シグの言うとおりヘンセンに職を求めることも不可能ではない。

かなり思い切った考えではあるが。

「へ、ヘンセン？　魔族の町でしょ？　バラステア砦だって軍事施設なんだし……」

「そうだな。まあ思うようにしろ」

突き放すように言うと、シグは女に背を向けて歩き出す。

特に挨拶も無く去ろうとする彼だった。

その背へ女は問いかける。

「そ、そんなこと出来ると思う？」

「知らねえよ。やってみなきゃ分かんねえだろ」

少なくとも、受け入れたくもない世界を甘んじて受け入れてはならない。

それがシグの思いであった。

「あんたには出来るの？」

「さあな。少なくとも俺は、生き汚くはあるな」

立ち止まり、最後に一度だけ振り返る。

「なんせドロールハウンドだからよ」

「ごめんって……」

縮こまる女。

それを見て、少しだけ、ほんの少しだけ口元に笑みを浮かべると、シグは今度こそ立ち去っていく。

女の選択が、意味のあるものになれば良いと、願ってやらなくもない彼だった。

◆

霊峰ドゥ・ツェリン。

次の戦いの場。

ロルフたち魔族軍が間もなく攻め入ってくる地である。

山肌には岩が多く、木々は少ない。荒涼とした灰色の山である。

そこに濃い霧が立ち込める光景は神秘的で、ここが神の御座であることを人々に信じさせる。

礼拝の時期には、神の息吹に触れたいと願う多くの信徒たちが訪れるのだ。霧に覆われ、谷もあるが、標高は低く、勾配ゆるやかな山であるため、正しい道を通れば危険は少ない。

信徒たちがその道の先に目指すのは、山頂に建つ大神殿である。

その大神殿で、いま会合が持たれていた。

ある者は神事と対極にあると捉え、またある者はそれこそ神事と言うであろう会合。

軍議である。

「第一騎士団、第二騎士団、共に到着しております」

その報告を受け鷹揚《おうよう》に頷くのは、この地の領主であり、またヨナ教の司教でもある男。

バルブロ・イスフェルト侯爵である。

「済生軍の状況はどうか」

「は。編制は予定どおり完了しました。全軍投入可能です」

同じ動作で頷くイスフェルト侯爵。

戦いが始まろうとしているこの状況にあっても、態度に乱れはない。

その様《さま》に、部下たちは安堵を覚える。

攻め入る敵は大軍で、三方から霊峰を落としに向かってきている。

その敵は魔族軍ばかりではない。

事前に予想されていたとおり、王国の反体制派も挙兵したのだ。

迫る大兵力。イスフェルト領が始まって以来、大神殿が建てられて以来の異常事態である。

にもかかわらず、イスフェルト侯爵に焦りは見られない。

事態を軽く見ているのではなく、十分な備えをしたうえで、この状況を迎えているからだ。

その態度は部下たちにも伝播《でんぱ》する。

大きな戦いを前にしても、狼狽える者はこの場に居なかった。

彼らの済生軍は精強で、兵数も多い。

全軍を糾合すれば、騎士団一つ分より多いほどだ。

そして今回は、まさに全軍の糾合に成功している。

そこへ王国の最高戦力。

第一騎士団および第二騎士団である。

王女が約定したとおり、彼らはすでに到着している。

更に霊峰は要害である。

低い山だが、越えられぬ谷が幾つもあり、山頂へ至るルートは制限されている。

地形が、攻め入る側に大きな不利を強いるのだ。

それらを思えば、この場に居る幹部たちに恐れは無い。

神の名のもと、愚か者たちを断罪するのみである。

「信徒の立ち入りは禁止していような」

「は。元より礼拝の時期には遠いこともあり、もうこの地に一般信徒は居りません」

侯爵の問いに、幹部の一人がそう答えた。

今、霊峰に人の姿は無い。

これから戦う者を除いて。

一般信徒を遠ざけることは、王女セラフィーナから、固く申し渡されていたことだった。

侯爵としても否やは無い。

今回の敵の中には、人間も含まれている。

魔族だけではなく、人間も斬り伏せることになるのだ。

信徒たちに見せたい光景ではなかった。

「足止めの方はどうか」

侯爵が問うたのは、敵が霊峰に至る前にこちらから接敵し、進軍を止めるという策についてだ。

要害である霊峰に引き込んで戦うのは良いとして、正直に三正面作戦を許す必要は無い。

三方いずれかの軍を足止めし、敵が霊峰に攻め入るタイミングをズラしてやるだけでも、良い状況を作れるはずだった。

「反体制派なら足止めも可能かと思われたのですが、敵の進軍も巧みで。難しいようです」

幹部が、やや申し訳なさそうに答える。

狙っていたのは、霊峰の外での会戦ではなく、工作で敵の進軍速度を抑えることだ。最も兵数の少ない、東から来ている反体制派に対してならそれも叶うかと思われたが、そうもいかないようである。

だが、侯爵に失望した様子は無い。

概ね予想どおりだったのだ。

「敵もそのあたりは予想して進軍計画を立てている。警戒も十分だろう。やむを得ん」

済生軍の最高司令官であるイスフェルト侯爵は、軍務においても優れた知見を持っている。

情報の重要性を正しく理解しており、敵に関するデータも詳細に集めてあった。

したがって反体制派のリーダー、デニスが頭の回る者であることも心得ており、足止めが難しいことも織り込み済みなのだ。

「だが、この報告によると反体制派の兵数は想定より少ないな。兵力を秘匿しつつ進軍しているのかもしれん。気をつけろ」

「はっ。魔族どもの兵数は想定どおりですが、やはり大兵力です」

「ああ、油断出来ん。だが警戒すれども萎縮はせぬように。御山におけるこちらの有利は変わらない。そのうえ神器もある。必要なら禁術の使用も辞さぬ」

女神ヨナによってもたらされる、様々な奇跡。

魔力を持たぬはずの人間が魔法を行使することもその一つ。

そしてこの大神殿には、ほかにも神の御業《みわざ》が存在するのだ。

それを向けられた異教徒に、生き延びる術は無い。

教団に言わせれば、何人《なんぴと》も、神の威光から逃れることは出来ないのだ。

「禁術まで？　そんなもん無くても勝てるでしょう」

突如、場にそぐわぬ、くだけた口調で声をあげたのは無精髭《ぶしょうひげ》を生やした黒髪の男だった。

周囲に居た幹部のうち何人かは眉を顰《ひそ》め、何人かは「またか」と言いたげに呆れた顔を見せる。

だが侯爵は表情を変えない。

「スヴェン。おいそれとは使わぬ。禁じられているから禁術なのだ」

「知ってますよ。魔族の生贄《いけにえ》が百人ほども必要というアレでしょう」

スヴェンの言葉には、やや嫌悪感が滲んでいるようでもあった。

軽々《けいけい》に神威《しんい》へ縋《すが》ることを良しとしないようだ。

「ではスヴェンよ。神器の方はどうする？　お前が使うか？」

イスフェルト侯爵が問う。

スヴェンは、剣技については済生軍でも随一である。

神器と呼ばれる強力な剣を持つに相応しいのは彼なのだ。

その点は、彼の態度を快く思わない者も含め、皆が認めるところであった。

「んー、考えときます」

スヴェンがすげなく答えると、その態度を気にしたふうも無く、次にイスフェルト侯爵は別の者へ声をかけた。

侯爵の視線の先に居たのは済生軍最強と称される魔導の天才。

スヴェン以上の勇名を持つ者である。

「アルフレッド。戦う準備は出来ているか？」

「ええ、いつでも」

端正な顔立ちをしている。

耳まで隠れる美しい金髪が特徴的な男であった。

侯爵の息子、アルフレッド・イスフェルトだ。

「御山を荒らす者たちへ、罪を教えてやりましょう。女神ヨナの名のもとに」

怜悧《れいり》な眼差しに、冷たい声音。

大きな戦いを前に、気負いも高揚も感じさせず、彼は答えた。

◆

神殿内にて幹部たちの軍議が行われているころ。

その神殿の脇へ設《しつら》えられた花壇の前にしゃがみ込む、大きな背中があった。

背も高く、肩幅も広い。

その大きさからは分かりづらいが、それは若い女の背中だった。

茶色い髪は短くウェーブがかかったクセ毛で、面立ちはやや牧歌的。歳は二十歳《はたち》前後。

その顔に汗を浮かべつつ、しかし口元に僅かな笑みを湛え、せっせと花壇の世話をしていた。

花がとても好きなことが見て取れる。

「お前《め》さんら、綺麗な花を咲かすだぞ」

穏やかな声は、その声の主の心根もまた穏やかであることを表していた。

それに合わせるように名も淑やかで、女はマレーナと言った。

だが、彼女が名で呼ばれることは少ない。

「おいデブ！」

「あぐっ!?」

背中に強烈な衝撃。

蹴られたのだ。

そのまま彼女は、花壇に倒れ込んでしまった。

花に向けていた優しい笑顔が、たちまち痛みに歪む。

「二、三日のうちに敵が攻めてくるってのに、土いじりなんかしてる場合かよ！　防具の手入れは全員分終わったのか!?」

「お、終わってるだよ。ちゃんと倉庫に……あ、これ！」

「あん？　なんだそれ」

「お、お守りだよ！　樫《かし》の木炭で作ったやつ！　みんなの分もあるだ！　おらの村ではよく……」

「いるかよ！　そんなもんで勝てるわけねえだろ！」

「うぐっ！」

再度、蹴りつけられるマレーナ。

それから男は吐き捨てるように言って去って行った。

「暇なら剣でも砥《と》いでろ！　言われねえでも動け！」

だが、勝手に剣に触れれば、それを理由に暴力を振るわれていたに違いない。

男は嫌悪の対象へ、向けるべき嫌悪を向けただけなのだ。

「う……」

のろのろと起き上がるマレーナ。

マレーナが倒れ伏したことで、花壇が荒れてしまっている。

「あ……ごめんな」

そう言って再びしゃがみ込み、荒れた株を植え直す。

きっと綺麗な花を咲かせるはずなのだ。

その美しい花々を頭に思い浮かべ、笑顔を浮かべてせっせと花壇を整えるマレーナ。

だが笑顔は悲痛だった。

「ごめんな……ごめんな……」

一生懸命に手を動かしながら、マレーナは花壇に謝り続けた。

それは、酷薄な運命を押しつける何かに許しを乞うているようでもあった。

マレーナは幸福ではなかった。

貧しい農村の生まれで、八歳の折、両親を病に奪われる。

だが、その地を教区としていたヨナ教の助祭に引き取られ、以後は教会で暮らすこととなった。

助祭の善行は必ずしも善意によるものではなかった。

名望を得て地位を高めるための児童養護である。

だがそれは珍しい話ではない。

マレーナは、食い扶持のため、歳にそぐわぬ労働を強いられたが、日々を生きることは出来た。

親も頼るあても無い彼女にとって、寝床と食べ物を与えられるだけで十分に有り難かった。

だが、十四歳のある日、マレーナの人生は更に不幸の度合いを深める。

彼女に魔力があることが分かったのだ。

神疏《しんそ》の秘奥を受ける前にである。

人間は魔力を持たない。

秘奥を受け、初めて授けられるのだ。

だがマレーナは、それ以前から魔力を持っている。

あり得ない話だ。

これは、優れた才能と讃《たた》えられる類のものではなかった。

女神ヨナと繋がることで初めて与えられるはずの魔力を、何故か持ってしまっているという点は、教団のシステムの否定なのだ。

加えて、彼女の魔力に説明をつける、ある仮定が立ってしまう。

マレーナに魔族の血が混ざっているという仮定である。

魔族は生まれた時から魔力を持つ。

その血が流れているなら、彼女の魔力にも説明がつく。

数代前のどこかに、魔族が居るのかもしれなかった。

だが、この仮定を許容することは、教団にとってあり得ない。

ヨナ教では、魔族を滅ぼすべき劣悪種と捉えており、人間と同等とは見ていない。

人間と魔族の間に子が生まれることは無いとしているのだ。

とは言え、これは教義における建て前であり、現実は違う。

殆どの人間は魔族を性愛の対象としないが、魔族の奴隷を慰み者にする〝好事家〟が、意に反して子を生《な》してしまうケースは稀にあるのだ。

しかし出産されることはまず無い。

王国も教団も、それを許しはしない。

そのような子を生かし、育てたことが知れれば、ただでは済まないだろう。

混血を存在し得ぬものと位置づける以上、それを育てることに対する罰則も存在しないが、しかし見逃されることは無いのである。

それは、奴隷を孕《はら》ませてしまった者たちにとっても、分かり切っていることだった。

そもそも、彼らにも子を祝福する思いなど無い。

よって、人間と魔族の間に出来た子は、一切の記録に残ること無く、堕胎されるのだ。

だが、中には例外も存在し得る。

網目を抜けたケースはあるだろう。

そんな、存在し得ぬ者の血がどこかで混ざった。

そう推測されるのがマレーナなのだ。

あくまで推測であることと、また、彼女を引き取った助祭がすでに遠地に赴任しており、彼女に関して何らかの責を負う者がすでに居なかったことから、マレーナは謀殺の憂き目に遭わずに済んだ。

だがそれもいつまで続くか。

見咎《みとが》められることが無いのは、マレーナが路傍の石だからである。

教団や王国で強い権限を持つ者に彼女のことが知れれば、そのような危うい存在は摘み取っておくべし、という判断が為されることだろう。

それはそう先のことではない。

そして、その日が来るまでマレーナと共にあるのは、ただ差別と迫害のみである。

魔族の血が流れると噂《うわさ》される彼女に、教団内でまともな待遇が与えられるはずも無かった。

すでに魔力を持つ以上、神疏《しんそ》の秘奥は与えられない。

労働は苛烈になるばかりで、暴力も日常茶飯事。そして寝食は粗末だった。

にもかかわらず、体質ゆえか体は大きく育っていた。

そしてそれもまた、彼女が人間と異なる存在であることの根拠であるように捉えられ、迫害はより強くなったのだ。

数年前に済生軍へ徴発され、僻地《へきち》で雑用に追われる日々を過ごしたが、ここでも迫害を受けるのみ。

今回の戦いへ招集され、この大神殿に来たのは数日前だが、やはり差別は変わらない。

共に招集されてきた旧知の者たちから、暴力を受け続けていた。

だがマレーナにとって、暴力は大きな問題ではなかった。

彼女を苛《さいな》むのは、もっと別のものだったのだ。

ぼろり、と。

涙が落ちて、花壇に染みを作る。

「う……」

嗚咽《おえつ》が漏れた。

努めて作っていた笑顔が、ぐしゃりと崩れる。

「うっ……ぐ……」

彼女から十数メートル離れた場所を、何人かの兵が談笑しながら歩いていく。涙の向こうに滲むばかりだが、マレーナにとって眩《まぶ》しい光景だった。

これまで何度も、楽し気に語らう者たちの輪へ、マレーナは近づいていった。

笑顔を浮かべ、自分も輪に入れてもらえると思って。

だが彼女を持っていたのは罵詈雑言《ばりぞうごん》だった。

そして暴力と共に追い返された。

最初はマレーナにも、何事なのか分からなかった。

皆の虫の居所が悪かったのかと思い、また何度か笑顔と共に歩み寄るが、そのたび叩《たた》き出《だ》された。

その度に泣き、そしてやがて理解する。

自分は嫌われている。

八歳まで居た農村には、優しい父母こそ居たが、同じ年ごろの友達は居なかった。

教会に引き取られてからは、働くだけの毎日で、誰とも話すことが無かった。

そして軍に徴発されてからも、この状況である。

ぼろりぼろりと、大粒の涙が零れていく。

嗚咽と共に、大きな体が震える。

「さ……淋《さみ》しいよう。お、おらぁ……淋しいよう」

マレーナは一人だった。

だが不幸なことに、彼女は孤独が嫌いだった。

父母を失ってより孤独しか知らぬ彼女が孤独を嫌うのは、悲劇と言うほか無い。

「淋しい、淋しいよう………。おっ父、おっ母。会いてえよう………」

友達が欲しかった。

ただそれだけなのだ。

だが酷薄な世界は、それだけの願いすら叶えてはくれなかった。

少なくとも、今のところは。

◆

旧タリアン領の中心部にある、ローランド商会本部。

その一室に、彼らは居た。

商会の会長トーリと、その娘アイナ。そしてアイナの友人カロラである。

「……ロルフさんたち、今はどのあたりでしょうか」

「イスフェルト領に入ったころだろうね」

落ち着かない様子のカロラに、トーリが答える。

ロルフたちは敵地に着いたはずだ。

そして霊峰に至れば開戦である。

「アイナ。落ち着きなさい」

カロラ同様、アイナにも落ち着きが無い。

立ち上がって、無為にうろうろする彼女をトーリが窘《たしな》める。

「は、はい」

「気持ちは分かるが、焦っても何にもならないからね」

「そ、そうですね。恥ずかしいです……。戦場に立つのは私たちじゃないのに」

彼女が羞恥を感じるのは、戦う者たちへの敬意があるからこそだ。

それを分かっているためトーリは黙したが、ロルフなら「貴女《あなた》がたも共に戦っているのだ」と言ってくれるだろう。

しかも本心で。

トーリは商人である以上、打算を忘れないし、他者の打算にも敏感である。

そんな彼からしてみれば、ロルフはまったく稀有《けう》な若者だった。

ロルフが望む世界を、トーリも見てみたいと思っている。

そのために様々な助力を行ってきたし、これからもそのつもりだ。

だからこそ、この戦いでロルフたちに勝ってもらわなければならない。

旧王国領と魔族領に成立させた経済圏は上手くいきつつあるが、まだ課題は多い。

特に両種族間の感情面でのしこりは、やはり難しい問題だ。

そんな中、大きな勝利は人心の安定に繋がるはずだ。

人間と魔族が共同戦線を張り、王国の強大な戦力を破ったとなれば、その影響は計り知れない。

両者の距離は、きっと大きく縮まるだろう。

もっとも、そういった点を抜きにしても、今度の戦いは勝たなければならない。

なにせ、負ければ道を大幅に後退することになる。

この旧タリアン領の維持も難しくなるだろうし、結果再び王国領に組み入れられれば、商会はどうなることか。

それでも、トーリは表情に焦燥を見せない。

そういった感情を顔に出さないのが一流の商人である。

「フリーダも大丈夫でしょうか」

アイナが言った。

友人であり、トーリとも懇意にしている傭兵フリーダは、今回、反体制派との橋渡しとして活躍し、そのまま彼らと共に戦闘へ参加しているのだ。

「大丈夫よ。彼女は強いからね」

カロラが元気づけるように言った。

娘とその友人――トーリから見ればカロラも娘同然だが――が励まし合う光景を、トーリはとても好んだ。

自然と浮かんだ笑顔のまま、彼は伝える。

「そうだな。それに、いま彼女と共にあるデニスは信用出来る男だ。私とは旧知でね。物事がよく見えている。頼りになるよ」

彼の言葉に、娘たちは頷いた。

戦場に向かっている旧友たち。盟友たち。

北、南、東の三方から霊峰を目指している。

彼らはきっと勝ってくれる。

帰ってきてくれる。

三人は胸の中でそれを思い、不安を取り払う。

そして願った。

皆さん、ご武運を、と。

◆

霊峰ドゥ・ツェリン山頂、大神殿近く、第一騎士団野営地。

エステル・ティセリウスはピンクブロンドを風になびかせ、腕を組んだまま遠くを眺めていた。

その背後から、男が一人近づいてくる。

「お嬢様。敵はイスフェルト領に入ったとのこと。開戦予想日に変更はありません」

「分かった」

男は副団長のフランシス・ベルマンだった。

五十代後半。オールバックの白髪に白髭《しらひげ》を持った細身の男性。まるで貴族家の家令を思わせる風体である。

実際、ベルマンは家令としてティセリウス伯爵家に務めていた。

約二十年前、当主である伯爵が、騎士を志す娘エステルのために、高名な騎士であったベルマンを家に引き入れたのだ。

伯爵が、彼に剣の指南役ではなく家令の職を与えたのは、常に家中《かちゅう》にあってエステルを指導させるためであり、また、キャリアの絶頂期にあった騎士を引き抜いた以上、可能な限りの厚遇が必要で、すべての使用人に勝る権限と高給を与えるためであった。

よって、実際に家令の職務が期待されたわけでは無いが、ベルマンは才ある男で、家令としての仕事も難なく遂行した。

本業である剣と軍略の指導も優れたもので、もともと非凡極まる少女であったエステルはたちまち成長していった。

そしてエステルが騎士団に入団したのちは、ベルマンも団に復帰し、以降も彼女を支えている。

「それとお嬢様。そちらは西です。意中の人物が来るのは北ですぞ」

「うるさい」

ベルマンは家令であった時の名残《なご》りで、公的でない場ではティセリウスを〝お嬢様〟と呼ぶのだ。

彼は上官たる彼女に対しても遠慮の無い物言いをする。

この二人の浅からぬ歴史が見て取れるというものであった。

「と言うか西からは誰も来ません。いったい何を見据えておられるのですか？」

「うるさいと言っている」

やや語気を強めて振り返るティセリウス。

その表情を見たベルマンは彼女の心情を理解した。

そして大仰に嘆息する。

「未だ迷いがお有りではないですか。ヴァレニウス団長にあのような態度までとっておいて」

「…………………」

叱られた子供のように、バツの悪そうな表情を見せるティセリウス。

反論し得ぬものがあるようだ。

「人の恋心をどうこう言える立場でもないでしょうに。お嬢様こそ、疾《と》く身を固めておらねばならぬのですぞ」

「うるさいぞ。黙れ」

「だいたい王国の女子の平均結婚年齢を、ご自分が幾つ踏み越えているのか分かっておいでですか？　社交の場に出るでもなく、休日のたびに部屋で一人酔い潰れる始末。私の故郷では、そういう女性を乾物女と」

「どうしてそう辛辣なんだ！　いいから黙れ！」

怒鳴り声をあげるティセリウス。

気のせいか、やや涙目になっているようにも見える。

ベルマンは、やれやれといった風情で首を振り訊いた。

「それで、イスフェルト侯爵は何と仰せでしたか？　我が団の役割は？」

「山頂付近で待機」

「ほう……」

ベルマンは、やや驚きを持ってその言葉を迎えた。

敵は三方から攻めてくる。

ヴィリ・ゴルカ連合とレゥ族、そして反体制派だ。

対して王国・教団サイドは、第一騎士団と第二騎士団、そして済生軍。こちらも三勢力である。

よって、単純にそれぞれが三方を守る戦術が、まず考えられる。

だが、この戦いの最高司令官、バルブロ・イスフェルト侯爵はそうしなかった。

第一騎士団を予備戦力として後方待機に回したのだ。

これは騎士団への疑心あってのことではないだろう。

戦術上、理に適《かな》った判断なのだ。

「イスフェルト侯爵は、世間の評判どおり有能な男であるようですな」

「ああ」

戦力の逐次投入を避けるという、教練書に従うばかりの用兵を侯爵が見せたなら、それはティセリウスの冷笑を買ったことだろう。

だが彼は地形を理解している。

この地を治める者ゆえ当然ではあるだろうが、それを差し引いても良い判断と言えた。

攻める三方は、谷によって戦場を隔てられ、限定的にしか行き来できない。

基本的に山頂を目指すのみだ。

それに彼らの連合は消極的なものと考えられる。魔族と反体制派は別々に動くというのが大方の予想だった。

これらの条件から、三方が有機的に繋がることは、おそらく無い。

だが防衛側は違う。

山頂側からなら、いずれの方面にも自由に兵を投入出来る。

兵力の流動的運用が可能なのだ。

このアドバンテージは大きい。活かさなければならない。

それに攻撃側が三方のいずれかを突破して山頂に至ったら、即座に大神殿を制圧出来てしまうう
え、そこから他方面へ向かい防衛側の後背を突ける。

よって、初期段階では山頂に予備戦力を置き、戦況に応じてその兵を動かすという策が正解なのだ。

イスフェルト侯爵はそれを選択した。

「話していて分かったが、そこそこ頭の良い貴族だ。最近では珍しい」

危険な物言い。

それを咎《とが》めるでもなく、ベルマンは言った。

「まあ、やがて出番は来ます。ゆっくり待つとしましょう」

その言葉に頷くティセリウス。

そして視線を北へ向けるのだった。

◆

開戦予定日を翌日に控えた夜。

霊峰ドゥ・ツェリンから南方へ少し離れた地点に、魔族軍の姿があった。

ロルフたちと反対側、南から霊峰へ攻め入ろうとしている者たち。

レゥ族軍である。

この夜の野営を経て、早朝から麓へ移動し、そして攻め込むのだ。

決戦を前にした最後の野営である。

装備と作戦のチェックを終えた兵たちは、毛布を巻いた体を横たえていた。

そんな中、夜の霊峰をただ見上げる者が居た。

ぼさぼさの髪、線の細い体。やや冴《さ》えない学者のようにも見える彼は、しかしこの軍で最強の戦力であった。

「…………」

英雄と呼ばれる男、ヴァルターである。

彼は草地に座り、ただ山を見ている。

あたりはすでに夜闇へ沈んでいたが、それでも霊峰は、遠大な姿を見せていた。

待ち構える王国軍の篝火《かがりび》が、山の姿を浮かび上がらせている。

更に、稜線《りょうせん》がじわりと白く、闇の中に滲んでいた。

木々の少ない荒涼とした霊峰は、岩ばかりの山肌で月光を照り返しているのだ。

そして霊峰ドゥ・ツェリンは高さこそ無いが、裾野が非常に広い。

ヴァルターの視界を端から端まで占拠し、圧倒するかのような存在感を示している。

神の御座と称されるのも理解出来ると、ヴァルターは素直に感じた。

「荘厳だなあ」

「何が？」

独り言を問い返され、ヴァルターはびくりと肩を震わせた。

振り返った先に居たのはエリーカである。

彼女はヴァルターを半目で睨《ね》めつけていた。

「英雄が背後への接近を簡単に許してちゃ駄目よ」

「そんなこと言われても……」

エリーカは一流の剣士である。

その気配を察知する自信などヴァルターには無かった。

そもそも彼は、元より戦いを志した者ではない。

ただ魔導の探求を好み、修めてきただけなのだ。

しかし、そういった事情を知りながらもエリーカは叱りつける。

「そんなこと言われても、じゃないでしょ。しゃんとしなさいよ」

「し、してるよ」

「野営だって軍事行動なのよ？　ましてここは敵地だっていうのに、そんなにぼーっとして」

「うるさいなあ……もう」

「……は？」

しまった、とヴァルターは思った。

エリーカの声音は変わっていなかったが、強くイラついている。

ヴァルターにはそれが分かるのだ。

ゆえに彼は、慌てて取り繕うのだった。

「い、いや。ほら。ぼーっとしてたわけじゃなくて、霊峰を見てたんだよ。明日の戦場をさ」

「それで出てきた感想が〝荘厳〟なの？　戦場を見ての所見がそれ？」

「ち、ちくちくと……」

「は？」

「だ、だってほら。荘厳だろ、実際」

そう言って、彼は霊峰へ目を向ける。

エリーカもその視線を追った。

彼と彼女の見上げる先、夜の闇に巨山はそびえている。

雄大な佇まいで、そこに待ち受けている。

月明かりの中、圧倒的な存在感を放っていた。

「…………」

「…………」

無言で山を見上げる二人。

しばしの沈黙を経て、エリーカはヴァルターの隣に座る。

それから口を開いた。

「そうね。敵の本拠であっても美しいものは美しいわ」

「神と結びつけられるのも分かるよ」

太古より、山は信仰と共にある。

その威容が、人に神の存在を感じさせるのだ。

霊峰ドゥ・ツェリンの姿は、充分に神威を醸すものだった。

「かと言って、呑まれないでよ」

「呑まれないよ」

即答するヴァルター。

雄大な自然に見入ってはいても、気圧されはしない。

その雄大な山はつまり要害であり、明日は多くの命を吸い上げることになるだろう。

だが、ここで二の足を踏んではいられないのだ。

「絶対に勝たなきゃならないんだからね」

「自覚があるなら良いわ」

エリーカの言う自覚とは、英雄の自覚である。

ヴァルターの才能は、彼に英雄という役割を与えた。

その役割にある者は、戦いの中で迷いを見せてはならない。

ヴァルターには、それがきちんと分かっていた。

この、いかにも気弱な青年は、しかし自身の責務を理解しているのだ。

「そもそも、神威の象徴だからこそ、あそこを落とさなきゃならないんだ」

霊峰ドゥ・ツェリンは女神信仰の象徴の一つである。

ゆえにこそ攻め落とすのだ。

それは女神信仰を屋台骨とする王国に対して、大きな一手となるだろう。

「そう言うからには、戦いが始まってオドオドしないでよね」

「いつもオドオドなんてしてないだろ」

「どうだか」

エリーカの口元には小さく優しい笑み。

軽口を叩きはしても、彼女はヴァルターを信じていた。

目の前にそびえる巨山がいかに荘厳であろうとも、彼はそれを制する。

エリーカは、心底からそう思っているのだ。

「霊峰。こんな日が来るとはね」

エリーカの漏らした感想にはやや言葉が不足していたが、ヴァルターには彼女の言わんとするところが分かる。

霊峰ドゥ・ツェリンに攻め込むプランは、本来現実的ではなかった。

こうして実際に見れば分かる。眼前にそびえる巨大な要害は、攻め落とせるような代物ではない。

だがそれは、自分たちだけでは、という前提つきである。

志を同じくする者たちがあれば、話は変わってくる。

「ヴィリ族とゴルカ族、反体制派に感謝だよね、エリーカ」

「そうね」

「特にヴィリ族は凄いよ」

顔を山に向けたまま、ヴァルターは言う。

先日会った者たちのことを思い出しているのだ。

「立て続けに勝って、こんなところまで来たんだから。急にだよ？」

ストレーム領の先々代の領主、当時の辺境伯がバラステア砦を建設して以来、長い間ヴィリ族はその砦を越えられないでいた。

だが、この一年あまりで情勢は大きく変わったのだ。

砦を越えてストレーム領を落としたヴィリ族は、次いでゴルカ族と共に第三騎士団を破り、タリアン領も陥落させた。

そして霊峰を擁するイスフェルト領まで来たのだった。

「確かに、ここまで急に物事が動くなんてね」

「原因はロルフ殿だと思うよ」

ヴァルターは、新しく得た友の名を口にした。

初めての、人間の友人である。

竜に傾倒する者同士、実に趣味が合った。

だが、それだけではない。

武勇も智恵《ちえ》もあり、そして何より、信じられないほど懐が深い。

ヴァルターには、友のことがよく分かるのだった。

そして確信を持っている。ヴィリ族の躍進が、彼に起因していると。

「たいしたことないわよ、あんな奴」

「いやいや、彼は凄いよ。僕の魔法を全部斬るのを見たろ？」

「……まあ、人間にしては中々やるかもね」

「人間にしては、か。まだ人間を信じる気にはなれない？」

「それは……ね」

一朝一夕にはいかない感情のもつれが、エリーカにもあった。

「反体制派のデニス殿も話せる人だったよ」

「分かってる。協力する以上、ちゃんと信じるわ。一先《ひとま》ずはね」

信じつつも、一先ずはと但し書きを付けずにはいられなかった。

処理し切れない思いがあった。

この戦いに勝つことが出来れば、それも変わるのだろうか。

そんなことを考えるエリーカ。

彼女は、自らの変化を望んでいるようでもあった。

それに気づいたのか、ヴァルターは静かに言う。

「勝たなきゃね」

「勝つのは当然として、死なないでよ。英雄は戦後にこそ必要なんだから」

エリーカが口にした、戦後という言葉。

今回の戦いだけではなく、王国との戦いのすべてが、戦争が終わった後のことを彼女は言っている。

それまで生き残ってくれと、そう望んでいる。

当然の要求であり、そして切なる願いであった。

「象徴としての英雄？　僕に出来るかね、そんなの」

「出来なくてもやるの」

「向いてないいんだけどなあ」

「そんなことないわよ」

「ないかなあ」

不毛にも思える、しかし二人にとって大切なやりとり。

それを交わしたかと思えば、今度は沈黙が訪れた。

二人は、言葉の無い時間を苦にはしない仲であった。

だから静かに霊峰を見上げている。

雄大で恐ろしい明日の戦場を。

何分経っただろうか。エリーカが口を開いた。

「これ、勝ったら凄いことになるよね」

今さらながらの感想。

聞くまでもないことを口にしたのは、どこか現実味を感じられていないからだろうか。

今回の戦いは、それほどの大事業なのだ。

あの霊峰で待ち受ける強敵たちを討ち破り、この地を陥落せしめることが出来れば、戦局は大きく変わるだろう。

「そりゃあ凄いよ。物凄い」

「でも今までで一番、厳しい戦いになるわ」

「そうだね」

「ねえ、ヴァルター」

エリーカの声音が変わる。

膝を抱えて座ったまま、その膝に顎を乗せ、顔をヴァルターへ向けていた。

「私がヴァルターを守るからね」

それはエリーカの口癖のようなもので、ヴァルターは何度も聞かされていた。

これを言う時、決まってエリーカの声は穏やかだった。

それなのに、言葉には強い意思が込められている。

「エリーカ。常々思ってるんだけど」

「うん」

「僕が守るんじゃ駄目なの？」

英雄と称される以上、守る側の立場であるはずなのだ。

その疑問を口にするヴァルターだったが、エリーカはくすりと笑って否定した。

「駄目。私はヴァルターの保護者だし」

「いや……違うから」

意義を申し立てるヴァルターだが、その声はやや弱々しい。

否定し得ぬものがあるようだった。

「違わないでしょ。子供のころから、泣いてばかりのヴァルターを守ってきたんだから」

「泣いてばかりってことはなかったと思うけど」

「ほら、あれ。本の時。あの時なんて凄かったじゃない。大泣き」

子供のころから本の虫で、蔵書院に入り浸っていたヴァルター。

そんな息子に、ある時父母は本を一冊、買い与えた。

竜の伝承に関する本だった。

ヴァルターは大いに喜び、いつもそれを持ち歩いた。

だが、内向的で線の細いヴァルターは、子供の社会で弱者だった。

果たして近所のガキ大将に小突かれ、本を奪われたのだ。

ガキ大将は本になど興味は無かったが、ヴァルターが大切そうにそれを持ち歩く様を見て、奪いたくなったらしい。

「座り込んで、ずーっと泣いてて」

「そんなでもなかっただろ」

「私が本を取り戻してあげるまで、泣きっぱなしだったじゃない」

長じてから、子供のころのことで揶揄われる経験は誰にもあるが、ヴァルターにとってそれは日常だった。

何年経っても、昔日を蒸し返される。

エリーカにとって、ヴァルターはいつまでも保護すべき弟分であるようだった。

「あの時も、私がヴァルターを守ってあげるって言ったでしょ」

「……ん？　いや待って。あの時は、僕がエリーカを守るって言ったんだよ」

「ずっと泣いてたのに？」

「あれ……？」

知能と比例して記憶力も優れているはずのヴァルター。

だが、エリーカに言われると、自分が間違っているような気がしてくる。

「ふふ。ヴァルターの記憶違いじゃない？」

「えーと……」

考え込むヴァルターと、どうしてか楽しそうなエリーカ。

そこへ人影が近づいた。

「そろそろ休んだらどうだ？」

「うわ!?」

考え込んでいるところへ背後から声をかけられ、エリーカの時と同様、またも肩を震わせるヴァルター。

そこには男が二人。先日のアーベルでの会議にも同行した、ギードとグンターが居た。

「すまん。驚かせてしまったか？」

「少し前から居たんだが、声をかけづらい雰囲気だったからな」

「いや、いいよそういうの。声かけてよ……」

「ちなみに私は気づいていたわ」

そう言って笑い合う。

和やかだった。

決戦前夜のものとは思えない光景だった。

明日、命を懸けて戦う者たち。

だからこそ、その瞬間を大切に、笑顔を交わすのだった。

◆

霊峰南部、中腹。

そこに第二騎士団は展開していた。

王国東部の戦線を支え、その尽《ことごと》くで勝ち切り、そして霊峰へやってきたのだ。

ここでも勝つために。

「いよいよだな……」

そう呟《つぶや》いたのはステファン・クロンヘイムだった。

三十歳を迎えて数年経つが、風貌は二十代前半に見える。

やや小柄で、瞳にはあどけなさすら残り、どこか少年のような印象を与える男である。

だが実力は、そのような可愛らしいものではない。

王国において紛れも無く最高の戦力の一人であり、第二騎士団の団長なのだ。

「アネッテ。各部隊の配置は？」

「いずれも予定どおりに展開中。まもなく配置完了の見込みです」

答えたのは長身の女性だった。

副団長のアネッテである。

やや不愛想だが、彼女がクロンヘイムに向ける敬愛の念はつとに有名であった。

「分かった。それとフェリクス。北と東の状況は？」

「予定と変わらずです。北、東とも済生軍が展開しています」

答えたのは背の低い中年男性。参謀長のフェリクスである。

彼が言ったとおり、北側、東側とも済生軍が防衛にあたっているのだ。

兵数は済生軍が最も多い。

また、攻撃側のうち、反体制派が最も寡兵である。

司令官イスフェルト侯爵は、済生軍を分け、メインの部隊を北に向けてヴィリ・ゴルカ連合へぶつけることとした。

残りを東の反体制派に向けたのだ。

そして南、レゥ族との戦いを受け持つのが、彼ら第二騎士団である。

「第一が予備戦力か。心強いね」

「危なくなっても、すぐティセリウス団長が助けに来てくれるわけですから」

「黙れフェリクス。そんな状況にはならない」

「す、すみません」

アネッテに睨まれ、身を縮こませるフェリクス。

第五騎士団のエドガー・ベイロンと同じく、彼は軍拡後の体制刷新に際して参謀長へ就けられた男である。

もう新参と言えぬほどには務めているものの、常より腰が低く、自信の無さげな男であった。

「まあ、第一を後ろに置く方針は妥当だよ。イスフェルト侯爵はちゃんと考えてくれてるね」

「タリアン子爵、アルテアン伯爵と、領を接する盟友が立て続けに斃れました。仇《あだ》を討ちたい気持ちがあるのでしょう」

やや強い口調になるアネッテ。

表情からも、敵に対する憤りが見て取れる。

「勇戦むなしく敗れた彼らのためにも、必ずや勝たなければ」

「うん。考え方は自由だ。でも僕は彼らのために戦いたくはないかな」

「え？」

「正直、あの二人については、あまり好きじゃなかったよ。死者を悪く言いたくはないけど」

「タリアン子爵は騎士団長を務められたのですよ？　まさに一方《ひとかた》ならぬ人物です。アルテアン伯爵も、自領が災害に見舞われた大変な時期にお父上の後を継ぎ、復興に力を尽くされた立派な方ではないですか」

「そういう見方もある。でも僕の目には、領民の暮らしより自身の欲を優先させる男に見えたんだよ」

「そ、そうなのですか」

「言っておくけど、あくまで僕の意見だからね」

そう強調するクロンヘイム。

でも、今やその種の貴族は珍しくないよ。と続けるのは止めておいた。

「まあ、死者のためより、国の未来のために戦う、ということで良いじゃないか」

「お、仰るとおりです」

追従《ついしょう》するように答えるアネッテ。

その姿にやや苦笑しながら、クロンヘイムは考える。

王女はどう思っているのだろうか、と。
あまり感情を表に出さない彼女だが、憂いてはいるはずだ。
国を何とかしたいと思っている。
だが王女とて、与えられた権限は踏み越えられない。
国王は病に臥せったままだが、未だ至尊の座にあるのだ。
それを蔑《ないがし》ろにして専横に及ぶなど、あの王女には出来ない。
今はまだ、王国は魔族たちより大きな力を持ち、なお優勢にある。
だが、バラステア砦の陥落以降、何かが変わったのだ。
このままでは、国は望まぬ局面を迎えるかもしれない。
それを阻止するためにも、自らの国を守るためにも、勝たねばならない。
そう決意を新たにするクロンヘイムだった。

Ⅳ

俺たちは、霊峰の中腹に差しかかるあたりで攻撃開始の刻を待っていた。

イスフェルト領に入ってから、ここまで接敵することなく進軍出来ている。

俺たちに呼応するように、敵も霊峰を戦いの場としたのだ。

それには理由がある。

信仰の象徴である霊峰で魔族軍を覆滅せしめるのが正しい行いであるという、教義に則《のっと》った判断が敵にあることが一つ。

そして何より、霊峰ドゥ・ツェリンはまさに要害の地なのだ。

標高は低いが、反して面積は広い。

裾野ばかりが極めて広範に渡って続いているような地形であり、したがって行軍は可能だ。

ただ、そこかしこに谷が走っている。

まず西側は大きな渓谷に阻まれ、山頂へ至るルートを取れない。

ほかの三方も所々に谷が走っており、行動がかなり制限される。

俺たちの居る北側は完全に分断されており、レゥ族が攻め込む南側とも、反体制派が攻め込む東側とも、谷に隔てられているのだ。

南側と東側は一部が繋がっているが、これも限定的だ。

いったん麓近くまで下がらなければ行き来できないため、柔軟に兵を流通させることは不可能となっている。

今回、魔族と人間はあくまで同時に攻撃に及ぶという相互利用関係にあるのみで、積極的な協力関係には無いが、そうでなくとも、協力は物理的にほぼ不可能な状況なのだ。

対して、防衛側は事情が違う。

山頂からは望んだルートへ入れるのだ。

いずれの戦域にも、自由に人員を送れるわけである。

つまり、俺たちは兵力を流通させることが出来ず、完全に別行動となるが、敵はそうではない。

これは厳しい条件だ。

様々な者たちの尽力があり、戦略面での条件を整え、三正面作戦の実現にこぎつけたが、決して優勢とは言えない状況である。

だが、これが採り得るなかでは最善の方針であるはずだ。

あとは戦場で全力を尽くすのみである。

「…………」

敵は、第一騎士団と第二騎士団。そして精強極まる済生軍だ。

王国と教団を同時に相手取った戦いになる。

それは既定路線だ。

ロンドシウス王国との戦いが、ヨナ教団との戦いをも指すということは、公然たる事実である。

そして教団への打撃は、王国の支配体制への打撃にもなる。

この霊峰を落とせば、教団はまさに大打撃を受け、それは王国にも波及する。

なればこそ、絶対に勝たなければならないのだ。

それを思い、前方に広がる戦場を見渡した。

灰色の岩々を、白い霧が覆っている。

霧はかなり深く、視界は周囲十メートルほどしか利かない。

「それにしても凄い霧ね」

傍らに歩み寄ってきたリーゼが言う。

事前に得ていた情報どおりではあるが、こうして実際に見ると、やはり驚く。

一面まっ白なのだ。

「この北側の霧が最も濃いらしいからな」

ほかの二方面は、ここまでではないそうだ。

ちなみにヨナ教信徒の間では、この北側が巡礼ルートとして一番人気らしい。

さして標高が高いわけでもないこの地に、ここまでの霧が通年発生しているのだ。

神秘を感じるのだろう。

「神秘的ね。ここを霊峰って呼ぶのも分かる気がするわ」

リーゼも同じ感想を持ったようだ。

だが実のところ、この霧には説明がつく。

「河川が二つ、東西に流れているんだよ。山を挟むようにな」

「知ってるよ。周囲の地形は頭に入ってるから」

「その河川の水温に開きがあるんだ。それが霧の原因だよ」

この霧は、地理的な特殊性によって発生しているのだ。

神の奇跡ではない。

「え、そうなの？　温度差がある川が近いと霧が出るの？」

「ああ。俺が発見したわけじゃないけどな。昔そう主張した地理学者が居たんだよ。でも筋が通っているし、たぶんそれが正解だと思う」

残念なことに、その学者は不慮の死を遂げている。

それが謀殺なのかどうかは分からない。

何にせよ俺としては、必ずしも神秘を否定するものではない。

先ごろヴァルターと竜の神性について語り合いもした。

何か美しかったり不思議だったりする光景に、大いなるものの影を感じるのは、人にとっておかしなことではない。

そういった考えを浪漫《ろまん》とも言うわけで、特に忌避する必要は無いと思っている。

だが、説明のつく事象を神威に結びつけるのは無理筋だ。

ましてそれをプロパガンダに用いるなど。

「もっとも、この霧が何であれ、警戒すべきものであることは確かだ」

「うん。同士討ちにも注意しないと」

霧に向け無闇に攻撃し、味方を傷つけるようなことになったら目も当てられない。

かと言って攻撃に二の足を踏んでいては勝ちようが無い。

匙加減《さじかげん》の難しいところだ。

「そしてこの霧の向こう、南と東でも、仲間が勝ってくれると信じよう」

「そうだね」

俺は、レゥ族と反体制派をただ仲間と呼んだ。

本当は、旗印として、きちんとした呼称が欲しかったところだ。

だが俺たちは正式な同盟ではなく、消極的な協力関係であると強調している。

よって呼称は無い。

だがそれでも、同じ戦いへ挑む仲間であることに、変わりは無いのだ。

「……そろそろ時間ね」

リーゼが言った。

同時攻撃開始の時刻だ。

「ああ」

常に無い緊張を隠すように、俺は短く答えた。

いよいよ戦いが始まる。

◆

「ヴァルター。準備はいい？」

「いつでも行けるよ」

霊峰南側。レゥ族が展開する地点。

ヴァルターは、エリーカの問いに頷いた。

大きな戦いを前にしても、気圧されてはいないようだ。

皆が頼もし気に、英雄ヴァルターへ目を向ける。

もっとも、エリーカの目には、気弱な少年時代の面影が見えるのだった。

彼女の指が、ヴァルターの首元へ伸びる。

「ほら。襟が曲がってるわよ」

「い、いいよそんなの。これから戦いだよ？」

「駄目。戦いだからこそよ」

衣服の乱れは心の乱れ。

やや見た目に無頓着なヴァルターに、エリーカは常よりそう言っている。

美しい指先が自分の襟を直す間、居心地悪そうにそっぽを向くヴァルター。

ギードとグンターが、やや冷やかすような笑みを浮かべつつ、それを見守っている。

「はい。これでオーケー」

「ありがとう」

意に沿わぬ扱いでも、礼は忘れないヴァルター。

だが胸中には、密かに野望を灯《とも》らせる。

この大きな戦いで活躍すれば、子供扱いされなくなるかも、というものだ。

「よし、頑張ろう」

「うんうん。その意気よ」

そして、個人的な野心は抜きにしても、絶対に勝たねばならない戦いである。

それを思い、ヴァルターの表情に力が入った。

戦いの向こうに目指すのは、ただの戦術的勝利ではない。

新しい世界だ。

少し前まで考えもしなかった世界。

何にも怯えずに済むし、弱き人たちを怯えさせずに済む世界。

そして、ロルフのような新しい友人たちの居る世界。

それを実現するのだ。

そこへ至るのだ。

大切な人たちと共に。

ヴァルターは、改めて心に勝利を誓った。

そんな彼の耳に、仲間の声が届く。

「そろそろ時間だぞ」

攻撃開始の時刻だった。

穏やかな空気が霧散し、皆の顔が引き締まる。

霊峰ドゥ・ツェリンを舞台とした一大決戦が、いよいよ始まるのだ。

◆

「ロルフさん。前衛が接敵しました」

「分かった」

霊峰の戦いが始まった時刻は、俺にも分からない。

公的には、攻め込む三方が定めた攻撃開始時刻がそれになるだろう。

だが実際のところ、戦いは少しずつ始まっていったのだ。

号令などは何も無かった。

両軍は、じりじりと近づき、そしてじわりと接敵する。

それから、少しずつ剣戟《けんげき》音が大きくなっていった。

地の利が向こうにあるため、俺たちは警戒しつつ戦いへ踏み入ったのだが、敵も俺たちを警戒していたのだ。

こうして、歴史に特筆されるであろう霊峰の戦いは、特筆すべき点を持たぬかたちで始まった。

だが、始まったかと思ったら、ややあって剣戟音が止《や》む。

敵の前衛が下がったのだ。

これは……。

「障壁張れ！　魔法障壁だ！」

俺が叫ぶと、すぐさま魔導士たちが魔力を練り上げ、防御魔法を詠唱した。

「『撥壁《プロテクション》』！」

隊列の前に魔法防御の壁が出現する。

その直後、幾本もの炎の槍が飛んできた。

敵の『灼槍《ヒートランス》』だ。

炎の槍は障壁に激突し、こちらの隊列へ至る前に爆《は》ぜる。

間一髪だった。

「風だ！」

続けて俺の飛ばした指示は、ごく短いものだった。

だが、部下たちはきちんと汲《く》んでくれる。

優秀な者たちなのだ。

「『風障《シールドブレス》』！」

矢避けの風が大きく吹き、一時的に霧を吹き飛ばす。

霧が晴れた向こうに、敵の正体が見えた。

希少なはずの魔導士が、荒涼とした山にずらりと並び、こちらへ杖を向けている。

「済生軍か！」

俺が言うと、近くに居た部下の一人が顔を強張らせた。

当然の反応だろう。

済生軍は、音に聞く強力な軍なのだ。

もっとも、今回はどれを引いても顔を強張らせる羽目になる。

済生軍のほかは、第一騎士団と第二騎士団なのだから。

とにかく俺たちの相手は、ヨナ教団の私兵集団、済生軍に決まったわけだ。

極めて魔導に優れると有名で、それは今、この目で確認出来ている。

「また来るぞ！　障壁張り直せ！」

俺が叫んだ直後、槍は再び飛来した。

爆音をあげ、次々に障壁を揺さぶっていく。

炎の槍が、まるで槍衾《やりぶすま》のように間断なく襲いかかる。

その槍の群れを目にした俺は、敵の意図を概ね理解した。

イスフェルト侯爵を最高司令官に戴《いただ》く向こうと違って、今回こちらに総司令官は居ない。

だが、敵にとっての最重点目標は明らかだ。

俺である。

そもそも将軍であるし、そして悪名によるネームバリューは随一なのだ。

敵は〝大逆犯〟を絶対に押さえたいだろう。

そのためイスフェルト侯爵は、本来の自分の軍である済生軍をこちらへ向けてきたのだ。

功名心のためか責任感のためかは分からないが、とにかく狙いは俺だ。

これが自意識過剰であってくれても俺は困らないのだが、黒い剣を持った大男を見るや、敵たちは目に怒りを込めている。

やはり俺に用があるらしい。

良いだろう。

こちらから出向いてやる。

胸中にそう告げて、俺は隊列の前へ進み出るのだった。

◆

——ホーカンソン男爵家四男 アンドレ述懐す——


誰の人生にだって、浮き沈みはある。

当然だろ？

良いことがあって、悪いことがある。

でもちゃんと、帳尻は合うように出来てるのさ。

それが公平な世の中ってもんだ。

親父《おやじ》から済生軍に入れと言われた時は、この世の終わりが来たと思ったぜ。

そこで何年か過ごして、人々の役に立ってこいって言うんだよ。

無茶だろ。

だってあんた、軍だよ？　戦うんだよ？

俺に出来るわけないいって。

兄貴が家を継いだ後は、部屋住みとしてダラダラ生きてやろうと思ってたのに。

まったく最悪だよ。

まして済生軍つったら、生え抜きの強力な魔導士たちが居るところだ。

俺みたいのが行って役に立てるわけねーじゃん。

貴族だし、多少は剣の指南も受けてきたけどさ。

そんなんで戦えるほど甘くないよ。

まあしゃーない。

そうそう実戦に出されたりはしないだろうし、家に呼び戻されるまで何年か耐えるしか無い。

帳尻だ、帳尻。

家を追い出された日が、人生最悪の日。

それ以下は、きっともう無い。
ちょこちょこ後方勤務を頑張るフリでもして、お勤めが終わる日を待つさ。

と思ってたら、人生最悪の日が更新されちまった。
実戦部隊に配属だとよ。
そんなバカな。
これはアレか？　魔導士連中の盾になれってことか？
勘弁してよホント。
もう祈るしか無い。
俺が軍に居る間は、戦いなんてありませんように。
騎士団が頑張ってくれますように。
大丈夫。俺は日ごろの行いが良いとは言えねーけど、悪いこともあんまりしてない。
女神様は見てるさ、きっとな。
大丈夫大丈夫。

駄目だった。
戦いになるんだとよ。
もう真っ暗だよ、目の前。

なんか、ここんとこ魔族どもが元気で、この霊峰にまで攻め込んでくるんだと。
ふざけてるよな。
だから嫌いなんだよ魔族とか。
空気読めよ。
つーか、いつ浮き上がるんだ俺の人生は。
家を追い出された日から、ずーっと沈んだままだぞ。
いつ帳尻が合うんだ。
ひょっとして、今度の戦いで俺は武勲を挙げるのか？
それで英雄になったり？
いやー、照れちゃうな。
アホか。
俺みたいのが色気出したらすぐ死ぬわ。開戦一秒で棺桶《かんおけ》逝きの自信ある。
戦うのは強い連中に任せて、俺は生き延びることだけ考えてりゃいいんだ。
幸いなことに、我らが済生軍は滅茶苦茶つえーんだ。
魔族なんぞに負けはしねえ。
全員倒すぜ。倒すのは俺じゃないけどな。
うちの魔導士たちが、魔族どもをガシガシ蹂躙《じゅうりん》するのを見届ける。
それが俺の仕事だ。それ以外はやらん。

誰にだって役割ってもんがあるのさ。

とにかく、さっさと敵をぶっとばしてもらって、そんでさっさと終わりだ。


そんな高潔な思いを胸に、戦いの日は近づく。

いよいよ魔族どもが向かってきてるってんで、ここ何日かは、みんなやたらバタバタしてる。

騎士団も到着して、一大決戦って感じだ。

「やっぱいいっす」とか言って魔族帰ってくんねえかな。

そんで騎士団の連中も「ええーーっ!?」って。

そしたら面白えなって思ったんだけど、まあそうはならんわな。

残念。敵は来ちゃった。

ついに迎えたわけだ。戦いの日を。

俺も出陣。

ここまで来たら肚《はら》も決まり、戦い抜くことを誓う……とはいかない。

そりゃそうだ。死にたくねえもん。

でも仕方ない。

とにかく味方に頑張ってもらって、安全に終える。

それだけだ。

繰り返しになるけど、とにかくうちの連中は滅茶苦茶つぇえ。

魔導士って元々そんなに居ないんだけど、この済生軍にはごろごろ居るのよ。

そんでみんな一流なのよ。

こいつらが負けるところって、まったく想像つかん。

勝つのは決まってるとして、とにかく重要なのは、俺に危険が及ばないことだ。

かすり傷一つ負うことなく、百パー無事に帰りたい。

俺の願いはそれだけだ。

ささやかなもんさ。


で、霊峰の中腹で俺たちは敵を待ち構える。

見渡す限り灰色の岩ばかりが広がる山。

いや、見渡す限りってのはおかしいか。

実際、山の裾野がすげえ大きく広がってるんだけど、霧に阻まれて見渡せないんだよ。

この北側は本当に霧が深いんだよな。

荒涼とした山に白い霧が広がって……と、けっこう神秘的な光景なんだけど、今日はそんな感想は持てない。

ただただ寒々しいわ。

何せこれから戦闘が始まるんだからな。

そして敵は現れた。
霧で煙ってるが、確かに来てる。
そして徐々に、剣がぶつかる音が聞こえてきた。
始まっちまったんだ。
何人かの魔導士が、同時に魔法を放った。
スピードも威力も一級品。
「『灼槍《ヒートランス》』！」
いつ見てもすげえ。
これで敵はごっそり減る。
と思ったら、魔導士たちは鋭い視線を霧の中へ向けたままだ。
どうも障壁を張られたらしい。
次の瞬間、敵の風魔法が舞い、一時的に霧が晴れた。
「う……」
つい声が出ちまう。
霧の向こうに見えたのは、敵の大軍だった。
まあ大軍が来てるとは聞いていたが、実際に見ると怖い。
やはりここは、魔導士たちにまるっとお任せだ。
大軍であれ、うちの軍の前じゃノーチャンスなんだからな。

俺が心の中で声援を送ると同時に、魔導士たちは魔法攻撃を再開した。
『灼槍《ヒートランス》』のつるべ撃ちだ。
第一列が撃って下がって、第二列が撃って下がって、で第三列が撃つ。
矢で同じことをやることはあるらしいが、それを魔法でやるのがとんでもない。
ふざけた練度とふざけた物量。
味方で良かったよホント。
ん。
再び霧が視界を塞いだと思ったら、霧の向こうから何かが現れた。
黒い外套《がいとう》を着た大男だ。同じく黒い剣を持ってる。
魔導士のうちの数人が、すぐさま反応した。
敵陣へ向けて詠唱中だった『灼槍《ヒートランス》』を、男に向けたんだ。
さすがの判断力だな。
何本もの『灼槍《ヒートランス》』が男に向かう。
こりゃお陀仏《だぶつ》だ。お疲れ。
え？
男が剣を振った。
今、何回振った？　見えなかった。
炎の槍も見えなくなった。

と言うか、かき消えた。
何あれ？　あれ何？
理解が追いつかない俺をよそに、男は済生軍の隊列に突っ込む。
瞬間移動でもしてるかのように、一瞬で肉薄する。
そして剣を振る。
たちまち魔導士たちが討ち倒されていく。
こちらの剣士たちが斬りかかったが、片っ端から返り討ちに遭っている。
魔法が再びそいつへ殺到するが、やっぱり全部かき消された。
こいつ、人間だ。
魔族についた人間が魔法を斬るとは聞いてた。
でもピンと来なかったんだ。
魔法を斬るっていう概念が理解出来ない。
〝空を煮込む〟みたいな、〝白湯《さゆ》を洗う〟みたいな、意味の分からん文脈なんだよ。
だって魔法って斬るものじゃないから。
だけど、いま見て理解出来た。
こいつ魔法を斬ってる！
あの黒い剣の業《わざ》なのか？
いや、だとしてもおかしいだろ！

だって『灼槍《ヒートランス》』って、矢と変わらないスピードで飛んでくんだぜ？

それが同時に何本も向かっていってるんだぜ？

それを斬るってなんだよ？

斬れねえよ！　常識考えろ！

「撃て！」

男が叫んだ。

誰に言ってんだ？

まさか、霧の向こうに居る味方へ言ってんのか？

そう思ったら、肯定するように敵軍の方向から炎やら氷やらがびゅんびゅん飛んでくる。

男への対応で敵陣に注意を向けられないこちらの隊列が、たちまち魔法攻撃に晒された。

さっきと逆の展開だ。

この男、自分もろともこっちを討つつもりか？

いや、違う。

こいつには魔法が当たらない。

敵陣から飛んでくる魔法は、全部こいつを避けてる。

いやいや、そうじゃない。

こいつが避けてる。

躱《かわ》してるようには見えない。

どんどん斬り込んでこちらの兵を倒していく。

でも魔法はこいつに当たらない。

この男、魔法が当たらないように立ち回りながら剣を振ってる！

視界と感覚どうなってんだ!?

こっちの隊列は一気に崩れた。

駄目だこれは。

逃げねえと。

でも足が竦んで動けねえ。

男の剣からは、黒い粉が舞い飛んでる。

あれは煤か？

白い霧の中、黒い煤が何本もの帯を引く。

白と黒が、上等の大理石《マーブル》みてえな模様を描いてる。

それを背景に、奴と剣が舞う。

ゆったり構えたかと思えば、一瞬で踏み込んでこちらの兵を倒し、そこへまた黒い帯が引かれる。

そして男は睨めつける。

途端、何人もの兵が、気圧されて後ずさった。

これはどうにもならん。

まるで悪魔《セイタン》だ。

女神の摂理を否定するかのような、許されるはずも無い存在。

いや、それにしては妙に美しい。

美しい？

そんなわけない。

こいつは魔族に与《くみ》するアホなんだろ？

そんなことより、とにかく逃げるんだ。

震える足をどうにか動かし、俺は駆け出した。

最悪だよ。

済生軍に入れられた時、それを超える最悪は無いと思ってた。

実戦部隊に配属された時も、敵が攻めてくると知った時も、それこそが最悪だと思ってた。

そうじゃなかった。

今日だ。

ああ、人生最悪の日は今日だったんだ。


どれほど走っただろうか。

遮二無二逃げるうち、俺は戦域から大きく外れていた。

判断力を失ったまま走る。

でもここは、霧で視界が利かないうえ谷がある山中だ。

そして今日は、人生でいちばんツキが無い日なのだ。
「あっ！」
当然のこととして、俺は谷へ足を滑らせた。
そして転げ落ちる。
がつがつと岩肌に体をぶつけながら滑落していく。
谷底へ落ちていく。
その最中《さなか》、俺の脳裏を埋めるのは、あの男の黒い瞳だった。

◆

俺は谷底で目を覚ました。
そう、目を覚ました。生きてるのだ。
全身、傷だらけだ。骨も折れてるらしい。
でも生きてる。
…………生きてる！
その事実をようやく理解し、僥倖に感謝した。
生きてる！
帳尻が合ったんだ！

あんなとんでもないのが居る戦場で、死なずに済んだ！
俺はこの瞬間のために、運という運を溜め込んでたんだ！
これまでのツキの無い日々は、このためにあったんだ！
心を入れ替えよう。
部屋住みでダラダラ生きるという野望は諦める。
帰ったらちゃんと働こう。
でも、戦場に戻るのはゴメンだ。
それだけは断固拒否する。
そもそも動けないしな。
と言うか、こんなところへ助けは来るんだろうか？
ここで朽ちるということは無いだろうな？
そう思って周囲を見まわす。
谷底だここは。
どう見ても谷底。
相変わらず、霧も出ている。
「………………」
幸運はまだ残ってるか？
溜め込んだ分は、いま使い果たしてしまった気がするが……。

「…………」

いやいや、大丈夫。大丈夫に決まってる。

そうだろ？

大丈夫だよな？

◆

霊峰の南側、中腹。

ロルフたちとほぼ時刻を同じくして、レゥ族も接敵した。

北側と違い、こちらは霧が薄く、前方が見渡せる。

「これは……ツイてるかもしれん」

レゥ族兵の誰かがそう言った。

見渡した先に展開しているのが第二騎士団だと気づいて漏らした感想だった。

少なくとも最悪の相手、第一騎士団は引かずに済んだ。

第二騎士団と済生軍のどちらが強いかは判断の分かれるところだ。

王国序列二位が伊達であるはずは無く、市井に問えば第二騎士団と答える者の方がおそらく多い。

だがその一方で、戦場に立って彼らを相手取る者は、また違った考えを持つ。

魔導の大部隊との戦いは多くの者にとって未知であり、警戒せざるを得ない。

どのような戦いになるか、予測が立ちづらいのだ。

そうなると、第二騎士団の方がマシということにもなる。この戦場に居る敵勢力のうち、最も与しやすい相手ということに。

それを思い、男は「ツイてる」と漏らしたのだ。

決して、敵を侮ったつもりは無かった。

だが十数分後、彼は自らの不見識を知った。

侮っていたのだ。

第二騎士団は、彼の想像を超えて強かった。

「おおおおおっ！」

「ぐぁっ……！」

「出すぎるな！　各個撃破されるぞ！」

レゥ族の部隊長が声を張りあげる。

それをかき消すように、圧力のある攻撃を正面から展開してくる第二騎士団。

レゥ族兵が一人、また一人と、斬られ、刺し貫かれていく。

当然の如《ごと》く精鋭ぞろいの第二騎士団だが、その本領はハイレベルな連携にあった。

彼らは決して隊列を崩さず、確実に歩を進めながら戦っている。

巧みに多対一の状況を作りながら、レゥ族兵を討ち減らしていくのだ。

「自陣内に引っ張り込め！」

レゥ族は、敵を誘って引き込み、第二騎士団の強固な隊列を崩そうと試みた。

だが、騎士たちは誘いに乗らず、横の連携を保ったまま進んでくる。

そして確実にレゥ族を削っていった。

「崩されるぞ！　踏み留まれぇ!!」

必死に抗《あらが》うレゥ族。

彼らは決して弱くない。

むしろ、かなり強い部類に入る。

なにせ先の戦いでは、アルテアン領に攻め込み、そして陥落させたのだ。

その直前に、王国領は立て続けに二つも陥落しているため、印象が薄れる感はある。

だが王国から領土を切り取るというのは、歴史に特筆される大事件だ。

ヴィリ族、ゴルカ族と同様、レゥ族もそれをやってのけた氏族なのである。

だがこの戦場には、シンプルな、そしてレゥ族にとって不本意な事実がある。

第二騎士団も強いのだ。

「前進やめ！　障壁張り直せ！　矢が来るぞ！」

油断なく、そう指示を飛ばすのは、第二騎士団副団長のアネッテである。

堅実な用兵だった。

もっとも、アネッテは堅実より速攻を好む傾向にあり、我慢を強いられる用兵は好きではない。

今回の戦闘プランは参謀長のフェリクスによるものなのだ。

アネッテとしてはその点が気に入らないが、とは言え栄えある第二騎士団の副団長を務める人間である。

戦いに私心は持ち込まない。

クロンヘイムに信頼される部隊運用能力を遺憾なく発揮し、部下たちを的確に動かしていた。

「矢はダメだ！　障壁張られた！　もう一度近接でいくぞ！」

レゥ族も、士気を損なわず戦っている。

だが攻め切れない。

隊列に穴を開けても、後列の兵ですぐにそこを埋められてしまう。

第二騎士団は、前列と後列で即時的に兵を流通させ、軍の回復力を十全に発揮していた。

完璧な連携である。

この組織力こそが、まさに第二騎士団の強みなのだ。

彼らは、完成された全体の力で敵をすり潰す。

一枚岩と言うべき布陣には、まったく隙が生まれない。

王国東部の戦線を、目立った損害も無く支え続けた第二騎士団。

その背景には、ひたすらに磨き上げられた組織の強さがあったのだ。

「『雷招《ライトニング》』」

そこへ聞こえてくる詠唱。

さして声量の無い詠唱だったが、それは不思議と響き渡った。

次の瞬間、第二騎士団の隊列を雷が襲う。

『雷招《ライトニング》』は雷系の基本魔法だが、現出したのは轟雷《ごうらい》と呼ぶべきものだった。

「うわあぁっ！」

「来たぞ！　奴だ！」

第二騎士団が警戒を露《あら》わにする。

危険度を最高レベルに定めていた相手が前線へ出てきたのだ。

情報どおり、学者のような風体の優男。

だが強さは折り紙つきである。

「よし、いこう」

彼の言葉に、傍らのエリーカ、ギード、グンターが頷く。

全員の瞳に信頼が湛《たた》えられている。

そして魔法を放った男、ヴァルターは、前方の敵を見据えていた。

◆

反体制派のリーダー、デニスは、霊峰の東側で開戦を迎えていた。

岩ばかりの山は荒涼としており、普段ならそこに熱など感じない。

だが、早くも両軍は激しく衝突しており、怒号と熱気を周囲に振りまいていた。
「いやー、こんなことになって残念だね」
デニスは言う。
〝こんなこと〟とは、人間同士が戦うことだ。
彼は国への反抗を指揮してきた者であり、すなわち人間と戦ってきた。
だが、戦場で人間の集団同士がぶつかり合うという状況は初めてである。
これまでの戦いとはわけが違う。戦争なのだ。
「悲劇だよ」
誰に告げるでもなく零すデニス。
反体制派と済生軍。同胞であるはずの人間同士だ。
それが戦っている。
魔族に対する反抗が組織化され、それが広がり、やがて国が出来上がった。
それがロンドシウス王国の成り立ちである。
建国の時点から、魔族との戦いを命題とする国なのだ。
その国で人間同士が戦っている。
戦場で、叫び声をあげながら殺し合っている。
「いや、ままならない。ままならないよなあ、世の中」
デニスは嘆息した。

冗談めかした軽い口調だが、本音である。

戦わなくて済むなら、その方が良いに決まっている。

だが、彼と彼の家族を襲った悲劇は許容し得ぬもので、同じようなことが国の各所で起きているのだ。

それを思えば、戦いを選ばざるを得ない。

戦いもまた悲劇であることが分かっていても。

「おっと！」

「がっ……！」

襲いくる敵の刃を躱し、返す刀を振り入れるデニス。

現役からは退き、今はデスクを居場所とする男だが、もともと名うての傭兵である。

領内で知らぬ者は居ないほどに高名なのだ。

最盛期のデニスには、今の自分もまったく敵《かな》わない、とフリーダは述懐する。

さすがにそのころの力はもう無いが、しかし戦士としてのキャリアを全うし生き延びた者の凄みは、余人に測れぬものがある。

彼は当然のように老獪で、そして周りがよく見えていた。

何より感情の制御に長《た》けており、死が乱れ飛ぶ戦場にあっても、普段とまったく変わらぬままなのだ。

だが「人の死に慣れているのか」と問われれば、その時は彼も不快感を禁じ得ぬことだろう。

確かに長く戦い、多くの死に立ち会ってきた。

だが慣れることなど無い。

彼はただ、受け入れる術《すべ》を知っているだけなのだ。

「デニス！　敵は済生軍みたいだけど、様子が変じゃないかい？」

戦いながら傍らに来たフリーダが問う。

デニスには質問の意味が分かっていた。

相手は済生軍だが、その多くが剣や槍を装備しているのだ。

済生軍の代名詞と言うべき魔導士が少ない。

「軍を分けたんだろうな。本隊と言うべき魔導部隊は、別方面に回したんだよ」

「そういうことか」

デニスもフリーダも、「ナメやがって」と、剣を握る手に力を込めたりはしない。

彼らにそのような価値観は無いのだ。

特にデニスは口元に笑みすら浮かべていた。

「妥当な評価を頂けたようで」

そのデニスに、槍が二本突き込まれてくる。

剣を振るって一本を捌《さば》き、そのまま敵を斬り伏せた。

「がは！」

「げぁっ！」

もう一人の敵はフリーダが倒していた。

彼女が動いてくれることは分かっていたのだ。

楽が出来る場面では楽をするというのがデニスの信条である。

予想どおりにフリーダが動かなければ危なかった場面だ。

それが分かっているフリーダは、やや非難がましい視線を向けるが、デニスには気にしたふうも無い。

「年寄りには楽をさせろよな」

それが敬老精神だ、とばかりに言い放つデニス。

彼はまだ四十代だが、腐して自身を年寄りと主張したがる壮年は珍しくない。

しかしデニスのそれは、フリーダにしてみれば鬱陶しいのみだ。

戦場に居る時点で老いも若きも関係ないのだから。

だがデニスに言わせれば、フリーダの頼もしい戦いぶりこそが、彼に老いを自覚させるのだ。

後進の台頭ほど、人に歳を意識させるものは無い。

フリーダの見せる流麗な剣技は一流と言って良いもので、彼女を昔から知っているデニスとしては、時の流れと人の成長について考えてしまう。

彼から見て、フリーダには危うい時期もあった。

男に対するやや拗《こじ》らせた敵愾心《てきがいしん》や、危険を冒すことを上等の証《あかし》と捉える思想が垣間見《かいまみ》えたのだ。

それは腕の良い女傭兵にしばしば見られる過ちで、そのままでは不幸な末路へ至っていたかもしれない。

しかし彼女は正《ただ》しく成長し、世界の趨勢《すうせい》に関わる戦いへ、こうして最前線で参加している。

人としての正道を歩いてくれているように見える。

デニスはそのことが嬉しい。

「ちょっと、何ニヤニヤしてんの？　戦場だよ？」

辛《つら》い目にも遭ってきた彼女だが、きちんと強さと気高さを手にしてくれた。

その原因の一端は、あの男、ロルフにもあるのだろう。

ならば彼女の保護者として、返すべき恩があるというもの。

それを思い、剣を振るう。

「ほっ！」

巧みに敵を退けるデニス。

フリーダの美しい剣技もあり、二人は戦場の注目を集め始めていた。

当然そこには、強い戦力が向けられる。

「向こうだ！　あの男と女をやってくれ！」

周りに導かれて出てきたのは、デニスと同年代と思われる男だった。

中肉中背で、だらりと下げた腕に剣を持っている。

「神器は持ってこなかったのか？」

「要らんよ、あんなもん。たぶんリスクあるしな」

目の前の男らの会話に、デニスは警戒感を強める。

教団は、神器と称せられる強力な武器を幾つか所蔵している。

この霊峰にもあるはずだ。

男の手にその神器は無いようだが、彼はそれを持つことを許されるレベルの者ということだ。

「スヴェンです。よろしく」

「これはご丁寧にどうも。デニスです。こっちが娘のフリーダ」

「娘じゃないから」

戦場に似つかわしくない挨拶を交わしながら、デニスは内心で溜息を吐く。

本隊の魔導部隊と戦わずに済んだと喜んだのも束の間、やはり楽は出来ないらしい。

なにせ、スヴェンと言えば済生軍最強の剣士である。

心の底から御免蒙《こうむ》りたい相手。

だが残念ながら、戦いは避けられないのだ。

◆

「また無茶するわね……」

ロルフは、一人で深い霧の中に突っ込んでいった。

私も自ら斬り込むことが多いけど、あそこまであからさまな単騎駆けは出来ない。

「リーゼさん、援護を出しますか？」

「いえ、ここは展開を待つわ」

モニカの問いに、私は首を振った。

いま味方を踏み込ませても、ロルフの邪魔にしかならないだろう。

彼を信じるべきなのだ。

あの真っ白な霧の中で、ロルフはきっと状況を動かす。

「リーゼさん！　また撃ってきます！」

「障壁維持させて！」

霧の中からオレンジ色の魔力光が複数見えた。

あれは『灼槍《ヒートランス》』だ。

私たちは、再び防御態勢を敷いた。

でも、炎の槍はこちらへは飛んでこない。

どうやら敵たちは、ロルフへ向けて魔法を放ったみたいだ。

しかし……。

「爆《は》ぜませんね」

モニカが言う。

『灼槍《ヒートランス》』は、着弾したら爆音をあげて炎をまき散らすのだ。

でもその音がしない。

「斬ったんでしょうね。何本もの『灼槍《ヒートランス》』を、全部」

「…………」

冷静なモニカも、いつもと違う表情を見せる。

事実を受け入れるのにやや難儀している、そんな表情。

ロルフの力を知っていても、やはりそういう表情になってしまうのだ。

モニカに同調する私をよそに、敵の怒号と悲鳴が聞こえてきた。

その声からは、済生軍がまさに恐慌へ陥っていることが分かる。

まあ、あんなのに懐へ飛び込まれたら、恐怖しか無いだろう。

「撃て！」

その声は霧の中から届いた。

よく通る声だ。

そして聞き間違えようの無い声。

ロルフが発したその指示の意図を理解し、私は命じる。

「魔導部隊！　霧の中へ向けて斉射！」

「い、いいんですか？」

モニカが驚いている。

それはそうだろう。

あの霧の中にはロルフが居るのだ。

味方を撃ってしまったら目も当てられない。
でも。
「大丈夫よ」
私は自信を持って言った。
そして味方の魔導士たちが魔法を放つ。
火の玉や氷の礫《つぶて》が、霧の中へ吸い込まれていった。
敵の悲鳴が大きくなる。
隊列はかなり乱れたみたいだ。
攻めるならここだろう。
「行くわよ！　前衛部隊は突撃！　私に続いて！」
双剣を手に、私は霧の中へ突っ込んだ。

◆

霧で視界が悪いことを利用し、俺は敵の隊列へ飛び込んだ。
敵もすぐさま魔法を放ってきたが、それを処理し、そして剣を振るう。
魔導部隊を一気に討ち滅らし、次いで斬りかかってきた剣士たちを倒す。
そして味方に号令し、今度はこちらから魔法攻撃を実行した。

俺は短く「撃て」と叫んだだけだったが、リーゼが正しく意を汲んでくれた。
嬉しいものだ。
戦場で味方と相通ずる瞬間、俺は有り難みを感じる。
命がけの場にあって、自分は一人ではない。
それを思い出させてくれる友人たちは、本当に得難い存在だと思う。
魔法はどんどん撃ち込まれてくる。
それに当たらぬよう立ち回りつつ、俺は剣を振るっていく。
敵の隊列は大きく崩れていた。
ここがチャンスだ。
いや、しかし。
多いな、魔法。
信頼してくれているのは嬉しいが、ここまで遠慮なく撃ちまくってくるとは。
俺の場合、一つでも被弾したら致命傷なのだが。
まあ良い。
シビアな戦いなんだ。
過度に安全マージンをとった戦いをしていては、どこかで足を掬《すく》われる。
俺は全身の感覚を励起させ、魔法が着弾しない位置を取りながら、剣を振り続けた。
そして魔法が止んだのちも、研ぎ澄ました感覚はそのままに、敵と戦う。

その感覚が、自陣から猛スピードで突っ込んでくる者を捉えた。

来てくれたようだ。タイミングも完璧だな。

俺がそう思うと同時に、霧の向こうからリーゼが現れる。

前衛部隊と共に斬り込んだのだ。

「ロルフ！　来たわよ！」

「助かる！　このまま押し切るぞ！」

俺が言い終わるや、リーゼは双剣を手に、済生軍へ躍りかかった。

そして凄いスピードで、敵たちを倒していく。

舞うような戦いは、いつにも増して美しい。

霧の中、幻想的でさえあった。

「リーゼさんに続け！」

ほかの兵たちも果敢に踏み込む。

こうして敵味方が入り乱れる状況を作ってしまえば、魔法で一方的にやられる不安は減る。

最初の突撃で魔導部隊を大きく削ったし、この一帯は制圧まであと一歩だ。

「ロルフ！　さっきの魔法での援護！　いい判断だったでしょう？　ロルフの意図はちゃんと伝わったわよ！」

「あ、ああ。俺たちの連携は中々だ」

あんなに遠慮の無い斉射が来るとは思わなかったが。一瞬ヒヤっとしてしまった。

とは言え、まあ、信頼というのは有り難いものだ。

「リーゼさん！　ロルフさん！」

そこへモニカが声をあげる。

こちらが優勢と見るや前線を押し上げ、自らと共に中衛を敵陣へ踏み込ませたのだ。

やはり彼女は優秀である。

「この一帯の趨勢はほぼ決しました！　右翼方面はシグさんらの活躍もあり、同じく優勢！　ただ……！」

「左翼か。援護が要るか？」

「はい！　敵の魔導士がかなり強いらしく……！　おそらく、アルフレッド・イスフェルトです！」

済生軍で最も高名な魔導士。司令官イスフェルト侯爵の息子だ。

だがその立場によって高名なわけではない。強いのだ。折り紙つきと聞く。

「俺が麾下《きか》を連れて向かう！　リーゼ、ここを頼めるか？」

「ええ！」

頷くリーゼの声は、信頼で満ちている。

俺もリーゼを信じてこの場を任せ、そして駆け出した。

◆

「前衛は崩されずに頑張ってる！　押し返すぞ！」

「俺たちが出る！　前を開けろ！」

ギードとグンターが声をあげ、駆ける。

二人はレゥ族でも名うての戦士で、本来なら部隊を束ねる器だ。

それなのに、ヴァルターを守るのは俺たちしか居ない、などと言って僕に付いてくれている。

「はぁっ！」

そして彼女も居る。

族長の娘、エリーカとは長い付き合いだ。

僕が過分な評価を与えられるずっと前からの友達である。

幼馴染《おさななじ》みというやつだ。

傍に居てくれるこの人たちのためにも、期待を裏切るわけにはいかない。

僕は魔族の英雄、ヴァルターなのだ。

「『雷招《ライトニング》』！」

さっき撃った『雷招《ライトニング》』を、もう一度放った。

今は敵に勢いがある状況だ。それを鈍化させる必要がある。

そのため、まずは魔法が持つ面の制圧力を活かし、敵の隊列全体に圧力をかける。

「撃ってきてるぞ！　ヴァルターだ！　警戒しろ！」

敵もさるもので、障壁を張ってしっかり被害を抑えている。

でもこれで良い。

討ち取ることを目的とした魔法攻撃じゃない。

足を止めさせて戦場を組み立て直すためのものだ。

「負傷者下げて！　中衛、隊列を保ったまま前へ！」

指揮権を持つエリーカが声を張りあげる。

その指示は僕の意図を汲んだものだった。

押し込まれて決壊寸前だった前線が、構築され直していく。

「おおおぉぉっ！」

「であっ！」

ギードとグンターが槍を振るい、敵の正面を痛打する。

一瞬、敵の隊列が乱れを見せた。

それでも第二騎士団の統率力は恐るべきものだ。

すかさず兵を動かし、隊列を整え始める。

見事な部隊運用。

美しさすら感じる、完成された組織の力だ。

でも、その穴は塞がせない。

「『氷礫《フロストグラベル》』！」

面の次は点だ。

敵の乱れた隊列が組み直される前に、その乱れた箇所へ氷の礫を割り込ませた。

「うわあぁぁぁ！」

十数個の礫を、一か所へ集中させる。

がこりがこりと、鎧《よろい》に礫がぶつかる鈍い音が響いた。

鎧は大きく陥没し、着ている者は重傷を負う。

騎士たちが倒れ、第二騎士団の隊列が初めて崩れるのだった。

「そこよ！」

エリーカの合図と共に、味方が攻撃を加える。

敵の隊列に開いた穴は、じわじわと広がっていった。

『火球《ファイアボール》』！」

前衛の攻撃を、魔法の火球で援護する。

魔法の精密射撃は、僕の最も得意とするところ。

敵と味方が入り乱れる状況にあっても、確実に敵だけを狙っていけるのだ。

「よし！　皆、この機をモノにするわよ！」

エリーカの号令を受け、味方が敵陣へ踏み込んでいく。

戦場の流れはこちらが摑んだ。

少しずつ、レゥ族の兵たちが敵を削っていく。

「くそっ！　奴を何とかしろ！」

「居るぞ！　あそこだ！　ヴァルターだ！」

僕の姿を捕捉した敵が、こちらへ向けて矢を放ってくる。

でも僕は対応しなかった。

僕の魔力は攻撃にのみ使う。

第二騎士団は、そうしなければ勝てない相手だ。

障壁を張るのにリソースを使うべきじゃない。

それを理解しているギードとグンターが、盾を持って僕の前に立つ。

矢は、彼らの盾に阻まれた。

「ヴァルター、大丈夫か？」

「ああ、ありがとう」

敵の隊列を乱すという仕事を終え、大急ぎで一気に後衛まで戻ってきたのだ。

おそるべきスピードと運動量。

彼らが味方で本当に良かった。

八面六臂《はちめんろっぴ》の活躍を見せる二人の行動原理が、義務感だけではなく友情にあることへ心から感謝し、僕は杖を構える。

杖の指す先は、敵正面から右翼寄り、やや中衛の一点だ。

さっき、敵は僕を見つけて矢を放ってきた。

でも部隊の要を捕捉したのは敵だけじゃない。

第二騎士団の組織力は凄いが、ああも整然と隊列が動けば、そこにある規則性も知れるというもの。

指示がどこから出ているか、僕は看破していた。

「『灼槍《ヒートランス》』！」

十分に魔力を練り上げて生成した炎の槍。

それが狙った場所へ飛び込んでいく。

そして爆音と共に、障壁が割れる音が響いた。

「ぐあぁぁっ！」

女の声だ。

『灼槍《ヒートランス》』は敵に命中したのだ。

敵がざわめく。

そして、彼らは目に見えて統率を失っていった。

「副団長がやられたのか!?」

「駄目だ！　退がれ!!」

落としたのは副団長だったようだ。

敵は皆、色を失っている。

そこを好機と味方が斬り込もうとするが、その足が止まる。

凄い圧力を感じさせる男が、敵の中から前に出てきたのだ。

「皆、落ち着け。中衛を前に出しつつ、全体を下げるんだ。各部隊長はフェリクスの指示に従い隊列を組み直し、指揮系統を回復させろ」

男は朗々と告げた。

ごくり、と。誰かが唾を呑む音が響く。

喧噪《けんそう》満ちる戦場で、そんな音が聞こえるはずも無い。

だが、いつの間にか戦場は、気味が悪いほどに静まり返っていた。

敵と味方の視線を集めるその男は、落ち着き払った態度で続ける。

「兵の損耗は皆が思うほど大きくない。流れに目を取られて大勢《たいせい》を見失うな。部隊長は特に肝に銘じるように」

そう言って剣を掲げ、「では行け」と男は言った。

すると弾《はじ》かれるように敵たちは動き出す。

それを見届け、男はゆっくりと首をこちらに向けた。

かなり距離があるが、確かに目が合う。

「ヴァルター、来るわよ！」

台詞に緊張を滲ませ、エリーカが言った。

男が誰なのか、彼女には分かっているのだ。

もちろん僕にも。

その直後、男の姿が人波の中へ消える。

僕の魔法を警戒してのことだろう。
だが、こちらへ向かってきている。
男は僕と戦いたがっているのだ。
彼は一軍の将だが、僕を倒すことを自分の仕事と心得ている。
さっき目が合った瞬間、僕はそれを理解させられたのだった。
視線にそういう意志を込めることの出来る強者。
向かってきている男は第二騎士団団長、ステファン・クロンヘイムである。

◆

「おおおうるぁぁぁぁぁぁぁ!!」
悪。
そうとしか思えぬ、獣の如き咆哮《ほうこう》。
ロルフが援護に向かった左翼方面とは逆方向、ここ右翼側に、それが響き渡った。
済生軍の前に立ちはだかるのは常に神敵である。
いずれも紛うこと無き悪ばかり。
したがって、いま目の前に居るのも間違いなく悪だ。
そして彼ら済生軍に、悪を恐れる理由は無い。

女神へ仇なす愚か者にあるのは、神威に焼かれる末路のみ。

悪は滅びるだけの存在なのだ。

だが、このとき彼らは心胆を凍えさせていた。

決して認めたくない。認めたくないが、恐ろしい。

目の前の暴威には恐怖を感じる。

その恐怖をまき散らす存在、シグが、更に敵陣へ踏み込んでいった。

「どおぉらあぁ!!」

「取り囲め！　まずその男を処理しろ！」

部隊長の声は、焦りから上ずっている。

この戦域の隊列は、ほかに比べると若干脆《もろ》い。

最も布陣の厚い中央部分や、アルフレッド・イスフェルトが居る反対方面に比べ、戦力に劣るのは事実だ。

だがそれでも、音に聞こえた済生軍の精鋭たちである。

彼らが想定していたのは、今まで同様、神敵を成敗して勝利することだけだった。

それなのに押し込まれている。

開戦後、霧の中へ矢と魔法を射かけ、戦線を構築しようとした済生軍だったが、魔族軍は防御態勢をとりながら、じりじりと前線を上げてきた。

そして中間距離まで迫ったところで、風魔法で霧を飛ばし、一気に駆け込んできたのだ。

その際、先陣を切って走る男に、済生軍の面々は瞠目《どうもく》した。

魔族軍の中に人間が居ることは聞いていたが、実際に目にするとやはり驚く。

そしてその男は、マトモではなかった。

魔導部隊の杖が彼の方を向いているにもかかわらず、もの凄《すご》い速さで突っ込んでくるのだ。

戦いに勝つためにはリスクも背負わなければならない。それは当然だ。

しかし彼は度を越していた。

済生軍の目に、彼は頭のネジが飛んでいるように見えたのだ。

誰かの喉から「ひっ」と空気が漏れる。

男は、爛々《らんらん》と目を輝かせ、凄いスピードで襲いかかってきていた。

まるで肉食獣のような風格を全身に纏っている。

神は絶対。

信仰篤《あつ》い済生軍の者たちは、当然そう信じている。

神の威が獣の威などに敗れるはずは無いと。

だが、本能を捨て去れるものではない。

その暴獣を前に、杖を構える者たちは一時的ながら体を竦ませたのだ。

それはやむを得ざることであった。

魔法を放ったとして、それを外せば、獣は自分たちの喉を食い破るのだ。

それを信じさせる殺気と圧力が、シグにはあった。

結果、放たれた魔法は普段より数と威力に劣るものだった。

済生軍は、剣をぶつけ合う前に、プレッシャーのかけ合いで敗れたのだ。

戦場に霧がかかったままであったら、シグの目を見ずに済んでいたら、違う展開もあっただろう。

だがシグは敵陣に踏み込み、そして暴威を揮《ふる》い出した。

たちまち隊列を乱す済生軍。

一気に戦場の主導権を握られてしまったかたちだ。

「ぜえぇあぁ！」

「ぐぁっ！」

済生軍は斬り伏せられていく。

そして先陣を切ったシグに続き、魔族軍がなだれ込む。

「何故だ！」

済生軍の中で誰かが叫んだ。

「おのれ」でも「ちくしょう」でもなく「何故だ」。

彼らにとって理屈に合わぬ光景。それを前に出た言葉だった。

◆

「こりゃあ……冗談、キツイねえ……」

デニスの口調は軽いままだ。

だが肩で息をするその姿からは余裕を感じられない。

目の上を切り、血が顔を流れている。

「はぁ……はぁ……」

隣で剣を構えるフリーダも同様に疲労が激しい。

優れた敵手と見《まみ》えた時、剣士は大きく体力を奪われる。

剣を振ることによってのみ疲れるのではない。

どの瞬間に、どの角度から振り入れられてくるか分からない剣への警戒は、人の体力をごそりと持ち去るのだ。

翻って言えば、相手の体力を巧みに奪うことが、優れた剣士の要件の一つと言える。

済生軍の剣士スヴェンは、まさにそれを持っていた。

「思い出したよ。デニスと言えばアルテアン領、傭兵ギルドの長だ。現役ん時はブイブイ言わせてたよな」

「そうだったかな……？　昔から、謙虚なのがウリなんだがね……」

どうにか息を落ち着けながら答え、糸口を探すデニス。

彼とフリーダの名手二人を相手にして、スヴェンには呼吸の乱れも無い。

強かった。二人にとって、完全に格上の相手である。

「……大丈夫か？」

「はぁ……はぁ……だ、大丈夫」

だが、二人の気力に萎えは無い。

デニスは強い敵を何人も知っている。

大型の魔獣と戦ったこともあり、死にかけた経験も一度や二度ではない。

危地には慣れているのだ。

そしてデニスにとってやや意外なことだったが、フリーダも瞳に光を失ってはいない。

彼女は強きを知っている。

強い男を知っている。

今、自分より強い者に出会ったからといって、狼狽えたりはしないのだ。

「俺とこれだけ斬り結べるとはな。かなり強いよ、二人とも」

「そいつはどう……もっ！」

デニスが言い終わるより早く、スヴェンの下段斬りが襲ってきた。

それを剣でガードし、返す刀を狙うデニスだったが、スヴェンが放つ二の太刀の方が速い。

そこへ横合いから振り入れられる、フリーダの剣。

スヴェンは、自身の剣の軌道を柔軟に変化させ、フリーダの剣を払い落とす。

そしてすかさず後ろへ跳んだ。

スヴェンが居た空間を、デニスの剣が通過する。

コンマ何秒かの間に一連の攻防を終え、再び仕切り直す三者。

だが次の一瞬の攻撃に備え、筋肉の弛緩《しかん》を許されない二人に対し、スヴェンには呼吸を整える余裕がある。

「ふぅ。今のにも反応するか。反体制派というのも侮れんね。周りも優秀じゃないか」

三人の周囲では、反体制派と済生軍が戦っている。

ここに居る済生軍は、主力を北側に回した残りだが、それでも決して二軍というわけではない。

幾つもの戦場を知る、本物の軍隊である。

それに対し、正規の軍ではない反体制派の者たちが伍して戦っているのだ。

腕利きの傭兵たちを母体にしていることもあるが、組織を精強たらしめているのはデニスの手腕だった。

「それどころか、あんたたちが押してるっぽいな。いや、たいしたもんだよ」

本心からの感想。

スヴェンが敵を称賛した言葉を裏付けるように、反体制派の剣士たちが済生軍を斬り伏せる。

戦場の流れは反体制派に傾きかけた。

その時。

「でぇぇぇいっ！」

大きな体をした女戦士が踏み込み、戦鎚《せんつい》を振り抜く。

強力なひと振りに、数名の剣士が吹き飛んだ。

「おや、こっちにもよく働くのが居るじゃないか」

スヴェンが褒めたのは、済生軍の兵士マレーナだった。

彼女の危険性を素早く察知した周囲の反体制派が、彼女に斬りかかる。

「せいっ！　であっ！」

だが、大きな体に似合わぬ機敏さでマレーナは迎え撃ち、戦鎚《せんつい》を振る。

その度に反体制派は跳ね飛ばされた。

スヴェンのほかにも居た恐ろしい敵に、皆が竦《すく》み上《あ》がる。

相対《あいたい》するスヴェンを警戒しながら、マレーナに視線を向けるフリーダ。

戦場の中、二人の目が合った。

「…………？」

フリーダに一瞬の違和感。

瞳の奥には、悲しみに縮こまる何かが見えた気がした。

あれは本当に敵なのか……？

「無理をするな！　前線を下げろ！」

フリーダの思考をデニスの声が中断させる。

彼の指示に従い、反体制派は後ろに退いていった。

押し込みつつあったが、やはりそう上手くはいかない。

それを見てフリーダは臍《ほぞ》を噛《か》んだ。

「あらら。ちょっと弱気なんじゃないの？」

そう言って、スヴェンは再び剣を振り入れてくる。

ガードしながら、デニスも退がらざるを得ない。

そしてスヴェンやマレーナの働きに呼応するように、済生軍は攻勢に出る。

反体制派は、じりじりと押されていった。

指示を出しながらの剣戟。

デニスの疲れは許容範囲を超え、剣の振り終わりに若干の隙を生じさせてしまう。

それを見逃すスヴェンではなかった。

「そこだっ！」

鋭い横薙《な》ぎが、デニスの首筋を襲う。

決定的なタイミングだった。

だがその剣は、がきりという金属音と共に、フリーダの剣によって阻まれる。

彼女がすんでのところで割り込み、デニスを守ったのだ。

「おっと……。お姉さんも中々やる」

「お、おお、フリーダ！」

「な、なに!?」

「フリーダに守られちゃったよ！」

いま死にかけたにもかかわらず、満面の笑みを浮かべるデニス。

その表情にフリーダは呆れた。

「なんで喜んでるのさ！」

「後進の成長ほど嬉しいものは無いんだよ。お前さんにもいずれ分かる」

玉の汗が浮かぶ顔に喜色も浮かべ、デニスは笑った。

昔から親しく、時には守ってきたフリーダ。

彼女が長じてからはやや縁が離れ、アールベック領とタリアン領の件では、何もしてやれなかった。

態度の軽いデニスだが、それを悔やまぬ男ではない。

ゆえに、この戦いではそれを取り戻そうと思っていたのだ。

今度はきちんとフリーダを守ろうと。

ところがどうだ。

彼女に命を救われてしまった。

しかも、それを屈辱に思わぬ自分が居る。

「フリーダ。今日は記念すべき日だよ」

「なに言ってんの！　ピンチなんだよ！　あいつをどうにかしないと！」

フリーダが剣で指す男、スヴェンには、未だ息の乱れ一つ無い。

デニスもフリーダも一流なのだ。そして剣戟において、多対一の優位性は極めて大きい。

それなのに圧倒されている。

「いやぁ、駄目だろアレ。ちょっと強すぎるよ。勝ち筋が全然見えない。もう全っ然」

「なに言ってんだい！　しっかりしなよ！」

デニスとしては、叱られても困る。

事実だし、本音を言っているのだ。

「デニス君。諦めるかい？」

「スヴェン君。私は別に信心深くはないが、この霊峰へは何度も訪れてるんだよ」

信心深くはないが用心深い。

それがデニスだった。

彼は事前に霊峰を自分の目で確認し、地形の把握に努めていたのだ。

首を傾《かし》げるスヴェンの前で、デニスは剣を掲げた。

それから声を張りあげる。

「今だ！」

両翼の岩場から反体制派の兵たちが飛び出る。

そして済生軍の側面を突いた。

「おおっ⁉」

驚きに声を漏らすスヴェン。

侵攻した敵地で伏兵作戦に及んでくるとは、想像もしていなかったのだ。

デニスは、自陣の両翼にあらかじめ味方を潜ませ、あえて退がり、敵を正面と左右の三方から叩くかたちを作った。

敵の圧力に押されたのは演技などではなかったが、それでも退がることは既定路線だったのだ。

状況を、それも戦術的劣勢というネガティブな状況を上手く利用する、老獪な指揮だった。

「反体制派、こんなに居たのか。よく集めたもんだな」

「人望あるからね、私」

「そうだっけ？」

横で唇を尖《とが》らせるフリーダ。

この策を知らされていなかったことに若干の不満があるようだった。

「スヴェン！　どうする？」

泡を食った済生軍が、この場で最も強い者に答えを求める。

後方に居る指揮官は判断を下せないようだった。

「退いた方がいいだろうな」

「その二人だけでも倒せ！」

兵の言う二人のうち、特にデニスは重要だった。

一応デニスは副官を立て、指揮を任せている。

だが先ほどの伏兵への指示を見るに、やはり彼が部隊の要なのだ。

済生軍としてはここで倒しておきたい。

「無理だ。俺の方が強いが、殺し切るには時間がかかる。その間に敵が殺到してくるぞ」

「だが！」

「それが分かってるから、向こうも守勢に回って時間を稼ごうとする。賢いからな、奴は」

そのとおりだった。

数ですり潰せるまで、スヴェンの攻撃に耐え抜くのはデニスたちにとって難しくない。

そして自身の強さに溺れ、その事実を認めぬスヴェンではなかった。

「一度出し抜かれた以上、戻って仕切り直しだ。敵の戦力を読み誤ってたんだから、踏み留まっても良いことは無いぞ」

そう言って、デニスとフリーダへちらりと目をやるスヴェン。

それから背を向け、ゆっくりと歩き去っていく。

そこへ斬りかかる愚を犯す二人ではなかった。

去る背中を見ながら、デニスは考えた。

この戦場に、奴を倒せる者は居るだろうか、と。

◆

「来るわヴァルター！　右よ！」

人波の中に消え、しかし確実に向かってきていた男。

ステファン・クロンヘイムは団長自ら僕と戦うことを望んだのだ。

そしてエリーカが叫んだ直後、彼は右方向から現れた。

僕を捕捉している。
でも、まだ距離がある！
いけるか？
完全に接近される前、魔導士の距離を保てるうちに倒し切りたい。
それに、高名な団長なら当然、戦巧者《いくさこうしゃ》だろう。
戦いを長引かせれば、きっと不利になる。
早い段階で勝負に出るべきだ。
杖を構える。
そこに赤黒い雷が、ばしばしと音をあげながら集まった。
『赫雷《イグニートスタブ》』の体勢だ。
だが、まだ距離がある中、雷の音をかき消すようにクロンヘイムが叫んだ。
「『刎空刃《ビヘッドラプチャー》』！」
事前に共有されていた情報を思い出す。
クロンヘイムは風系の魔法剣を使うのだ。
剣の力を大幅に高めるそれは、威力は元より、攻撃範囲の増幅が大きい。
ひと振りで周囲十数メートルを攻撃出来ると聞いている。
しかし見たところ、彼の剣には何の変化も無い。
いや、でもこれは……！

「伏せろぉ!!」

魔法を破棄し、僕は叫んだ。

周りの味方たちが、すかさず身をかがめる。

その前方、何も無い空間へ向け、クロンヘイムが横薙ぎに剣を振り抜いた。

僕たちの頭上を、魔力が通過する気配がする。

同時に悪寒が背筋を撫でた。

僕は脂汗が浮く顔を上げ、周囲を確認する。

「な……!!」

ギードが絶句した。

同じく身をかがめていたエリーカやグンター、ほかの皆も、言葉を失っている。

回避が間に合わなかった何人もの魔族兵が、体を腰の上下で完全に分かたれていた。

どさりどさりと、上半身が彼らの足元に落ちる。

「………………!!」

誰もが青ざめていた。

「エリーカ……」

「ヴァルター。臆しちゃ駄目よ」

額を汗が伝う。

これが、ステファン・クロンヘイム。

王国序列第二位の騎士団を預かる埒外《らちがい》の英雄。

そんな人物が今、僕たちの前に立ちはだかっているのだ。

◆

「あれか！」

左翼方面で味方劣勢の報を受け、俺は部隊を率いてそこへ向かっていた。

そこには済生軍最強の魔導士、アルフレッド・イスフェルトが居ると思われたのだ。

果たして、俺が見据える先では、凄まじいまでの爆雷が魔族軍を襲っていた。

吹《ふ》き荒《すさ》ぶ魔法の余波か、霧は飛び散らされている。

そしてその先、魔導士であるにもかかわらず、最先鋒《せんぽう》に立って魔法を行使する男が見えた。

「『水蛇《スラムウィップ》』」

男が詠唱すると、ほぼタイムラグ無しで現出した水の鞭が、魔族軍を痛打した。

鞭は大蛇もかくやの大きさで、隊列を広範に渡って削る。

あの魔導士、単身で戦況を決定づける強さだ。

長めの金髪に、白皙《はくせき》の肌。

そして美しい面立ち。

間違いない。あれがアルフレッド・イスフェルトだ。

「全員、部隊の援護に回れ！」

「はっ！」

部下たちに戦線を支えるよう命じる。

そして俺の役割はあれの相手だ。

危険極まりない敵だが、ゆえにこそ、俺が対抗しなければならない。

「…………」

近づいてくる俺に気づいたらしい。

こちらに目をやると、次に杖を向け、奴は詠唱した。

「『炎壁《フレイムウォール》』」

ごう、と音をあげ、炎の壁が現れる。

これまでに見てきた、どの『炎壁《フレイムウォール》』より大きい。

左右へ逃れる隙が無いのだ。

普通ならどうすることも出来ず、焼かれるのみだろう。

だが俺は違う。

足を止めて剣を構え、そして振り抜いた。

ぼしゅりと音がして、炎が霧散する。

それを見て顔色を変える済生軍の兵たち。

だが、奴は驚きも焦りも見せなかった。

「黒髪の人間。お前が大逆犯ロルフか」

「じゃあ金髪の人間の名は何という？」

「知っているのだろう？　私は有名らしいからな。お前のように悪名ではないが」

そう言って、奴は再び杖をかざす。

冷たい目が俺を射抜いた。

「『火球《ファイアボール》』」

空に現れる太陽の如き火球。

以前フェリシアが見せたそれよりも、更に大きい。

そして火勢もスピードも段違いだった。

赤熱する火球は、目にもとまらぬ速さで飛来する。

だが俺の剣速も、フェリシアと戦った時より上がっているのだ。

下段から上へ振り抜いた剣は、確実に火球を捉える。

その瞬間、先ほどの『炎壁《フレイムウォール》』と同じく、炎は消え去った。

「……ふむ。本当に魔法を斬るのだな」

「たとえ知られていても、人に名を訊く時は先に名乗るのが礼儀だぞ」

「私はお前と違って一兵卒だ。名乗るほどでもないのだがな。まあ良い。アルフレッド・イスフェルトだ」

言い終わると、アルフレッドは再度杖を構える。

そして俺が斬り込むより早く、魔法を繰り出す。
「『氷礫《フロストグラベル》』」
彼も、俺と相対《あいたい》する魔導士たちと同じ結論を得たようだ。
剣で魔法を斬るのなら、剣の対応能力を超えた攻撃をすれば良い。
奴の『氷礫《フロストグラベル》』は、十六個もの礫を現出させた。
驚くべき数だ。
フェリシアでも十二個だった。
だが、十六個という数が俺には見えている。
礫をすべて捕捉出来ているのだ。
横へ跳び、八つの礫を躱す。
残りの八つは、巧みにタイムラグを持って飛来してきた。
俺は慌てず、その八つをすべて斬り落とす。
かきりかきんと高い音を残し、氷が消えていった。
「なるほど。たいした剣技だ」
お前の魔法もたいしたものだ、とでも言えば格好がつくのだろうか。
だが芝居じみたことを言うより、俺は奴の全身を注視して隙を探すことを優先した。
そして驚かされる。
まるで剣士のような隙の無さ。

踏み込まれることへの警戒がその身に漲《みなぎ》っていた。

それでも手に持つ得物が剣ではなく杖である以上、斬り込めばアドバンテージは取れるだろう。

だがフェリシア同様、近接魔法は装備されていると思うべきだ。

慎重にいかなければ、たちまち危機に陥る。

「…………」

奴の体から目を離すことなく、距離を詰める。

だが踏み込むタイミングが取れない。奴の身に剣を振り入れるイメージが湧かない。

周りでは、俺の麾下が戦線を支え、ほかの敵を引きつけてくれている。

おかげでアルフレッドと一対一の状況を維持出来るが、俺への援護も見込めない状況だ。

判断ミスは許されない。

奴の呼吸を見定め、リズムを捉える。

そして最も心身が弛緩したタイミングを掴むのだ。

…………ここだ！

俺は一気に踏み込む。

やや遠く、アルフレッドに魔法の行使を許す間合いだが、どんな魔法が来ても俺は斬る。

そして二の太刀で奴を倒す。

タイミングは測れている。

「『虚踏《ホロウムーヴ》』！」

アルフレッドが繰り出したのは近接攻撃魔法ではなかった。

奴はふわりと浮くと、風に晒された紙人形のように後方へ跳び退《すさ》る。

そして着地と同時に、次の魔法を詠唱した。

「『水蛇《スラムウィップ》』！」

さきほど魔族軍の隊列を大きく削った水の大蛇が、俺に向けられる。

足を止めた俺はすかさず剣を構え直し、大蛇を斬り伏せた。

霧散した水の向こう、アルフレッドは悠然と佇んでいる。

重力への干渉は超高等技術だが、奴は当然の如くやってのける。

やはり厄介だ。

「理解した」

表情を変えぬまま、アルフレッドはそう言った。

「何をだ？」

「お前を倒す方法だ」

「そうか。教えてくれ」

いま教えてやろう、と言わんばかりに奴は杖を構える。

何を使ってくる？

『赫雷《イグニートスタブ》』や『凍檻《コキュートス》』が来ても、今の俺ならきっと対応出来るはずだ。

落ち着いて、確実に迎え撃つ。

そう思い、身構える俺の耳に聞こえたのは、予想外の魔法だった。

「『雷招《ライトニング》』」

雷系の基本魔法、『雷招《ライトニング》』。

杖から迸る《ほとばし》幾筋もの雷光が、俺を襲った。

やはり、並の術者のそれとは違い、その雷には相当な圧力を感じる。

だが斬れぬということは無い。

俺は横薙ぎに剣を振り抜き、雷を迎撃した。

ぱしりと音を残し、消える雷撃。

しかし。

間髪を入れず、次の雷が杖から迸り出る。

初撃と同じ圧力をもって、雷が轟《とどろ》く。

俺は振り抜いた剣を止めずにそのまま反転させ、再度振った。

消える雷。

この時点で展開は予測出来ている。

それをなぞるように、間隔を空けず、雷は轟き続ける。

アルフレッドは、一度の詠唱でいつまで雷を出し続けることが出来るんだ?

魔法は、術者によってその強さを変える。

威力は元より、出の早さ、弾速、数、大きさなど、術者が優れていればいるほど、強くなるのが魔法だ。

そしてその持続性も、術者によって大きく変わる。

目の前の男、アルフレッド・イスフェルトの『雷招《ライトニング》』は、その持続性において類を見ない代物だった。

奴と俺の間を迸る雷光は、途切れることなく轟音《ごうおん》をあげ続ける。

俺は何度も剣を振り、雷を消し去っていくが、後から後から次の雷が殺到する。

「ぐ……おおおぉぉぉぉぉ!!」

剣を振る。振り続ける。

普通では目視出来ない速度で両腕を動かし続け、雷撃を斬り続ける。

「おおおおぉぉぉぉああああぁぁぁぁぁ!!」

ばしりばしりと迸る雷撃。

それを斬る黒い刃。

斬る。斬り続ける。

手を止めれば、その瞬間、雷が俺の体を直撃する。

威力も並の『雷招《ライトニング》』とは段違いのこの魔法。

俺が食らえばそこで終わりだろう。

「おおおぁぁぁ！　はあぁぁぁぁぁーー!!」

いつ終わるのか、いつ止むのか。

分からない。

とにかく、到来する雷をただ斬り続ける。

それ以外に無いのだ。

「…………ッ！」

アルフレッドが、この戦いで初めて表情を歪ませた。

額に汗が浮かんでいる。

奴も限界が近いのだ。

「ぐっ……があぁぁぁぁぁぁーー!!」

なお剣を振る。

雷を斬る。

一体どれだけ振っただろうか。

その果てに、俺は限界を迎える。

それは雷が止んだ直後のことだった。

「がっ……は……！　はぁ……はぁ……はぁ……！」

ぱしりと最後の雷が消えた。

俺は剣を杖にし、崩れ落ちそうになる体を押し留める。

向かいには同じく、杖で体を支え、激しく息を吐くアルフレッドが居た。

「ぜぇ……はぁ……し、信じられん。貴様、今のを切り抜けるとは……！」

瞳に力を込め、俺を睨みつけるアルフレッド。
表情には怒りと屈辱が滲んでいる。
だが危なかった。
俺は完全に肺活量を使い切っていた。
シグと共にこの数か月、体力強化に励んでいなかったら、確実にやられていただろう。
奴が動けない今が好機だが、俺も動けない。
剣を手に踏み込むまで、もう数秒必要だ。
「でぇあぁぁーー!!」
息を整える俺の眼前。
敵の隊列を突破した魔族兵の一人が、アルフレッドに斬りかかる。
彼も好機と見たのだろう。
だがマズい。
済生軍の兵も一人、反応している。
アルフレッドとの間に割り込みつつ、槍を突き入れていった。
「ぐぅあっ!」
槍が、魔族兵の脇腹を抉《えぐ》る。
次の瞬間、アルフレッドが杖を振りかざす。
同時に、俺も行動の自由を回復していた。

「いかん！」

俺は突っ込む。

激しい焦りがあった。

誰であれ、ここに居る魔族は仲間であり、守るべき対象だ。

だが、いま杖を向けられているその兵の危機には、焦燥を強めざるを得ない。

彼の名はフランク。

俺の隣家の住人である。

彼と妻のエマは非常に仲が良く、とても温かい家庭を作っている。

隣家の俺のことも気にかけ、何くれと無く世話を焼いてくれる。

そして笑顔を絶やさぬエマは、今も夫の帰りを信じて待っている。

フランクの好物を作って待っている。

「おおぉぉぉっ!!」

誰も望まぬ報せを持って彼女に会いに行くのは絶対に御免だ。

「げぁっ！」

「『冷刃《チリィブレイド》』！」

一気に割り込み、フランクに槍を突き立てた敵兵を斬り伏せる。

だがその瞬間、アルフレッドは詠唱を終えていた。

そして氷の刃が現出する。

その数は……三十！

「ぐ……おおぉぉぉっ!!」

フランクを背に、再び剣を振る。

これはフェリシアも使った近接攻撃魔法だ。

だが、数もさることながら、技巧が違う。

フェリシアは刃という武器の扱いに慣れていなかったが、アルフレッドはそこからして違うのだ。

剣士さながらの怖い角度で、氷の刃を振り入れてくる。

「貴様ァアーーー!!」

「おおおおおっ！」

ついに激昂するアルフレッド。

さっきまでの能面が嘘《うそ》のようだ。

俺はひたすら迎撃し、氷の刃を割り砕く。

ばりんばりんと消え去る刃たち。

だがすべての刃を斬るまで、一瞬も気は抜けない。

「ツガアァァァアーーー!!」

「うおおぉぉぉぉぉーー!!」

二十八枚目の刃を砕いたところで、一枚の刃が俺の腕をかすめた。

魔力によって出来た刃は、かすめただけでも大きな傷を作っていく。

「ぐぅっ……でああぁぁぁーー!!」

零れる血に構うことなく、更に剣を振る。

そして残りの二枚を砕き、刃はすべて消滅した。

「はぁっ……はぁっ……はぁ……！」

まだ剣を振れる！

激しく呼吸し、体に空気を取り込みつつ、アルフレッドに向けて剣を振り上げる。

だが、アルフレッドもまた、余力を残していた。

「『虚踏《ホロウムーヴ》』！」

再び重力の頸木《くびき》を外れ、距離を取るアルフレッド。

離れた場所へふわりと着地した彼だが、表情はその優雅な動きに似つかわしくない。

彼の顔は怒りに染め上げられていた。

「貴様……！　魔族を守るか！」

「…………」

「その男を！　魔族を！」

「……当然のことだ」

俺の言葉を受け、奴は更に眉間の皺《しわ》を深める。

魔族を守る人間の存在は、彼にとって許せぬものであるようだ。

俺という人間が魔族に与する者と分かっていても、実際にフランクを守る姿を見るにつけ、怒りを強めたのだろう。

「人間として生まれておきながら……！　ましてその男を守らねば、いま私を殺せたはず！」

そうかもしれない。

守りながらの剣で互角だったのだ。

それが無ければ、俺の剣がアルフレッドに届いていた公算は高い。

だがそんなものは意味の無い仮定だ。

同じ状況がまた訪れたとしても、俺はフランクを守る。

「彼は友人だ。友を守る。それの何がおかしい」

「友……！　友、だと……!!」

ぶるぶると震え出すアルフレッド。

凄まじいまでの怒りだ。

その時、戦場の中央付近から勝鬨《かちどき》があがった。

これは魔族軍のものだ。

リーゼたちはあのまま敵を押し切ってくれたらしい。

「アルフレッド様！　中央を抜かれました！　右翼方面も駄目です！」

「……だから何だ」

「さ、山頂でほかの仲間と糾合します。スヴェンも健在です」

「分かった」

そう言って、俺に向き直るアルフレッド。

表情からは、あの激しい怒りが消えていた。

ものの数秒で感情のコントロールを取り戻したのだ。

「私は貴様の如きを決して許さぬ。そして……良いか。この戦で貴様は死ぬ。私の手によってな。それは確実だ」

「俺の意見は違うが」

「……山頂、大神殿だ。来るが良い」

そして敵たちは撤退していく。

周囲を再び白い霧が覆い始めていた。

魔法が止み、吹き飛ばされていた霧が戻ってきたのだ。

そして霧の向こう、アルフレッドと済生軍の気配が遠ざかっていった。

だが、しばしの後、また戦うことになるのだ。

「ロ……ロルフさん……」

「フランク、喋《しゃべ》るな。いま回復班のところへ連れていく」

槍に抉られた脇腹の傷は浅い。

命に別状は無さそうだ。

「済まない……。俺のせいで、大物を取り逃がすことに……」

「逃がしていない。奴はすぐそこの大神殿に居る。頼むから喋らないでくれ。お前に無理をさせたら、俺が細君に怒られる」

さっき彼らは、他方面の兵と糾合すると言っていた。

高名な剣士、スヴェンの名も口にしていた。

山頂には、あのアルフレッドのほかにも強敵が居るということだ。

「ロルフさん……。あんたも手当てが要るぞ……」

そうだな。

まったく、毎度手傷を負わされる。

怒りに満ちた、アルフレッドのあの表情。

それが、傷の痛みと共に俺の胸中で燻り続けた。

◆

やや時間は遡る。

霊峰ドゥ・ツエリン山頂、大神殿。

エステル・ティセリウスは司令官バルブロ・イスフェルトに呼び出されていた。

「何度も呼び立てて済まない。戦局がある程度進んだのでな」

イスフェルト侯爵は、三方で戦う全軍の司令官である。

それぞれが独立して動いている攻撃側と異なり、防衛側は山頂から三方の軍を流動的に運用出来る。

その全体を指揮するのがイスフェルト侯爵であった。

今、彼は予備戦力として第一騎士団を山頂付近に置いてある。

この第一騎士団をどう使うかが重要なのだ。

「いえ。それで状況は？」

「北では済生軍本隊がヴィリ・ゴルカ連合と衝突。やや劣勢のようだ」

それを聞いても、ティセリウスは表情を変えない。

ロルフの居る北側。

迎え撃ったのは強力な魔導士を多く擁する済生軍本隊だった。

その本隊でも劣勢らしい。

「ご子息は？」

「アルフレッドは健在。彼の居る戦域では我が方有利とのことだ」

この時点では、アルフレッドはまだ撤退に至っていない。

イスフェルト侯爵やティセリウスは、彼がロルフと戦うことも当然知らない。

「現時点までで敵に与えた損害は分かりますか？」

「たいして削れていない。幹部級も、大逆犯ロルフをはじめ主だった者はいずれも健在だ」

「そうですか」

「…………」

イスフェルト侯爵は、ティセリウスの表情に注視する。

そしてそこにある感情を読み取ろうとしつつ、言葉を続けた。

「東では済生軍分隊が反体制派と衝突。優位に進めるも、敵の伏兵にあったとのこと。撤退に移っている」

それはティセリウスにとって予想外だった。

敵地で伏兵を仕込んでくるとは反体制派も中々巧みだと、胸中で彼らを評価する。

「そして南だ。第二騎士団がレゥ族を迎え撃った。こちらは拮抗《きっこう》している。クロンヘイム団長がヴァルターと交戦しているようだ」

「ふむ……」

「それで、第一騎士団をどうするかだが……貴公の考えは？」

ティセリウスに意見を求めるイスフェルト侯爵。

それは彼女を試しているようでもあった。

「当然、撤退の憂き目に遭っている東側へ向かうべきでしょう」

「だが言ったとおり、北も劣勢なのだぞ」

「東はすでに撤退に追い込まれていると仰いましたよ。そちらを押さえねば」

「…………」

イスフェルト侯爵の視線が鋭さを増す。

ティセリウスの胸の裡を見定めようとしているのだ。

「ティセリウス団長。大逆犯と戦いたくないというのではあるまいな？」

「そのようなことはありません。済生軍本隊は健在なのでしょう？　霧の深い北に二つの軍を投入して、指揮系統を混乱させる必要などありません」

「……確かにそうだが、貴公には大逆犯へ同調的な発言が見られたとか。そんな噂を聞いてな」

「私を追い落としたいなら、噂などではなく一剣によって為すべきです。それが分からぬ者たちの言《げん》を取り合うなど、侯爵の貴重な時間を損なうだけでしょう」

「これは耳が痛い。気をつけるとしよう。それではティセリウス団長、ただちに東へ」

侯爵も、第一騎士団は東に向かわせるのが順当と考えている。

ここで腹の探り合いをしていても意味が無い。

「その前に今一つ。侯爵様、禁術の使用はお控えください」

「…………………」

予備戦力を投入する段に至っても、侯爵に大きな焦りは見られない。

神の御座であるこの霊峰には、邪悪な魔族を焼く神威が存在するからである。

そこにティセリウスは言及した。

「使わずに勝てれば、それに越したことは無い。貴公の働き次第だ」

「心得ました」

「武運を祈るぞティセリウス団長」

「有り難いことで御座います」

互いに感情のこもらぬ定型文での挨拶を交わす。
そしてティセリウスは大神殿を後にした。

◆

「うーん。冗談であって欲しい」
「そんなわけ無いだろ」
デニスとフリーダが、そして反体制派の面々が目を向ける先。
いま撤退に追い込んだ済生軍が帰っていった山頂方向。
そこに、新たな敵影が現れたのだ。
デニスに言わせれば、次の敵が襲ってくること自体は仕方が無い。
迷惑ではあるが、しかし予想出来たことだ。
敵は第一騎士団、第二騎士団、済生軍と三つの軍を持ちながら、済生軍を分けていた。
デニスら反体制派が戦ったのは、その分けた一方だったのだ。
であれば、いずれかの軍は「浮いた」はず。
予備戦力として待機させていたのだろう。
それが来たのだ。
だが、それにしても早い。

スヴェン擁する済生軍を撃退した反体制派は前進したが、幾らも進まぬうちに第二陣と会敵する羽目になったのだ。

山頂はまだ遠い。

敵は、撤退する済生軍が帰り着くより早く、おそらく済生軍が撤退を開始した直後から第二陣を動かし始めたのだ。

判断が早く、そして部隊運用に優れる。

優秀な指揮官、優秀な組織。その表れであろう。

それもそのはず。

前方には、王国の者なら誰もが知る深紅の軍旗がはためいている。

展開しているのは紛れも無く、ロンドシウス王国最強の軍。

第一騎士団である。

「伏兵作戦がハマってくれたから、兵の損耗は少ない。戦いにならないということは無いだろうけど、あれに勝てるかっていうと流石《さすが》にな……」

「でもデニス。戦場で権威に怯えてちゃ、いいようにやられるだけだよ」

「ああ、そりゃ真理だ」

剣にではなく、名望の前に屈する。

それはあまりに無様だ。

王国最強という権威に恐れをなし、勝てないと決めつけてはならない。

戦場では、看板の美しさを競わせるわけではないのだ。

「まあ、やるしか無いしな」

そう言って、隊列の前に歩み出るデニス。

すらりと剣を抜き、第一騎士団を指し示す。

それから少しの間をとって叫んだ。

「見ろ！　まさにあれこそ王国を象徴する存在！　我々の、敵だ!!」

声は周囲によく響いた。

日ごろのデニスからは、あまり想像のつかない大音声《だいおんじょう》だった。

「この時のために戦ってきた！　道はここへ繋がっていたのだ！　喪った家族が！　恋人が！　友が、この戦いを見ている！」

デニスは組織の長として人を動かしてきた男だ。

そして世をよく知る男であり、また口が回る。ある種の魅力もある。

優秀なアジテーターなのだ。

「やるぞ！　我々の力を示す時！　我々の怒りを見せる時だ！」

その声に呼応し、反体制派が雄たけびをあげる。

力強い声が霊峰を震わせた。

「おおおおおおぉぉぉぉぉぉぉぉぉぉ!!」

声と共に足音を響かせながら、反体制派が第一騎士団へ襲いかかっていく。

その光景にやや驚いたのは、第一騎士団の中衛に居たティセリウスだった。

「士気も数もまだ十分か」

そう漏らすティセリウス。

正規の軍ではないからと、侮って良い相手ではない。

反体制派は傭兵たちを母体としている。彼らは戦闘のプロである。

傭兵の中にはベテランが多く、騎士らより長く剣を握っている者も少なくないのだ。

そんな者たちが突っ込んできている。

お前らなど怖くない、と言わんばかりに。

「ならばお手並み拝見といくか」

ティセリウスは剣を抜き、前方を指し示した。

彼女もまた、正面からの攻撃を選択したのだ。

こうして、反体制派と第一騎士団が激突した。

◆

「これは……」

戦闘開始からしばらくの後《のち》。

第一騎士団の部隊長が声を漏らす。

正面から踏み込んできた反体制派だったが、その動きが僅かに不自然なのだ。

あくまでごく僅か。第一騎士団で部隊長を務めるほどの騎士であればこそ気づけたレベルであった。

本来なら、まず分からなかっただろう。

反体制派は、隊列全体をほんの少しだけ左にスライドさせながら攻めてきているのだ。

正面の部隊が左翼に回る、といった運用ではない。

ただ本当にごく僅かだけ、左方向に踏み込みながら戦っている。

第一騎士団から見る限り、それは意味の無い動きに思えた。

それはフリーダにしても同じである。

彼女は傍のデニスに尋ねた。

「この動きは、どういう意味があるんだい？」

「意味は無いな」

「え？」

策の妙味を見せ、スヴェンら済生軍を撤退に追い込んだ反体制派。

その知謀を第一騎士団が警戒することは自明であった。

だがデニスにしてみれば、それは過大評価というものだ。

大規模な魔獣討伐作戦などを指揮した経験はあるが、一軍を率いての戦争となると初めてなのだ。

そう都合よく策を用意出来るわけではない。

そこで、敵の過大評価を利用することにした。

思わせぶりな行動をとることによって、不要な思考を押しつけるのだ。

どこかに奇策が、と身構えた第一騎士団は、消極的にならざるを得ない。

ぶっつけ本番の部隊運用だが、「やや左を狙え」。指示はそれだけで良い。

ほぼ無意味に見える、そして実際無意味な、いつもと僅かに違う動き。それが出来れば良いのだ。

それは最強たる第一騎士団でなければ、まず気づかなかったであろう僅かな違い。

デニスはそれを演出したのである。

ゆえにこそ、第一騎士団の動きは鈍った。

これで時間を稼げる。

その間に、別方面での戦いが動けば、状況が変化してくれるかもしれない。

それを期待するデニスだが、この戦場に居るのは王国で最も高名な英雄である。

言うまでも無いことなのだ。彼女は強く、そして賢い。

「反体制派の動きに意味は無い！　正面より突撃し、踏み散らせ！」

容貌と同じく、透き通るように美しい声だった。

だが言葉の内容は、反体制派にとって最悪を極める。

歯嚙《はが》みするデニスたちへ、第一騎士団が改めて剣を向けた。

◆

「うう、なぜ私が……」

第二騎士団、隊列後方。

参謀長フェリクスは、気絶したアネッテを背に担いでいた。

「ああ、もう……」

フェリクスは、副団長であるアネッテの傍で参謀の任に就いていたのだが、彼女が突然、魔法攻撃を受けて倒れたのだ。

遠距離から障壁を削り切っての攻撃だった。

放ったのは、かの英雄ヴァルターだ。

フェリクスは悔いる。まさか、あの距離を攻撃してくるとは思わなかった。

彼もアネッテも、相手の力を読み違えていたのだ。

だがアネッテは第二騎士団の副団長。

為《な》す術《すべ》なく倒れたわけではない。

咄嗟《とっさ》に体へ魔力を満たして防御態勢を整えつつ、回避行動をとって直撃を避けたのだった。

強力極まるヴァルターの『灼槍《ヒートランス》』だが、結果、致命傷を負うには至っていない。

周囲の騎士たちは即座にアネッテを回復班の居る後方へ連れていこうとした。

しかし彼女は拒んだのだ。

意識を消失させる直前、フェリクスに自身を運ぶよう命じたのだった。

責ある者の務めとしてフェリクスを指名したのか、それとも単に一兵卒に身を委ねることを嫌ったのか。

いずれにせよ、フェリクスはアネッテを背負って歩く羽目になるのだった。

「フェリクス殿！　団長が前線へ！　フェリクス殿の指示を仰ぐようにとのことです！」

「……ああ、直接ヴァルターを押さえに行かれたか。それで私に指揮せよと？」

「は。そのようで」

「うく……」

胃のあたりに、きりきりとした痛みを感じるフェリクス。

第二騎士団の参謀長に迎え入れられた時は喜んだものだ。

だが、彼を待っていたのは連戦に次ぐ連戦だった。

彼は激務は嫌いだが、それ以上に責任が嫌いなのだ。

重要な判断を幾度も任されることにストレスを感じるのである。

そのような者が戦争に、しかも重職に就いたうえで関わるなど理屈に合わない話だが、それが彼の性分なのだった。

そのうえ今回は、王国の行くすえに影響するであろう一大決戦である。

いつも以上に胃が痛むのも仕方がない。

「前の方はだいぶ削られただろう。団長は中衛を出しつつ全体を下げ、後ろで糾合するよう言ってなかったか？」

「は、はい。仰るとおりで」

「はぁ……分かった。ここで指揮を執る。それと回復班を連れてきてくれ。副団長が負傷している」

「はっ」

走り去る騎士を横目に、溜息を吐くフェリクス。

各部隊長に連携させ、隊列を組み直して……。それと敵戦力の再評価も必要だ。

大神殿に伝令も飛ばさなければ。状況を逐一共有しないと、侯爵がうるさい。

やることが多すぎる。大きな戦だから仕方ないが。

これほど大きな戦が起こる情勢になってしまったのだ。

魔族が霊峰にまで攻め寄せてくる情勢に。

「なぜ私が……」

それはフェリクスの口癖だった。

なぜと問うたところで、参謀長だからという答えしか無いだろうが、問わずにはいられなかった。

「フェリクス殿！　前線の団長への援護はどうしますか？」

別の騎士が駆け寄り尋ねる。

フェリクスはすげなく答えた。

「要らないよ。前の方にもまだ人員は残っているんだろう？　それで十分だ」

「し、しかし」

この騎士も、クロンヘイムの強さは分かっているつもりだった。

だが、ヴァルターも只者《ただもの》ではない。

援護はあった方が良いと思えるのだ。

何より、自分も役に立ちたかった。

そのような、騎士の矜持《きょうじ》と言うべき心情に気づきながら、フェリクスは首を振る。

そんな矜持は戦場において一文の得にもならないというのが彼の考えだった。

「いいから。敵も強いが、団長に負けは無い」

本音であった。

ヴァルターの魔法はこの目で見たし、彼の強さを改めて理解した。

魔族の英雄とされるのも頷けるというものだ。

だが、クロンヘイムには勝てない。彼の強さは圧倒的だ。

フェリクスは、クロンヘイムの勝利を前提に戦場を組み立て直し、指揮を執るのみ。

「団長がヴァルターを排除したら、こちらもすぐに動いて敵を押し返せるよう、隊列と指揮系統を回復させる。それが団長の狙いなのだから、いま後方に居る部隊はすべて糾合する」

「は、はい。承知しました」

クロンヘイムが勝つ。

フェリクスにとって、ほかの可能性など無いのだ。

◆

「『氷礫《フロストグラベル》』！」

ギードやグンターが守り、僕に時間を作る。

そして魔法を繰り出して敵にダメージを与える。

きつい状況においても、いや、きつい状況だからこそ、僕たちの戦術に変わりは無い。

敵の前衛が盾で氷の礫を防いだ。

だが幾つかは敵の体に着弾し、隊列を削る。

「来るわ！　気をつけて！」

しかし、損耗はこちらの方が激しい。

エリーカが叫んだとおり、またアレが来る。

「はぁっ！」

クロンヘイムが剣を振った。

不可視の刃がこちらを襲う。

今度は下段だ。身をかがめても躱せない。

全員、跳び退《すさ》って距離を取るが、クロンヘイムの刃は十メートル以上に及ぶ。

近づき過ぎていた者は、足を斬られ、悲鳴をあげて倒れ伏した。

「くっ……！」

エリーカが歯噛みする。

あの刃は厄介だ。

僕の『風刃《ブリーズグリント》』も不可視に近いが、彼の刃は完全な不可視であり、数段上の代物だった。

触れれば確実に両断する威力といい、振りぬく先すべてを斬る攻撃範囲といい、凄まじい。

そして何より、クロンヘイムという不世出の剣士が振る剣なのだ。

その剣閃は常人に対応出来るものではなかった。

そのうえ、楯《たて》も魔法障壁も意味を成さない。

楯は両断され、信じ難いことに障壁をすり抜けてくるのだ。

反則と言うしか無い。

しかし負けるわけにはいかない。

僕も仲間も、ここが天王山だと理解している。

クロンヘイムを倒せば、この戦場を制することが出来る。

だがここで敗れれば、その逆の事態になるだろう。

「敵の前衛は削れている！　もう少しでクロンヘイムに攻撃が届くぞ！」

グンターが叫び、味方を鼓舞する。

こちらの被害も大きいが、敵だって同じなのだ。

倒れゆく味方の姿に膝を落としそうになるが、踏み留まって戦うしか無い。

「行くわよ！　もう一度突撃！　ただし一撃離脱を忘れないで！」

エリーカが叫んで斬りかかる。

同時に、味方も一斉に踏み込んでいった。

あのクロンヘイムの攻撃は、常時発動させることは出来ない。

一度の攻撃のあと、再びあの刃を出すのに、およそ二分かかっている。

その間に、こちらが攻撃へ転じるのだ。

敵たちの攻撃も激しく、大きな魔法を放つ余裕は無いが、コストの低い魔法で細かく削れば良い。

たとえばこうだ。

「『風刃《ブリーズグリント》』！」

僕は、敵と同じく魔法の刃を繰り出した。

クロンヘイムの刃に威力で劣っても、数がある。

幾つもの刃が敵に襲いかかった。

敵も巧みで、魔力を十分に通した楯を並べて刃を防ぐが、その隙に横をとった味方たちが斬りかかっていく。

「うおおぉぉぉっ！」

僕を守っていたギードとグンターも前衛に交《ま》ざり、突撃する。

僕が落とされたら終わるという状況で離れるのは危険だが、仕方が無い。

斬りかかれるのは二分間だけなのだ。

ここで可能な限り戦力をぶつけるしか無い。

長引けば、いずれ不可視の刃で全員やられる。

だが。

「シッ！」

「ぐぁっ……！」

いざ近接距離の剣戟となっても、アドバンテージは向こうにあった。

味方の何人かが敵をかいくぐり、クロンヘイムに斬りかかるが、易々と返り討ちに遭ってしまう。

強い。当然だ。彼は最強の剣士の一人なのだ。

「殺《と》った！」

その時、ほど近くで敵の声が聞こえた。

敵の前衛の一人が、僕のすぐ近くまで接近していたのだ。

そして剣を振り入れてくる。

「しまっ……！」

回避出来ない！

ぞくりと背筋に冷たい感覚が走る。

しかし次の瞬間、敵の剣は金属音と共に弾かれた。

「はぁっ！」

「ぐあ！」

エリーカが剣を弾いた音だった。

間髪を入れず彼女は、返す刀でその敵を斬り伏せる。

「ヴァルター！　大丈夫!?」

「あ、ああ。ありがとうエリーカ」

危ないところだった。

今のは駄目かと思った。

「お腹《なか》に力を入れて！　気合入れ直す！」

彼女は檄《げき》を飛ばす。

僕に一瞬吹いた弱気の風を感じ取ったのだろう。

「ご……分かった！」

一瞬、ごめんと言いそうになって、留まった。

そうだ。呑まれてはいけない。

「『雷招《ライトニング》』！」

気を取り直し、乱戦状況の前線に向けて魔法を撃つ。

距離も近く、同士討ちの危険がある状況だが、そこはコントロールでカバーする。

味方を巻き込まないよう細心の注意を払いながら、僕は攻撃した。

ばしりと雷光が爆ぜて、敵が倒れる。雷が騎士を捉えたのだ。

だが本命には当たらない。

クロンヘイムには、このタイミングでの魔法攻撃は読まれている。

「ふッ!!」

「がは！」

彼は雷を躱し、中段を振り抜く。

隙の無い剣技。剣のことは僕には分からないが、彼の技は、正道を極めた本格の剣技という印象だ。

「全員、下がって！」

エリーカが叫ぶ。

時間切れだ。またあの剣が来る。

どうにか近づいても、凄まじいまでの剣技に撥ね返されてしまう。

あれは、僕が会ってきた中でも最強の剣士だ。

「…………」

いや、最強かどうかは分からないな。

先日も会ったじゃないか。凄い人に。

僕の脳裏に、新しい友達、ロルフの顔が浮かぶ。

凄い剣技だった。あんなのは見たことが無い。

彼の方が強いんじゃないか？

魔力こそ無いが、思うに彼は古竜から認められた存在なのだ。

そして僕は、そんな彼と認め合った仲。
そうだ。そうとも。恐れることは無い。
僕も強いのだ。
そしてエリーカも、みんなも、僕の強さを信じてくれてるじゃないか。
それを思い、戦場を見据え、そして決意を新たにする。
必ず勝ち、そして生きて帰るのだ。

V

「北を抜かれたか」

大神殿内部。

イスフェルト侯爵は不快な報告を受けた。

息子アルフレッドを擁する済生軍本隊が敗れ、撤退に追い込まれたのだという。

アルフレッドは健在で、この大神殿に退いたうえで再戦に臨むようだ。

それは良いが、しかし敗れるとは。侯爵は嘆息する。

北側劣勢との報を受けていたが、アルフレッドが居れば押し返せる可能性は高いと思っていたのだ。

「敵も中々やる」

短く感想を述べる侯爵。

東側では済生軍分隊が反体制派に退けられ、予備兵力の第一騎士団を向かわせた。

南側では第二騎士団がレゥ族と交戦中。

そして北側では済生軍本隊がヴィリ・ゴルカ連合を前に撤退。

イスフェルト侯爵の本来の軍である済生軍だけが敗れた格好だ。

侯爵としては、忸怩たる思いである。

そして、その北からは敵が大神殿に向かってくる。

済生軍の本隊と分隊を糾合させ、山頂で迎え撃つかたちになるが、やや厳しい。

第一か第二が敵を倒して戻ってきたら、まず負けは無いと侯爵は見ているが、それを前提とするわけにもいかない。

「神器をスヴェンに持たせろ。命令だと伝えてな」

「はっ」

答えたのは、イスフェルト侯爵の側近で、ヨン・リドマンという男だった。

彼は今、大神殿に置かれた武器、神器の使用を伝えられたのだ。

それは強力な剣で、スヴェンのように秀でた剣士が使えば大幅な戦力アップが望める。

大逆犯ロルフはアルフレッドを退けたのだ。彼の強さを侯爵は認めざるを得ない。

また、報告を聞く限り、ほかにも個の武勇に優れる者は居そうに見える。

彼らへの対抗措置が必要だった。

もっとも、神威というものは何の代償も払わずに絀れるものではない。

神器を持つことで、スヴェンは大幅に体力を消耗し、しばらくは戦えなくなる。

世にイメージされる神器の神性を保つため、その事実は秘匿されているが、おそらくスヴェンは気づいているのだ。

だからここまで、神器を持たずに戦っている。

だが、それを許して良い状況ではない。

敵が霊峰の頂へ迫っている。

スヴェンのように強力な剣士には、もっと働いてもらわなければならないのだ。

「それと禁術もだ。使うぞ」

「……やむを得ませんな」

決定を受け、リドマンは額に汗を浮かべた。

神器もそうだが、奥の手を避けている場合ではない。

聖なる御山を守るために、神の徒として、すべきをせねばならないのだ。

「触媒はそろっているな？」

「は。魔族の捕虜が百余名、牢《ろう》に居ります」

神殿という場所にもかかわらず、侯爵たちの足元、地下には牢がある。

それは聖戦の行使において必要なもので、信徒たちはその点に矛盾を感じない。

そこには労働力とするための魔族が捕らえられているのだ。

平素は十数名であるが、今は百名超がそこに押し込められていた。

禁術を使用しなければならない事態に備えていたのだ。

よくある話。奇跡を降ろすための生贄である。

神器に比べ、禁術が求める代償は極めて大きい。

侯爵としては、この事態に至って欲しくはなかった。

当然、魔族たちを慮《おもんぱか》ってのことではない。

禁術を使うこと自体を避けたかったのだ。

禁術は、大神殿とその周囲に居る者を焼き払う。

要は大規模な攻撃魔法である。神殿に迫る敵を殲滅出来るのだ。

しかも優れた指向性を持っており、魔力を生まれ持った者だけを焼く。

つまり、魔族を殺すことに特化した魔法であった。

行使には膨大な魔力が必要で、神威の間と称される、大神殿の二階にある部屋でのみ発動出来る。

そこでは部屋中に大規模な魔法陣が施されている。

その神威の間で百名ほどの魔族を殺し、その身に宿った魔力を解放することで、禁術は発動するのだ。

理論上、おそらく人間を殺しても発動するが、当然のこととして生贄は魔族と決まっている。

「業腹だが……やるしか無いのだ」

歯噛みする侯爵。

百余名の命という代償は巨大だが、魔族の命なのだ。そこは問題ではない。

問題は、神威に縋る、女神の手を煩わせるという点にある。

神に頼ることは信徒にとって当然だが、禁術ほどの奇跡となると、それは勝手が違う。

使用は大事《おおごと》なのだ。

ヨナ教の司教であるイスフェルト侯爵は、そこを重く考える。

聖なる霊峰に踏み込まれたことは、彼の責ではない。

だが、苦境に立たされ、禁術を使うに至れば、それは教団内において彼の汚点となる。

使えることは魔法理論のうえで証明されている禁術だが、今までに使われたことは無い。

そして、一度使えば二度と使えないとされている。

それを使ったという事実は、司教イスフェルトにとって大きなマイナスポイントとなるだろう。

禁術の使用は、政治的理由により躊躇《ためら》われているのだ。

だがやむを得ない。

大神殿を落とされては元も子も無いのだから。

イスフェルト侯爵が、保身のためにそれを決断出来ない小人であれば、それは魔族たちにとって幸運だっただろう。

しかしそうではないのだ。

厳格な声で彼は命じた。

「地下牢の魔族どもを、神威の間へ移送させよ」

「はっ！　ただちに！」

北側から魔族軍が上ってくる。

だが、禁術を使うまで時間が稼げれば良いのだ。

済生軍が彼らを押し留めている間に、術は完成するだろう。

魔族軍には、大神殿内部へ至り、神威の間を押さえる時間は無いのだ。

そもそも、そこで禁術が行使されること自体、知りようが無い。

ほぼ勝敗は決した。

それを理解しながら、しかしその苛立つ侯爵だった。

◆

「移送任務だ。戦闘から外しても良い者を何人か回せ」

山頂で部隊の再編にあたっていた指揮官は、リドマンから命じられた。

それを受け、数名を差し出す。

「向こうの部隊から……そう、お前らだ。それから貴様も行け」

「は、はい。分かっただ」

命じられたのはマレーナだった。

彼女は指揮官から直接下された命令に、恐縮しながら答えた。

「地下牢の魔族どもを別の部屋に移す。滞りなく履行するように」

「禁術か」

割り込む声。

それは一兵卒のものであり、侯爵の側近であるリドマンと、上官である指揮官に対して礼を失する態度であった。

だが彼らは怒声をあげたりしない。

そこに居る者は、特別なのだ。

「アルフレッド様。お戻りですか」

「あれは一度使えば二度と使えぬ。此度《こたび》の敵はそれほどか？」

「は。予備兵力の第一騎士団も投入される戦況です」

「……そうか」

平素は感情を出さないアルフレッドだが、常に無く、機嫌の悪さを表情に滲ませていた。

禁術を使い、イスフェルト侯爵が権勢を失えば、息子アルフレッドの未来も変わる。

彼がそれを嫌うことはリドマンらにも理解出来た。

だがこのままでは敗北もあり得るのだ。

「アルフレッド様。仕方ありません。侯爵様の決定でありますれば」

「分かっている。だが私はまだ戦える」

禁術は人間には作用しない。

ゆえに、あの許し難い人間を排除するのは自分だ。

そう決意するアルフレッドだった。

「ご期待申し上げますアルフレッド様」

恭しく述べるリドマン。

禁術が発動すれば勝利は確定するが、それまで敵を食い止めなければならない。

そのためにはアルフレッドが必要なのだ。

それにもう一つ、重要な駒がある。

それを考えるリドマンのもとへ、分隊の者たちが現れた。

今リドマンの脳裏に浮かんでいた者の姿もある。

「来たかスヴェン。神器を持て。侯爵様のご命令だ」

「リドマン殿。たぶんあれ、持つ人間の魔力か体力をごっそり持ってくでしょう？　嫌なんだが」

「おい、スヴェン……」

秘匿されている事実を、公然と口にするスヴェン。

リドマンの声音に剣呑な気配が混ざる。

「ああ、はいはい。持ちますよ。しゃあねえ」

「禁術の使用も決定した。必ず御山を守るのだ」

「じゃあ生贄を大勢殺さにゃならんでしょう。俺がやりましょうか？」

スヴェンの視線が鋭さを帯びる。

デニスらを圧倒したものの、軍としては撤退の憂き目に遭っているのだ。

やや苛立ちを感じているようだった。

それに気づきながら、リドマンは答える。

「その怒りは戦いで発散せよ。禁術が発動するまでは敵を食い止めねばならんのだぞ」

戦う力を持たぬ生贄を殺すなど、スヴェンでなくとも出来るのだ。

最強の剣士である彼には、強力な敵を排除するという役割がある。

「了解しましたよ」

そう言って、スヴェンは面倒くさそうに大神殿へ入っていった。

その背を見送り、息を吐くリドマン。

これで良い。神敵を討ち滅ぼす準備は着々と進んでいる。

「よし、お前らも行くぞ。付いてこい」

「は、はい」

マレーナたちを伴い、大神殿の地下へ向かう。

侯爵の無念を共有しているリドマンではあったが、巨大な神威の発現を前に、高揚を感じてもいた。

◆

デニスは認識不足を恥じていた。

常に安全マージンを重視する彼は、敵を過小評価したことが無い。

だが今度ばかりは、予想の上を行かれていたのだ。

最強と称せられる者たちがここまでだったとは。

最強がこれほどだったとは。

頂が、こんなに遠かったとは。

「こりゃあキツイ」

自身の甘さを後悔すると共に、しかし態度にはそれを出さず、変わらず軽い口調で零す。

しかしその台詞はいつもと違い、無駄な修飾の無いものになっていた。

やはり追い込まれているようだ。

デニスは以前、第二騎士団の戦いを見たことがあった。

見事に統率された組織の力に目を見張り、これ以上があるのかと疑念を抱いたものだ。

だが第一騎士団は、間違い無くそれ以上だった。

正確に言えば、上という表現も当てはまらないように感じる。

第一騎士団の戦いは、第二のそれとは根本的に違っていた。

個人がそれぞれ強いのだ。

突出した強者が居る軍と、弱い者に合わせて統率された軍。

後者の勝率が高いというのは、軍略における常識である。

よって魔力というものが存在し、特に強い者が存在し得るこの世界では、そういった者は単独で行動することが多い。

それほどまでに、統率というものは重要なのだ。

そしてデニスの目の前に居る第一騎士団。

当然の如く見事な統率だ。見事な統率なのだが、瞠目すべきはそこではない。

彼にとってふざけた冗談としか思えない事実。

全員、強いのだ。

デニスの隣に居るフリーダは、傭兵の中でも相当に高い技量を持った剣士であり、間違いなく一流である。

だが第一騎士団の中には、そのフリーダと伍して斬り結ぶ一兵卒も居た。

幹部クラスではない。一兵卒である。

デニスに言わせれば、そんなものは軍事による対応限界を超えている。

天を仰ぎたい気分だった。心底ふざけている。ここまでの軍団が存在するとは。

実際、第一騎士団は、エルベルデ河以降、更に精強になっていたのだ。

稀代《きたい》の英雄、エステル・ティセリウス。彼女は、大きな被害を出したエルベルデ河での戦いを事実上の敗戦と捉え、今日《こんにち》まで軍を鍛え続けてきた。

結果、元より最強であった第一騎士団は、今では更に恐ろしい軍団となっている。

それを可能にしてしまうのが、ティセリウスという人物なのである。

「まあ、不公平なのが世の中なわけだが……」

デニスは、覚悟を決めねばならないと理解していた。

死への覚悟である。

◆

「はぁっ……！　はぁっ……！」

エリーカが激しく息を吐いている。

ほかの皆も、消耗が激しい。

一瞬をせめぎ合う攻防が続き、誰もが疲労の極致にあった。

僕も、敵も皆、肩で息をしている。

ただ一人、クロンヘイムを除いて。

「…………」

彼は乱さぬ呼吸、乱さぬ視線で、剣を構え続ける。

何度も斬り込みつつ魔法を放つこちらへの対応に、かなりの運動量を強いられているはずなのだ。

それなのに、まったく疲れを見せない。

驚異的な体力だが、真の脅威はあの剣だ。

不可視の刃を纏う魔法剣、『刎空刃《ビヘッドラプチャー》』は恐ろしい技だった。

彼はその技で、何人もの魔族兵を斬り倒した。

だが、こちらも敵の騎士たちをかなり削っている。

仲間たちの頑張りのおかげで、僕の魔法は幾度も敵を捉えたのだ。

クロンヘイムを守る騎士たちは皆凄い精鋭だが、それも大分少なくなった。

双方、いよいよ終わりが近い。

「英雄ヴァルター、君の魔法はたいしたものだよ。正直、ヒヤッとする場面もあった。部下が守ってくれなければ、僕も危なかっただろう」

「『刺雹《スティングヘイル》』！」

仲間に守られているのは僕も同じだ。

そう答える代わりに、魔法を行使した。

棘状の氷で刺し貫く魔法だ。

珍しい魔法ではないが、僕流にアレンジを加えてある。

氷柱《つらら》状に伸ばした棘を、敵の足元から直上へ突き上げるのだ。

これは躱しづらい。

しかも放射系の魔法を何度も見せた後だ。虚を突けたはず。

果たして、氷柱は数人の騎士たちの体を貫いた。

だがクロンヘイムは跳び退《すさ》り、そして剣を振る。

騎士たちの背後に隠れ、死角から放つ剣閃だった。

「はぁっ！」

「ぐぉあっ!!」

『冽空刃《ビヘッドラプチャー》』の攻撃範囲外に逃げられなかった味方がやられた。

だがクロンヘイムとの間に居た騎士たちに傷は無い。

あれがあの技の、いや彼の恐ろしいところだ。

「魔力運用か……。物凄い技術だ」

「そこに気づくのか。普通は分からないと思うんだけど、やっぱり凄いね。魔族の英雄は伊達じゃない」

彼の技は風の魔法剣と解釈されているが、実際は違う。

おそらくクロンヘイムは、誤認をあえて放置しているのだろう。

あの魔法剣は、空間へ干渉している。

魔力が通過した空間に断裂を割り込ませているのだ。

彼が斬った空間は、一瞬、完全に分かたれる。

結果、そこにあった存在は、逃れようもなく切り離されてしまうのだ。

この魔法は炎や風とはわけが違う。

とんでもない量の魔力を食うはず。

普通は使用に耐える技じゃない。

クロンヘイムは、それを巧みな魔力運用でカバーしているのだ。

空間への干渉を常時発動させず、剣を振り、インパクトの瞬間だけ、その箇所に断裂を発現させている。

即《すなわ》ちあの刃は、対象に触れる時だけ存在するのだ。

それ以外の時は、剣の延長線上にただ魔力の帯が放出されているのみである。

魔力は、事象として顕現することで初めて意味を成す。

炎や風を起こしたり、武器や防具を覆って力を付与したり、身体能力を強化したりだ。

事象化する前の魔力はただの無害な粒子だ。当然だろう。人の身に宿されているのだから。

それは障壁で防げない。

そのため、あの技は障壁をすり抜け、かつ周囲の味方を巻き込まずにいられるというわけだ。

そこまでやって刃の発現を最小限にし、かつ十分なクールタイムがあって、やっと実戦で使えるのだ。

絶技を、極限までエネルギーコストを下げて行使する。彼の強さは、その魔力運用の巧みさにあった。

いや、巧みという言葉では不足だろう。余人には不可能な、凄まじい技術だ。

見事な剣閃と、派手な技に目を奪われた者は、そこに気づくこと無く敗れてきたのだ。

「エリーカ。勝負に出る」

「分かった。策を言って」

何も問い返さず了承するエリーカ。

彼女は常に、僕を信じてくれる。

この信頼があればこそ、僕は戦えているのだ。

「彼の強さはハイレベルな魔力運用に支えられている。その魔力運用の邪魔をするんだ。要するに、間断ない攻撃で畳みかけるのが最適解だ」

「でも畳みかけるのに失敗したら、二分後にあれが来る。それが問題ってことね？」

「二分というのは信用出来ない。実際はもっと短いに違いない」

クロンヘイムは、あえて実際より長いクールタイムを見せている可能性がある。

いや、可能性と言うより、それを前提とすべきだろう。

「でも一度の攻撃で畳みかけなければ、勝ち筋は無い。僕も突撃する。次のターンで仕掛けよう」

「…………」

押し黙るエリーカ。

僕の言葉に、悲愴《ひそう》なものを感じ取ったのだろう。

昔から彼女には隠しごとが出来ない。

「エリーカが言うとおり、魔力運用の邪魔に失敗したら、あの刃が襲ってくる。それも恐らく、二分のクールタイムを待たずに」

「…………」

「そうなっても、なお畳みかける。何人かは斃れることになると思う。でも、これしか無い」

「……そうね。分かったわ、ヴァルター」

彼女には状況が見えている。

このままいけば、先に削り切られるのはこちらだ。

覚悟を決めて行くしか無い。

要するに特攻だが、それがベストなのだ。

恐ろしい暴威と相対《あいたい》した時、その懐に飛び込むのが最善であることは、しばしばある。

今がそれだ。

「済まない」

「謝んないでよ。私はヴァルターを守るために居るんだから」

「エリーカ……」

視線が絡み合う。

子供のころから、ずっと僕の傍に居てくれる女《ひと》。

いつも僕を守ってきてくれた人。

見せたいものだよ。

君が守ってくれた僕は、こんなに強くなったって。

「作戦会議は終わったようだね？　もう次の攻撃の分のチャージは出来てるけど、良かったのかな？」

「みんな！　次のを躱したら、一気に仕掛けるわよ！」

「心を決めたか。なら見せてもらおう！」

やや語気を強め、クロンヘイムが剣を振るった。

皆、大きく跳び退《すさ》る。

何人かが刃に捉えられ、崩れ落ちた。

それを横目に歯噛みしつつ、僕たちは突っ込んでいく。

「はぁぁぁぁっ!!」

エリーカの剣が閃《ひらめ》く。

過去最高の美技。

騎士の一人を、一刀のもと斬り伏せた。

「ぬぅおおおぉぉぉ!!」

「ぜぇぇぇぇい!!」

ギードとグンターも必殺の気合いで槍を突き込む。

ここですべての力を使い切るつもりなのだ。

そして、負けじと僕も飛び込む。

僕は杖を捨て、風系の近接魔法を詠唱した。

「『圧 刻《コリジョンカーヴ》』!」

そして拳を振るう。

拳の先で、ぼこりと音がして騎士の鎧がへこんだ。

圧縮した空気を両手に纏い、叩きつける魔法だ。

クロンヘイムの刃に比べれば威力にも射程にも劣るが、近接距離での連打力がある。

今は、細かい手数が必要なのだ。

「だあぁぁぁぁぁぁっ!」

「ぐ……がはっ！」

騎士が沈む。

僕は何度も拳を振り、敵たちに圧縮空気を叩きつけた。

エリーカらも、全力で攻撃し続ける。

ここが勝負の際《きわ》だ。

「せいっ！」

「でぇぇあっ！」

ひたすら攻撃を続ける。

そろそろ二分が過ぎるが、不可視の刃はまだ来ない。

おそらく、クールタイムはもう終わっているはずだ。

だが、魔力運用の阻害が効いているのだ。

「ぐぉあっ!!」

ついに、騎士を倒し切った。

あとはクロンヘイムただ一人！

「単なる特攻ではなく、手数で……！　なるほど、僕が魔力を練るのを邪魔したいわけか！」

クロンヘイムが初めて表情を歪ませる。

しかし退こうとはしない。

「だが！　それでも君たちに勝ちは無ぃ！」

向こうも回転を上げ、剣を振り立てる。
こちらの攻撃を純粋な剣技で迎撃していく。
僕たちも数で圧倒せんと押し込む。
まだ不可視の刃は来ない！
まだ行ける！
「うおぉぉぉぉぉぉ!!」
「ぐぅっ！」
手応えがあった。
圧縮空気の一つが、クロンヘイムの肩口を捉えたのだ。
おそらく誰も聞いたことが無い、クロンヘイムのうめき声が響く。
だが苦悶《くもん》に歪む彼の表情には、強い意志が込められていた。
ぎらりと光る瞳が、僕たちを捉えている。
「来るぞ!!」
僕が叫ぶと同時に、クロンヘイムが剣を振る。
ほぼ予備動作なしの中段斬り。
全員が回避行動に移った。
僕は思い出していた。
先日のアーベルでの模擬戦を。

彼は。

竜が好きで、僕と趣味の合うあの新しい友達、ロルフは、僕の『風刃《ブリーズグリント》』をすべて迎撃していた。

『刎空刃《ビヘッドラプチャー》』ほど強力ではないが、あれも目で捉えるのは不可能な魔法であるはずだ。

しかし殆ど見えないはずの風の刃を、彼はすべて捕捉していた。

そう、目に見えるか見えないかは重要ではないのだ。

ましてクロンヘイムの刃は、剣の延長線上にしか存在し得ない。

ならば躱せるはず！

思い出すんだ。

ロルフの姿を！

彼は、恐れることなく刃を迎え撃っていた。

そうだ！　恐れるな！

僕は退きたがる体を奮い立たせ、クロンヘイムの手元を注視する。

そして刃がこちらに到達すると感じた瞬間、身をかがめた。

頭上を魔力の帯が通過するのを感じた。

そして僕はどこも斬られていない。

見ると、ギードとグンター、そしてエリーカも伏せて、刃を躱している。

しかし、ほかの皆は……。

だが、ここだ！

ここで行くしか無い！
クロンヘイムが剣を振り抜くと同時に、僕たちは再度飛びかかった。
こちらも、もはや前衛をほぼ失った。
距離を取っての魔法攻撃に戻っても、彼が相手では勝ち目が無い。
ここで決めるしか無い！

「!!」
瞬間、背筋に悪寒が走る。
クロンヘイムの目には、まだ意志が込められたままだ。
彼は振り抜いた剣を反転させ、再び逆方向への横薙ぎを放った。
連撃……！
あの刃は、一度のクールタイムで二度振れたのか！
彼はこれを、ここまで見せずに戦ってきたのだ！
ステファン・クロンヘイム！
これほどだったとは！

――――ざしゅり

肉を裂く、嫌な音。

それ以上に嫌なのは、僕の頭を押しつけ、伏せさせる手のひらの感触。
だって、それは。
「グンター……」
目を上げると、咄嗟に僕を伏せさせたグンターがそこに居た。
玉の汗が浮かんだ顔は、笑顔だった。
そして、胸に直線が。
切り取り線のように真っすぐな線が入り、そして。
そこから体が二つに分かれた。
「う……おおおおぉぉぉぉぉぉ!!」
昔の僕なら、ここで自失して、そしてただ殺されていただろう。
でも、今は違う。
勝つんだ!
命に報いるんだ!
クロンヘイムは剣を振り終え、元の構えに戻した。
三連撃は無い!
「来い！　英雄ヴァルターとその盟友たちよ！」
クロンヘイムが吠《ほ》える。
僕は『圧刻《コリジョンカーヴ》』に残りすべての魔力を込め、彼に飛びかかった。

エリーカとギードも、最後の攻撃に賭ける。

ここに至ってもクロンヘイムは強い。

振り入れられる剣を払い、突き込まれる槍を躱し、なお剣を見舞おうとしてくる。

五合、十合、二十合と打ち合い、皆の息が続かなくなってくる。

それでも、止まることは出来ない！

勝たなければならない！

「でぇぇあぁぁ！」

クロンヘイムが雄たけびをあげる。

彼も、気合を以《もっ》て自身を奮い立たせているのだ。

向こうも追い込まれている。もう少しだ！

「せやあぁぁぁ！」

「ぬおおぉぉぉぉぉ！」

「はあぁぁーーー！」

僕ら三人も、すべての気力を振り絞る。

一瞬が無限に感じられる時の中、拳と剣と槍を、ありったけ叩きつける。

「そこだっ！」

叫んだのはクロンヘイムだった。

狙われたのは僕だ。

近接戦闘に長けたものを持たない僕に、隙が生じたのだった。

真っすぐ突き込まれてくる、クロンヘイムの剣。

あ……。

すべてがスローモーションに見える。

顔に、終《つい》ぞ見たことの無い焦燥を浮かべ、エリーカが割って入ってきた。

――私がヴァルターを守るからね
それは、小さいころからの彼女の口癖。

今なお、それを為そうとしている。

でも、僕には見えてしまう。このまま彼女が突き殺されれば、そのままクロンヘイムはもう一歩を踏み込み、僕も斬る。

タイミングも角度も、完全に整えての剣閃なのだ。

やはりクロンヘイムは別格の剣士だった。

しかし、クロンヘイムもすべての未来を見通しているわけではない。

彼が描く、僕たちの殲滅という結末を回避するために、僕は動いた。

考えるより先に、体が動いていた。

そうするべきだと、心の深いところで感じたのだろう。

「エリーカッ……!!」

腕を伸ばし、彼女の体を押しのける。

いつの間にか、その体はずいぶん軽くなっていた。
そして『圧刻《コリジョンカーヴ》』で彼女を吹き飛ばす。
「ヴァル……ッ!?」
腹に痛み。
何かが貫通した。刺し貫かれた。
だが構わない。
手のひらを眼前に突き出す。
最後。これが最後だ。
すべてを叩きつけるんだ！

「『雷招《ライトニング》』!!」

――――ほらヴァルター、泣かないの。本を取られたぐらいで
――――だって
――――まあいいわ。取り返してきてあげる。また何かされたら言うのよ
――――……………
――――ほら、大丈夫だから立ちなさい。私がヴァルターを守るからね
――――……………

――ヴァルター。ほら立って

――…………ぼくも

――うん?

――ぼくもいつか、エリーカを守るから

◆

自分の名はトマス。

兵隊です。

今、自分が感じているこの感情が何なのか、どうにも説明が難しく。

剣戟音の響く戦場にあって、間違いなく恐怖は感じています。

兵としてこれを感じなくなったら終わりですから。

加えて、高揚もあります。

たぶん恐怖を薄くするための防衛本能なのだと思いますが、戦いへの熱も感じるのです。

ですがそれだけではありません。

恐怖とも高揚とも違う、何かが胸の真ん中に居座るのです。

そこに引っかかりを感じながら、剣を手に戦います。

我々は霊峰ドゥ・ツェリンに攻め入ったのです。
戦う相手は、かの済生軍。
目指すは山頂、大神殿。敵の本丸です。
敵軍の隊列を踏み越えて行かなければなりません。
行かなければならない。
そうです、この感情。
使命感。
これは使命感に違いありません。
いや……何に対する使命なのでしょうか。
使命などという大仰なものが、ただの兵士である自分にあるというのでしょうか。
しかし、ここにあるこれは、確かに使命感なのです。
使命感。使命感か。
本当にそんなものを感じて良いのかどうか。
なにせ自分は今、人類に仇なしています。
この霊峰は、人々の聖なる信仰の象徴です。
国も、信教も、人々の寄《よ》す処《か》なのです。
それは疑いようの無い事実でしょう。
そして自分は今、それに対して剣を向けています。

あり得ぬ蛮行。
許されざる愚挙。
そのはずなのに、信じています。
自分が今、正しいことをしていると。
自分は、自分こそは、誰にも恥じぬ人間であると。
そうだ。信じています。
そして、信じたものを、証明しようとしています。
それが使命感。
自分に対する使命感。
自分が信じたものに対する使命感。
自分には今、それがあるのです。
「トマス！　前を崩せそうだ！　行けるか!?」
「ああ！　行こう！」
傍らで声をあげるのは、相棒のダン。
バラステア砦に赴任した時に知り合った友人です。

◆

ひょろりと背ばかりが高い自分に対し、背は低いが筋肉質の、ずんぐりとしたダン。

我々はその風貌から、凸凹《でこぼこ》コンビなんて言われたものです。

バラステア砦での任務はキツいものでした。

なにせ、あの砦は死地と呼ばれていたのです。

日々、厳しい戦いの連続です。

自分もダンも、剣は得意な方でした。

それでどうにか生き延びることが出来ていましたが、しかし明日をも知れぬ身だったのです。

ある日、激務の果てに司令官が病を得て倒れました。

それを受け、代理として赴任してきた人物には驚かされたものです。

騎士団を追放された人物で、しかも何と、女神の加護をまったく持たないとか。

自分もダンも、そんな人間が居るのかと嫌悪を感じました。

本来、地上に存在し得ない人間なのです。

周りの仲間たちも皆、彼を嫌っていました。

しかし彼の仕事ぶりは確かなもので、砦の戦況は大きく好転します。

それでも皆は彼を嫌悪し、それは自分も同じでした。

ただ、そのころ何か、自分は恥のようなものを感じていたのです。

彼によって生命を守られているのに、彼を疎んじるのは理屈に合わないような気がしました。

あくまで気がするのみ。

しかし、気がする、とはおかしくないか？

命を守られているのに、どうしてそんな感想を？

どうにも、何かが変です。

彼は以前、相手が魔族であっても民間人を害するのは間違っているとし、辺境伯と衝突したと聞きました。

それを聞いた者は皆、何と愚かなことかと嘆息します。

そう。魔族に対してそのような考え、確かに愚かです。愚かなはずです。

しかし、どうも心の折り合いがつきません。

自分は、どこかおかしいのでしょうか。

「ダン。司令官の考え方をどう思う？」

「それは……愚かな考えだろう。やはり……」

意を決して問う自分に、ダンは答えます。

しかし、どうにも奥歯にものが挟まっているような回答でした。

ダンも、自分と同じような考えに囚われているのではないか？

そう思うのでした。

そのうえあの司令官は、剣の腕が凄かったのです。

基本的には指揮卓に居ますし、魔力が無くては剣に意味などありません。

しかしどういうわけか、訓練の際に見せるその剣技は、およそ理解の外にある代物でした。

皆はそのことを、特に気にしません。

ですが、どうしてもくだらぬ者の剣技には見えないのです。

自分もダンも、剣は人並み以上に振ってきました。

だからか、どうしても司令官の剣技が気になったのです。

その後、彼は反旗を翻し、砦を落としました。

大事件に皆が泡を食っていましたが、自分はどこか得心します。

ああ、やはり。何となくそう思ってしまいました。

彼は、無辜《むこ》の民を守るために行動を起こすのではないか。そんな気がしていたのです。

無辜の民。

魔族のことか？

魔族が無辜？

自分の考えが分かりません。

その後、解放された砦の兵たちは、他領に移ったり、この地で職に就いたりしました。

自分はダンと共に、アーベルで日銭を稼いで過ごすことに。

剣を活かし、警護などを主とした日雇いです。

日雇いとは言え、食い詰めることなく暮らすことが出来ました。楽な暮らしではないものの、しかしこれは意外です。

アーベルでは、人間と魔族によって善政が敷かれていたのです。

価値観が揺らぎます。

ある時、自分はダンを誘ってバラステア砦を訪れてみました。

そう時間も経っていませんが、懐かしき職場です。

若干の感慨を自覚しつつ訪れたそこでも、人間と魔族が協業していました。

ここは物流の中継地なのです。

そう。ヘンセンと旧ストレーム領で、種族によって分かたれていた両地域で、物が流通しています。

そして砦では、人間と魔族が共に話し合い、仕分けに荷運びにと、協力して働いていました。

「…………」

沈黙する自分とダン。

眩しい光景、のような、気がします……。

司令官が求めていたのは、おそらくこれだったのです。こういう世界を望んでいたのです。

いや、正確にはこれもまだ、途上の光景なのでしょう。

しかし自分が見る限りこれは、もと居たあの世界より良いような気がします。

……いや、良い。この世界の方が良い。

見ると、ダンが、感情の読み取りにくい表情をしていました。

たぶん自分も今、同じ表情をしているはずです。

名状し難い感情を持て余すように、自分たちは砦を歩き回りました。

そして、自分とダンが掃除を担当していた武器倉庫へ、何とは無しに足が向きます。

「わあ！　ここでおとうさんが働いてるんだね！」

「うん！　すごいよね！　えへへへ！」

子供。

そこには魔族の子供が居ました。

どうやら父親がこの砦で働いており、その職場を見物しているようです。楽し気に、はしゃいでいます。

「あ！　もしかして人間のひと？」

「こんにちは！」

「…………」

魔族の子供たちは、自分とダンを見つけ、声をかけてきます。

無邪気な笑顔。

ですが自分とダンは答えません。

目の前で微笑む邪悪の象徴に、何と答えて良いのか分からないのでした。

そう。彼らは邪悪。

…………邪悪な、はず、なのです。

その時。

門の方から大きな音が響き、次いで悲鳴と怒号が聞こえてきました。

これは……？

子供たちは、笑顔から一転、不安そうな顔をしています。

それはそうです。いよいよ剣戟音まで聞こえてきました。

ややあって、彼らは現れます。

王国騎士です。

「こっちに魔族が居るぞ！　ガキだ！」

「逃がすな！　殺れ！」

「えっ……？　えっ……？」

子供たちは、ぶつけられる敵意に困惑し、そして悲しんでいます。

突然の非日常。

突然の暴力。

これがこの世界における、魔族へ与えられた環境なのです。

「…………ダン」

「……なんだい、トマス」

「今、同じことを考えているかな？」

「ああ。どうやらそのようだよ」

まずあり得ないはずの判断に及ぶ自分とダン。

もし我々に家族や立場があったら、こうもシンプルにはいかなかったでしょう。

その日暮らしの兵隊崩れなど、気楽なものだと思うのでした。

「子供。その倉庫に入っていなさい」

「え……？」

「倉庫だ。そこに入って、決して出てくるんじゃないよ」

そう言って、腰の剣を抜く自分とダン。

相手は正規の騎士です。

やれるのか？　これで死んだら、あまりにも愚かです。

でも自分たちは、決して愚かなどではありません。

意味の分からない感情が湧出します。

しかし正しい。これは正しい。

いま自分たちは、正しいことをしているのです。

◆

数か月後。霊峰ドゥ・ツエリンに自分とダンは居ました。

我々が参加するヴィリ・ゴルカ連合は、敵の隊列を突破し、いよいよ山頂に至ります。

不思議と、中腹よりこのあたりの方が霧が薄く、視界が開けてきました。

そしてその視界に現れたのは、巨大で荘厳な大神殿。

我々はついに、敵の本丸に至ったのです。
その我々に向け、矢と魔法が飛来します。
済生軍は山頂で糾合し、隊列を組み直したようです。
組織立った動きで展開し、攻撃してきました。
それに対し我々は、定石どおりに障壁を張り、少しずつ距離を詰めていきます。
「くっ……！　さすがに厳しい！」
ダンが漏らしました。
そう。敵の攻撃は極めて激しいものになっています。
彼らの背後にあるのは本丸なのですから、敵も必死です。
ここはじっくり時間をかけて……。
「おい、トマス！」
焦燥に叫ぶダン。
彼が指さすのは、右前方の岩場です。
岩陰に隠れて矢から逃れる魔族兵が居ます。
彼は腹から出血しています。
やや深い負傷に見えました。
その岩場へ、敵が四人ほど、少しずつ近づいていきます。
彼は負傷で動けません。

このままでは殺されるでしょう。

「いかん！　行くぞダン！」

「よし！」

飛び交う攻撃の中、我々は走り出します。

身を低くしての全力疾走。

岩場までの二十メートルほどを駆け抜けました。

そして、負傷者の居る岩陰に滑り込みます。

矢が、自分の頬をかすめました。

間一髪です。

ですが、気を抜くことは出来ません。

この岩場には、今まさに敵が近づいてきているのです。

すぐにも離脱しなければなりません。

負傷者を見ると、やはりかなり出血していました。

急いで回復班のもとへ連れて行かなければ。

「おいあんた！　立てるか？」

「しっかりしろ！」

彼はぐったりしていましたが、声に反応して薄く目を開けました。

そして、その目を見開き、我々を睨みつけます。

「に……人間か！」

「我々は味方だ！　ここを離れるぞ！　さあ、自分が背負う！　急ごう！」

「だ、黙れ！　人間など……信用出来るか！」

彼は、差し出された手を払いのけました。

瞳には激しい憎悪が浮かんでいます。

「失せろ！　俺に……俺に触るな！」

「自分はトマス。彼はダンだ。あんた、名前は？」

「ぐぅ……！　人間に……名乗る名など、な、無い！　アデリナを殺した……人間などに！」

出血で消失しそうになる意識を、怒りで繋ぎとめて叫ぶ男。

彼は大切な者を亡くしたようです。

人間に奪われたのです。

「トマス！　敵が来たぞ！」

我々の居る岩陰へ敵が至りました。

彼らは、我々を見て顔に怒りを浮かべます。

「人間……？　貴様らも裏切り者か！」

「おのれ！」

自分とダンを恥知らずだと思っているようです。

敵は四人。槍を一斉に突き込んできます。

ですが、怒りに満ちた槍は鋭さに欠けていました。

これは対応出来ます。

ヘンセンでの特訓が活きるというものでした。

「せっ！」

「であ!!」

ダンとは一瞬で意志の疎通が出来ました。

先頭二人の槍を同時に払い、そして彼らの真横へ踏み込みます。

すかさず、後ろの二人へ剣を突き入れました。

これも、ダンとまったく同時です。

「ぐぁっ！」

間髪を入れず次の敵へ向き直ります。

再び突き込まれる槍をギリギリで躱し、下段からの振り上げを見舞いました。

「がは！」

今ひとりの敵はこちらに向かわず、負傷者に向け槍を構えていました。

しかしダンはすでに動いてます。

彼は負傷者との間に割って入りました。

「づっ……！」

槍に横からぶつかり、軌道をそらすダン。

そして腕と脇腹で槍を挟み込みます。

若干、脇腹を穂先が通過しましたが、負傷は大きくありません。

そして槍を制したまま、ダンはもう一方の手で剣を突き入れました。

「ぐぅ！」

喉に剣を受け、敵は崩れ落ちます。

これで四人。何とか撃退出来たようです。

「よし！　すぐに離れるぞ！」

「……ぐ、ぐ……。ちく、しょうめ……」

負傷者の顔は屈辱に歪んでいます。

我々に助けられることを認められないのでしょう。

自分は膝をつき、彼の肩に手を置きます。

それから再度問いかけました。

「あんた。名前は？」

「だま、れ……」

「お願いだ。名前を」

「………ク、クンツ、だ。もういいだろ。失せろ……」

「よしクンツ。あんたはトマスとダンが助ける。さあ、自分の背に」

「いけ、よ……」

がしゃりと音がしました。

隣でダンが膝をついた音です。

そして彼はクンツの襟首を摑み、叫びます。

「いいかげんにしろォ!!」

怪我人《けがにん》に対して乱暴ですが、ダンはそうせずにいられなかったのです。

我々も、魔族への憎しみに囚われて戦っていた者。

理解出来てしまうからこそ、腹立たしいのです。

「アデリナが誰かは知らんが、いいか！　絶対に！　絶対に、アデリナはあんたがここで死ぬことを望まない!!」

「……だま、れ……」

「命も！　未来も！　憎しみに明け渡す気か！　馬鹿げていると思わないのか！　アデリナが泣くとは思わないのか！」

「…………」

「誰が何と言おうと、あんたを助ける！　黙って助けさせろォ!!」

「…………」

ダンは温厚な男ですが、本気で怒っています。

クンツの憎しみは分かります。

ですが、命と未来に対して不誠実であって良いはずがありません。

それらを捨てようとするクンツに、ダンは激しい怒りをぶつけました。

そんな怒りに満ちた顔を、閉じかけた目で見つめるクンツ。

自分はダンの腕に手をやり、クンツの襟首を放させました。

「さあ、行こうクンツ。我々のままならぬ怒りについて、後でゆっくり話せると良いのだが」

そう言って自分が背を向けると、少しの沈黙を置いて、クンツはその背に乗ってくれました。

そして自分が立ち上がると同時に、ダンが周囲を確認します。

「よし、行けるぞ！　走れ！」

我々は駆け出します。

クンツを救うため、回復班の居る方へ向けて急がなければなりません。

背のクンツが、ぼそりと何かを言った気がしました。

◆

デニスの耳が、不穏な声を拾う。
相対《あいたい》する第一騎士団の中で、伝令が伝える声だった。
あえてデニスらにも聞こえるようにしているようだ。
――南側の戦線で第二騎士団勝利
――クロンヘイム健在

――ヴァルター撃破

どうやら虚報ではないようだ。
レゥ族は敗れたらしい。
そして、ヴァルターも死んだという。
デニスは、アーベルの会合で会ったヴァルターの顔を思い出した。
縁ある者の死は何度目か。
数え切れないが、しかし縁ある魔族の死は初めてだった。
この戦いに勝ち、生きて再会出来たら、我々の関係も変化するかもしれない。
ヴァルターとは、そんな言葉を交わした。
だが、その機会は永遠に失われたのだ。
デニスは、魔族の死に胸を痛める自分に気づく。
「…………たいした進歩だ」
「『火奉輪《レヴィアクリメイト》』！」
その時、離れた場所で魔法剣の炎が燃え上がる。
声はエステル・ティセリウスのものだった。
彼女もほかの英雄たち同様、前に出て自ら戦うと聞いている。

それを思い、デニスはいよいよ焦燥を強めた。

精強極まる騎士たちに加え、ティセリウスの剣は信じ難いほどの暴威だった。

それを前にした反体制派の被害は甚大である。

第一騎士団は、手に負える相手ではなかったのだ。

「デニス、大丈夫かい?」

「フリーダ、綺麗になったな。お前さんの花嫁姿を見たかったよ」

「おいやめなって!」

台詞の不吉さもさることながら、父親のような物言いに寒気を覚えるフリーダ。

だが、台詞には若干の本気が含まれているようだ。

フリーダの目には、デニスが死を覚悟しているように見えた。

「いいかい! 諦めるんじゃないよデニス!」

デニスの軽い口調は、苛烈な人生を誤魔化すためのもの。

そのことをフリーダは理解している。

ゆえにこそ、いよいよその表情に現れ出した悲愴感にも気づくのだ。

そしてデニスにしてみれば、覚悟を決めているのは事実だ。

だが、必ずしも死を受け入れているわけではない。

戦いを諦めて逃げ去るという選択肢も出てきてしまったのだ。

「……………」

撤退すれば、第一騎士団は追ってこないだろう。

デニスたちにも聞こえるようにレゥ族の敗北を伝えたのは、それを意図してのことだ。

要は、とっとと失せろと言っている。

結果、反体制派はただ多くの仲間を喪ったのみで戦いに敗れるが、全滅は免れる。

反体制派の危機に加え、レゥ族も敗れたとあっては、もはや全体での敗色も濃厚なのだ。

そして戦前に取り交わしたとおり、彼らは同調して攻め込んでいるのみで、積極的な同盟関係にない。

となれば無理をするべきではないのだ。撤退が正解である。

「でもなあ……」

「デニス？」

南側でレゥ族軍に勝った第二騎士団は、山頂へ戻る。

大神殿の守りに入るだろう。

そこへ第一まで戻らせては、残ったヴィリ・ゴルカ連合も確実に敗れる。

ロルフがいかに強くとも、ティセリウスとクロンヘイムを同時に相手取って勝てるチャンスなど無い。

「…………」

だが、それが何だと言うのだ。

デニスは自問する。

彼にとって大事なのは自分の部下たちで、ロルフや魔族たちがどうなろうと知ったことではないはずだ。

「…………つっても、それやったらフリーダに嫌われちゃうしなあ……」

「？」

「それに見たいよなあ」

「何が？　分かるように言いなよ」

「フリーダ。ロルフ殿は本気で望んでるらしいよ。人間と魔族が手を取り合う世界をさ」

今日、戦線を違《たが》えながらも、共に強敵と戦った。

少し離れたところで同じく戦っている仲間が居る。

厳しい戦いの只中《ただなか》にあって、その事実は思いのほか支えになっていた。

デニスが自覚しているかは定かではないが、この戦いは、彼の心に意味ある変化をもたらしているのだ。

「俺ねえ、やっぱり見てみたいよ。その世界」

「だったら！　勝たなきゃ駄目だ！」

「そりゃそうだ」

覚悟をより深めなければならなかった。

そして覚悟を決めるなら、すぐが良い。

特に戦場では。

「よし、それで行こう」

「それって？」

「第一騎士団をこの戦場に引き留める。分かるよな、フリーダ」

「……！」

ロルフに託す。

彼らが第二騎士団と済生軍を討ち、大神殿を制圧する。

それを信じて、自分たちは第一騎士団を釘づけにするのだ。

「ああ、やろう！」

フリーダは力強く即答する。

本当、いい女になったよなあ……。

胸中にそう呟くデニスだった。

◆

霊峰南側、麓付近。レゥ族本陣。

そこに彼らは居た。

霊峰に踏み入り、第二騎士団と交戦し、そして敗れた兵たち。

継戦不可となり、麓まで撤退してきたのだ。

誰もが沈痛な表情で押し黙っている。
その中で一人、とりわけ重い空気を纏う女。
簡易椅子に腰かけ、上体を倒したまま顔は地面を向いている。
「エリーカ……」
その人物、エリーカにギードが話しかける。
ギードもまた心身に傷を負っている。
激戦に負傷し、仲間を喪ったのだ。
だが、ギードには分かっている。
生き残った者のうち、最も傷を負っているのはエリーカなのだ。
ヴァルター。
幼いころからエリーカと共にあった存在。
いつもエリーカの後ろを付いて歩いていた気弱な少年。
彼は成長し、強さと、そして正しさを得て戦場に立ち。
エリーカを守って死んだ。
彼女を押しのけ、自らクロンヘイムの刃に立ち向かったヴァルター。
自分の身を優先すべき最重要戦力として、軽挙にも見える行動である。
だがヴァルターには分かっていたのだ。
あのままでは、彼もエリーカも斬り伏せられていた。

だから彼は、せめてエリーカだけでも逃がしたのだ。

自身を盾として。

ギードには、彼の決意が理解出来た。

「…………」

武人としての自分を誇るギードは、膝をついて嘆き悲しむことは無かった。

だが、胸を締めつける強い悲しみを無視することは出来ない。

ヴァルターも、そして長年の相棒、グンターも死んだのだ。

しかし、それでも彼は進言せざるを得ない。

まだ仕事があるのだ。

「……エリーカ。今は、この後のことを考えなければ」

彼女は族長の娘で実績もあり、リーゼ同様、軍の幹部に収まっている。

ヴァルター隊に専念してはいたが、生き残った者たちの中では序列が高く、敗戦処理に責を負う立場にあるのだ。

「…………」

しかしエリーカは黙したまま動かない。

ギードは無骨なばかりの男だが、彼女の気持ちは分かるつもりだった。

彼女にとってヴァルターは特別だったのだから。

だがギードがいま考えたいのは、死んだ者たちの思いについてだ。

彼らの思いを無下には出来ない。

その死を、無意味なものには出来ない。

「……エリーカ。グンターはヴァルターを守って死に、そのヴァルターはエリーカを守って死んだ。お前が為すべきを為し、責を全うしてこそ、彼らは浮かばれるのだぞ」

ヴァルターがエリーカのために死んだという事実。

今それを突きつけるのは残酷である。

だが、言わなければならなかった。

「…………」

しかしエリーカは動かない。

俯いた顔に髪が零れ、表情はまったく見えなかった。

ヴァルターのことを考えているのだろうか。

それとも、何も考えることが出来ずにいるのだろうか。

続けてかけるべき言葉を見つけられないギードだった。


――――『雷招《ライトニング》』!!


ギードの耳に、ヴァルターの最期の叫びが残っている。

彼はクロンヘイムの剣に刺し貫かれながらも、至近から雷を放った。

受けた剣は致命傷だったが、それでも絶命の瞬間まで立ち向かったのだ。

しかし、ギードにとって思い出すだに無念な、あまりにも無念なことに、ヴァルターはその雷でクロンヘイムを討つことは出来なかった。

クロンヘイムは剣を捨てて退いたのだ。

あそこまでの激戦の中にあっても、なお残してあった体力と、そして恐るべき身体能力で、彼は一気に跳び退《すさ》った。

あの時、『圧刻《コリジョンカーヴ》』を行使するため杖を捨てていたヴァルターの魔法は、指向性を失っていた。

そして最後の最後で運はクロンヘイムに味方する。

大きく散った雷は、クロンヘイムをかすめてダメージを与えるも、直撃とはいかなかった。

そして傷を負ったクロンヘイムは、剣を放棄したままその場を離れた。

彼の傷は明らかに浅かったが、再度踏み入るリスクを嫌ったのだろう。

それにヴァルターを倒した以上、ギードやエリーカに用など無かったのだ。

そこに屈辱を覚えるギードだが、そのおかげで自失するエリーカを連れて離脱する時間がとれた。

横たわるヴァルターの体を検《あらた》め、その死を確認する時間もである。

そしてヴァルター戦死の影響は大きく、レゥ族軍はほどなく撤退に至ったのだった。

「…………」

あのぐらいの傷なら、クロンヘイムは回復措置を受け、戦線に復帰するはずだ。

ヴァルターは彼を倒せなかった。

だが、ヴァルターはそのことを悔いたりはしないだろう。

ギードはそれを理解していた。

あの時、彼はエリーカを守ることだけを考えていたに違いないのだ。

そして、その目的は達せられた。

だからこそ、エリーカは前を向かなければならない。

「さあ立とう。な、エリーカ」

「あの……」

声をかけてきたのは、部隊長の一人である。

指示を仰ぎたいのだ。

「東側はまだ戦っていますが……どうしますか？」

「反体制派か。救援に向かう選択肢もあるが……」

言《い》い淀《よど》み、ギードはちらりとエリーカに目をやる。

一応、麓では伝令が走り、ほかの二方面の戦況を確認している。

北のヴィリ・ゴルカ連合は山頂に至ろうとしているが、東の反体制派は第一騎士団に苦戦中らしい。

三方面は谷で隔てられているが、レゥ族の居る南側と、反体制派の居る東側は、この麓付近では繋がっている。

レゥ族から救援に向かうことは可能だ。

敗走に至ったレゥ族だが、要であるヴァルターを失ったことによる撤退である。

兵力としてまとまった数はまだ残っている。

反体制派と協力すれば、戦うことは可能と思われた。

「反体制派は、麓付近まで押し込まれています。ここからなら近いです」

「押し込まれているのは事実だろうが、引き込んでもいるのだ。敵を山頂から遠ざけているのだろう」

ギードは部隊長にそう答えた。

レゥ族を降《くだ》した第二騎士団は、山頂に戻ってヴィリ・ゴルカ連合を迎え撃つ。

更に、済生軍にもまだ戦力が残っているようだ。

ここに第一騎士団まで加わったら、ヴィリ・ゴルカ連合に勝ち目は無い。

だから反体制派は、第一騎士団を自分たちに引きつけているのだ。

今なお諦めぬその行動。あのデニスという男の判断だろうか。

ギードは思った。人間にしては、たいしたものだと。

「人間。人間か……」

「ギードさん？」

「いや、何でもない。それよりエリーカ、どうする？」

「…………」

エリーカは答えない。微動だにしない。

「エリーカ」

「……どうでもいい…………」

ぼそりと。

消え入りそうな声で、ようやく答えるエリーカ。

だがそれは答えとも言えないものだった。

考え込むギード。

この戦を放棄し、帰るならそれでも良い。

ヴィリ・ゴルカ連合や、ましてや人間である反体制派を助ける義務は無いのだから。

だが、その反体制派は踏み留まっている。

彼らは、なお勝利を信じ、第一騎士団を引きつけている。

それを思えば、武人たるギードは恥を感じるのだ。

自分たちは立ち去って良いのか？　と。

ステファン・クロンヘイムは、あまりにも恐ろしい敵だった。

彼に勝てる者が居るとは、ギードには思えない。

だが、あるいはあの者なら。

ロルフならやれるかもしれない。

そうであるなら、まだチャンスがあるなら、第一騎士団を山頂に戻らせるわけにはいかない。

ティセリウスとその軍団を、残った者たちで引き受けなければならないのだ。

「エリーカ。東側へ救援に向かうべきではないだろうか」

「……そんなの、興味ない」

もはや彼女に、再び戦場に立つ気力は無い。

その姿を前に、悲しげに目を伏せるギード。

報告を聞く限り、反体制派は予想以上にやるようだ。

ギードにとってはやや意外なことだった。

彼らは済生軍の分隊を撃退したうえ、今なお第一騎士団と戦っている。

だが、これ以上は無理だろう。

相手はレゥ族が戦った第二騎士団より、更に強い者たちなのだ。

救援が無ければ、まずもたない。

「エリーカ。俺たちが行ってやらねば、反体制派は負けると思うぞ。そしてそれは即ち、この霊峰の戦いでの完全な敗北を意味してしまう」

「…………知らない。負けでいいよ、もう……」

勝ち気で、いつも勝負に拘ったエリーカ。

今は見る影もない。

「救援に向かうべきです」

そこへ別の人物の声。

ギードが振り返ると、女が一人立っていた。

「連絡官どの……何を？」

何のつもりでそんなことを？

ギードはそれを問うていた。

彼女はヴィリ・ゴルカ連合の連絡官である。

情報の伝達が任務であり、軍務に口を差し挟む権限など無い。

そもそもギードの印象では、彼女は静かで主張の無い人物だった。

戦いに関する場へ踏み入るようにも見えなかったのだ。

しかし彼女は救援に行くべきだと、戦うべきだと言っている。

「ギードさんが言ったとおりです。いま南側を支えなければ、北側も敗れます」

「連絡官どの。貴方がヴィリ・ゴルカ連合を案じるのは当然のことだ。だが」

「身内を案じてのことではありません。ここで動かなければ、霊峰での戦いのすべてが無意味となるのです。彼女の想い人の、散った命も」

「おい……」

視線に非難の気持ちを込めるギード。

打ちひしがれるエリーカに対し、遠慮の無い物言いであった。

だが女は怯むことなく、エリーカへ近づく。

そして座り込む彼女を見下ろしながら言葉を続けた。

「甘えないでください。子供じみた振る舞いをすれば、きっと後悔しますよ」

「いいかげんにしてくれ！　何のつもりだ！」

「死んだ人は帰ってきません！　そして生き残った者には等しく義務があるのです！　死者に報いるという義務が！」

「……！」

女は叫ぶ。

その叫び声に、ギードは理解した。

「………連絡官どの。どうやら貴方も誰かを喪っているご様子。だが彼女は今、たった今、別れを経験したのだ」

それも、あまりに特別な人との別れを。

戦場に死は付きものとは言え、エリーカはまだ、それを受け入れることが出来ない。

「悲しむなと言っているのではないのです。心が張りあげる声を止めることは、誰にも出来ません」

それは女が以前、ある者に言われた言葉だった。

彼女は、死が人の心をいかに凍えさせるか知っている。

だがそれでも。それでも人は進まなければならないのだ。

「いいですか」

睥睨《へいげい》するようにギードらを見まわし、女は言う。

瞳に強い力を込めながら。

「北で戦っているのは、貴方がたに引けを取らぬ強い思いを持つ者たちです。そしてそこには、貴方たちに愛された英雄ヴァルターが友とした者も居るのです」

女は知っている。

その男は、決して諦めない。

「賭けるべき目は残っています。最後まで戦ってください」

エリーカたちがヴァルターを信じたように、女もまた、誰かを信じている。

それを感じ取ったエリーカは、ようやく顔を上げた。そして女と目を合わせる。

彼女は確か、ディタという名だ。ゴルカの族長を父に持つ身だという。

「さあ立って。未来はまだ、閉じていません」

◆

「はっ！」

俺は煤の剣を振り抜いた。

済生軍は魔導ばかりの軍ではなく、当然そこには強い剣士も居る。

だが、これまでのところ目を見張るほどの剣士とは会わなかった。

それでも幾らかの者は剣を手に最後まで踏み留まる。

信仰と矜持の為せる業であるらしく、彼らの眼差しには覚悟があった。

その信仰が、一つの種を原罪と見做《みな》すようなものでなければ、戦わずに済む世界もあっただろう。

信ずるものに殉じ、ある種、曇りの無い瞳で斬りかかってくる剣士たち。

その瞳に言いようの無い感情を覚えながら、俺は彼らを倒した。

「ぐぁはっ！」

「駄目だ！　退け！　退けぇ！」

剣士たちを倒し切ると、残った敵はついに潰走していった。

彼らが逃げる先にあるのは、薄く霧を纏う、巨大で荘厳な建物。

それこそが霊峰の頂にそびえるヨナ教団の大神殿である。

俺たちは、いよいよ敵の本丸に至ったのだ。

「ロルフさん！　すぐに隊列組み直します！」

「ああ、頼む」

部下に答え、俺は周囲を見まわした。

損害は大きくないようだ。

済生軍は霊峰中腹から撤退したあと、山頂付近に再び防衛ラインを敷き、戦いを挑んできた。

他方面で戦っていた分隊と糾合したのだ。

俺たちはそれを退けた。そして今、大神殿に迫っている。

だが、このまま王手とはいかない。

大神殿の周りには、騎士団が展開していた。

「あれは第二騎士団でしょうか？」

「そのようだ」

部下の一人が言うとおり、大神殿を守るのは第二騎士団だ。

予備兵力として最初から山頂に居たわけではない。

一戦交えてきたことは、見れば分かる。

「……………」

すなわち、勝って戻ってきたということだ。

「彼らがどちらから戻ってきたか、見ていた者は居るか？」

「居ないようです。ただ、東から戻ってきたなら誰かが捕捉しているでしょう。したがって……」

「ここから逆方向の南から戻ってきたと。そうか……南か……」

レゥ族は、第二騎士団に敗れたのだ。

彼らと山頂で合流出来ていたら頼もしかったのだが。

「……………」

もっとも、俺たちはすでにレゥ族に救われている。

もし第二がもう少し早く戻り、済生軍の防衛ラインと糾合されていれば、こちらの勝ち目は薄かっただろう。

しかしそうはなっていない。第二騎士団は遅れての登場となった。

クロンヘイムを相手に、ギリギリまで戦い抜いた者たちが居るのだ。

脳裏に、アーベルで新たに友とした男、ヴァルターの顔が浮かぶ。

それに彼の仲間たちも。

「…………………」

「それとロルフさん。第一騎士団の姿が見えないということは……」

「……まだ戦っているんだろうな」

そちらは東側。反体制派だ。

第一騎士団は、エルベルデ河で見た時より更に強くなっていることだろう。

ティセリウス団長は、あの戦いに自戒を感じていた。

何もせぬままであったはずが無い。

それを思えば、第一はこちらで引き受けたかった。

ティセリウス団長と戦いたくはないが、正規の軍ではない反体制派では厳しいだろう。

「…………いや」

俺は何様のつもりなのだ。

少し戦勝を重ねたぐらいで、いい気になっているのではないか。

増上慢ほど剣を曇らせるものは無い。

友軍を信じるべきだろう。

東側にはフリーダも居る。

そして彼女が信頼する、あのデニスという男。

アーベルで会った時は、かなりの傑物と感じた。

事実、今この時点も第一騎士団は山頂に現れないのだ。

反体制派が引きつけてくれている。俺たちが、ほかの強敵と戦えるように。

ならば、その敵をこそ見据えるべきだろう。

そう。未だ手ごわい敵が残っている。

あの恐るべき魔導士、アルフレッド・イスフェルトは、大神殿で俺を待つと言った。

それに司令官イスフェルト侯爵を守る者たちも皆一流だろうし、侯爵自身、強力な魔導士と聞いている。

そして第二が戦場に居る以上、クロンヘイムも健在と考えねばならないし、ほかにも強敵はまだ居るだろう。

なお心してかからねばならない。

「ロルフさん！　攻撃準備、出来ました！」

「よし」

攻撃プランは、リーゼらと話し合って決めてある。

ここに至って採るべき策はシンプルだ。

「目標は大神殿の制圧。各部隊長の指揮のもと敵防衛ラインを引きつけ、少数の突撃要員で大神殿へ突入。イスフェルト侯爵を打倒し、大神殿を掌握する」

黒い剣を掲げ、俺は伝えた。

霊峰の戦いは、ここに最終局面を迎える。

「行くぞ！」

◆

「済生軍。不甲斐ないことだな」

「副団長……。聞こえますよ」

びくびくと周囲を見ながら声を潜めるフェリクス。

彼らは大神殿を背に、前方に展開するヴィリ・ゴルカ連合を見渡している。

そして周りには、その魔族軍の方から逃げ延びてきた済生軍の兵たちが居るのだ。

だが、事も無げにアネッテは言う。

「いちいち気を揉《も》むなフェリクス。どうせこれから力を示すのだ。魔族どもを、我々第二騎士団が倒してな」

治療を受け、戦線に復帰したアネッテ。

先の戦いではヴァルターの遠距離魔法に不覚を取ったが、今度はそうはいかぬと鼻息を荒くする。

また彼女の自信には、大きな根拠があった。

「それに団長も居《お》られる。英雄ヴァルター撃破という戦果を挙げたうえでな」

彼女らの団長、クロンヘイムも、回復措置を受け、この大神殿の守りについている。

であれば、敗れることは決して無い。

アネッテにとって、それは曲がらぬ事実であった。

「まあ、クロンヘイム団長に勝てる者など、この戦場に存在しませんからな。ティセリウス団長は例外ですが」

クロンヘイムがヴァルターと戦っている時、援護に向かうべしという騎士たちの具申を、フェリクスは退けた。

敵も強いが、団長に負けは無い。

彼はそう言い、実際、クロンヘイムが勝ったのだった。

そして援護に向かわせなかった分を含め、騎士たちを糾合。

クロンヘイムがヴァルターを排除したと見るや、すかさず攻勢に出てレゥ族軍を撤退させた。

勤労意欲と無縁のフェリクスとしては、楽が出来ないことに不満を感じるばかりだ。

しかし、それでも彼は能力を発揮している。

「いや、ティセリウス団長よりクロンヘイム団長の方が上だ」

そんなフェリクスの言葉を否定するアネッテ。

彼が見る限り、さすがに彼女の言《げん》は大げさだが、反論はしない。

クロンヘイムに対するアネッテの敬意は、信奉の域にあるのだ。

「何にせよ、先の戦いでは、大事な場面で役に立てなかった。だが今度は違う」

そう言って自らに気合いを込めるアネッテ。

危うげな言動も目立つが、彼女は第二騎士団の副団長。

力のほどは間違いなく一流である。

その力をぶつける相手を、今や遅しと待ち構えるのだった。

◆

地下牢に押し込められていた、百余名の魔族たち。

老人や子供も含まれている。

済生軍の兵十数名が、その魔族たちを移送していた。

「止まるな。さっさと歩け！」

槍を突きつけ、暗い廊下を歩かせる。

魔族たちは不安な表情をしながら、ぞろぞろと歩いていた。

「おい、外の様子、聞いたか？」

「済生軍《ウチ》はほぼ壊滅。ここまで押し込まれるとはな」

アルフレッドやスヴェンといったタレントを大神殿内部に置いたとは言え、神殿の外で戦うそれ以外の者たちも弱くなどない。

だが彼らは敗れ、魔族たちはこの大神殿へ肉薄しているのだった。

「俺ら、この移送任務につかされてなきゃ死んでたかもなあ」

男はそう言う。

その声音に危機感は無かった。

第二騎士団が戻って防衛についているうえ、今から行使しようとしている禁術は、確実に勝利をもたらすのだ。

何も焦る必要は無かった。

「そこだ。突き当り、全員入れ」

彼らは大神殿の二階へ上がっていた。

そして小突かれながら、魔族たちが部屋へ入れられていく。

中には運命を悟り、目に涙を浮かべる者も居た。

それでも逆らう力は誰にも無い。

ややあって百余名全員が部屋に入れられる。

彼ら全員が入っても、なお広い大部屋。

そこには侯爵の側近リドマンと、数名の魔導士が待ち構えていた。

更に今ひとり。

重要な戦力として魔族軍を迎え撃つはずの者がそこに居た。

魔族を移送してきた兵の一人が、彼に尋ねる。

「アルフレッド様。どうしてここに？」

「父の命《めい》だ。有史にて最初で最後の禁術。魔導に生きる者として、この目で見ておけとのこと」

神威の間と呼ばれるこの部屋は、窓が無く暗い場所だったが、そこにあってもなお、金髪と白皙の肌は明々《めいめい》と美しい。

アルフレッド・イスフェルトは禁術をその目で見るため、立ち会うのだ。

禁術の使用はイスフェルト侯爵にとって望ましくない事態だが、使う以上は可能な限り有効利用したいらしい。

アルフレッドはやや面倒に感じながらも、父イスフェルト侯爵を、転んでもただでは起きぬと評するのだった。

「全員をその魔法陣に入れろ。すぐにも始めるぞ」

「リドマン様、どのような手筈《てはず》で？　自分たちが突き殺すのですか？」

「お前らの任務は移送のみ。この数をいちいち突き殺していては時間がかかるばかりだろう。そのための彼らだ」

その場にいる数名の魔導士へ、リドマンが振り返る。

百余名の魔族を、魔法で一息に焼き殺そうというのだ。

そして魔族たちを生贄に、禁術は発動する。

その瞬間、大神殿に迫っている魔族は皆死に、この戦いが終わるのだ。

リドマンと魔導士たちの顔には、興奮が見て取れた。

巨大な神威の発現。

それを前にし、彼らの信仰心は、大いにその琴線を震わせるのだった。

「あ、あの。殺すって、何のことだか？」

そこへ、やや間延びした声。

移送任務にあたっていた兵の一人。巨体の女、マレーナだった。

「…………」

それに取り合うことなく、手筈は進められる。

魔族たちは、次々に魔法陣の中へ入れられていった。

「あ、あの」

「黙れ。うるさいぞ」

「で、でも、あの。殺すって」

マレーナには理解出来ない。

自分が魔族を相手にした戦争に参加していることは分かる。

魔族を倒すべき敵と認識してもいる。

だがこの場に居るのは、ただの虜囚だ。しかも子供や老人も居る。

殺すとはどういうことなのか。

「すみません。こいつ、ちょっとおかしいみたいで」

兵の一人がリドマンに頭を下げ、そして後ろからマレーナの襟首を掴む。

だが引っ張っても、マレーナの大きな体は動かない。

いつもなら、殴るなり引き倒すなりすれば、マレーナはすぐに従う。

だが今は、どんなに強く引っ張っても、マレーナは動こうとしなかった。

「こ、殺すだか？　子供もいるだよ？　爺《じい》さんや婆《ばあ》さんも」

「おいデブ！　わけの分からんことで駄々をこねるな！　下がれ！」

「あぐっ！」

兵士の一人が激《げき》し、槍の石突でマレーナの横面を殴った。

さすがにマレーナはよろめく。

だが、すぐに向き直り、また同じことを言い出した。

「だ、駄目だぁよ！　どうして殺すんだ！」

「魔族だからだよ！　第一こいつらを殺せば、多くの人間が死なずに済むんだ！　お前はもう黙ってろ！」

「で、でも！　この人ら、何も……！」

「うるせぇ!!」

「ぎゃっ!!」

打たれても聞き分けぬマレーナに苛立ち、兵は近くに居た魔族を蹴倒《けたお》した。

抵抗する力など無い、中年の女性だった。

「止めるだ！」

マレーナの手が、ついに腰の戦鎚《せんつい》に伸びる。

それを見た兵たちが、剣呑な雰囲気を纏った。

「てめぇ……。気は確かか」

「お、おら……。おら……」

「貴様……」

兵たちの後ろで、より怒りに震える者が居た。

アルフレッドである。

「その戦鎚《せんつい》をどうする。戦うつもりか……！」

血走る目、こめかみに浮き立つ血管。

彼をよく知るリドマンも終《つい》ぞ見たことの無い、凄まじい怒りに満ちた表情だった。

「……そうだよ！　この人たちは殺させねえだ！」

十数名の済生軍兵士に、リドマンと数名の魔導士たち。そしてアルフレッド。

どう見ても、戦いを選ぶ場面ではない。

だがマレーナは叫んだ。

彼らと戦うことを選んだのだ。

初めて、自ら選んだ戦いだった。

◆

ただ、友だちが欲しかったんだ。

うちは大きな商家で、地元で有名だった。

よく分からないけど、すごく力があったみたいだ。
ぼくはそこの後継ぎ。
だからか、お父さんは同年代の友だちを作らせてくれなかった。
悪い影響を受けると思ったんだろう。
でもぼくは友だちが欲しかった。
ずっと欲しかったんだ。
教育係だけが訪れるぼくの部屋。
その窓から、時々近所の子供たちが見える。
身なりは良くないけど、みんな笑ってる。
騒ぎながら走り回ってる。
ああやって誰かと一緒に居るのは、きっと楽しいに違いない。
ぼくは違う。一人だ。
でも、ぼくの家には、同年代の男の子が居た。
ティモって子。屋敷で働いてる。
ぼくはまだ子供で、働いてない。
でもその子は働いてる。
働いてると言っても、給金は無いらしい。
下男というか、要するに奴隷だった。

汚くて辛い労働を、子供がやらされてた。

それが何故なのかはよく分からなかったけど、どうも彼はぼくたちと違うようだ。

肌の色が薄い褐色である以外は、別に違いは無いように見えるんだけど、人間とは別の存在なんだって。

彼が話に聞く「魔族」らしい。

魔族って、生まれついての邪悪だと教わってる。

ただ、ぼくは教育係があまり好きではなくて、彼の言葉を疑ってかかる癖があった。

彼が教えてくれる神学は結構好きだったけど、その中で一つの種を全否定するところは、ちょっとピンと来なかった。

だから、そのティモと直接話してみることにした。

同年代だし、ひょっとしたら気が合うかもしれない。

お父さんからは彼に関わるなと言われてるけど、話さないことには、いい人なのか悪い人なのか分からない。

その時間、彼はいつも荷運びをしてた。

火薬とか堆肥とか、使用人があまり運びたがらないものを運んでるらしい。

それで、搬入口のあたりを探すと、居た。

ぼくと同じ、たぶん十歳ぐらいの男の子。

ティモだ。

ぼくは、彼に近づいて挨拶する。

「やあ、こんにちは」

「……えっ？」

「話すのは初めてだね」

「あ、あの」

次の瞬間、ばしりと大きな音がした。

ぼくの頬が張られたのだ。

いつの間にか、目の前にはお父さんが居た。

「これに関わるなと言ったろう！　穢《けが》れるぞ！」

打たれた頬を押さえ、茫然《ぼうぜん》とするぼく。

テイモは怯え、それから謝った。

「ごめん……なさい」

「黙れ！」

父は、テイモも打った。

ぼくにしたより、ずっと強く。

テイモは何もしてない。

ぼくに話しかけられただけ。

でも、どういうわけか謝ってた。

そして打たれてた。
穢れるという言葉の意味は理解出来ない。
ただぼくは、打たれた頬ではないどこかに、何かよく分からない痛みを感じた。

◆

数日後。
ぼくは初めて、勉強をサボった。
教育係が来る前に部屋を抜け出したのだ。
何かずっとモヤモヤしてて、屋敷に居たくなかった。
と言って、行くあてがあるわけでもない。
ぼくは何となく、屋敷の裏手に広がる林へ来てた。
その林の奥の方にある、池のほとり。
ぼくはそこに座り込んで、ぼーっと池を見てた。
今日はよく晴れてて、水面がきらきら光ってる。
そのきらきらを、ただずっと眺めてた。
「あ……」
その時、池の中に何かを見つけた。

動いてる。

あれは……蟹《かに》だ。

蟹って池にも居るんだ。

というか、野生の生き物をぼくは初めて見た。

窓の外に見る近所の子供たちは、虫取りなんかもしてたみたいで、ぼくはそれがすごく羨ましかったんだ。

それで、何だか気持ちが昂《たかぶ》ってしまう。

ぼくは濡れるのも構わず、池の中にざぶざぶと踏み入った。

「か、蟹……！」

外で遊んだことのある普通の子供なら、それが危ない行動だって分かっただろう。

でもぼくは、そんなこと考えもしなかった。

ただ、初めて見る生き物を捕まえたかった。

突然、ごぶりと身が沈んだ。

池には、急に深くなってる場所もある。

ぼくはそんなことも知らなかった。

「あ……あぶっ!?」

突然、視界が水で覆われる。

反射的に暴れ、そして前後が分からなくなった。

「は……！　がばっ……！」

息が出来ない。

ぼくは危険なんてものをまったく知らなかった。

この時、初めて命の危機を感じたんだ。

「ごぼっ……！　ぶぁっ……！」

喘《あえ》ぐように水面を探すけど、どこにも無い。

周囲にずっと水だけが広がってるような感覚。

本当に、死を感じたその時。

腕が、ぼくを掴んだ。

ぼくと同じ、小さい子供の腕だった。

◆

「はぁっ……！　はぁっ……！」

水から引き揚げられ、大きく息を吐くぼく。

傍らには、同じく息を吐くティモが居た。

「はぁっ……はっ……だ、大丈夫ですか？」

ぼくを案じるティモ。

彼が助けてくれたのだ。

「た……助かったよ。ありがとう……！」

ぼくがそう言うと、ティモは目を丸くした。

お礼を言われたことに驚いてる。

彼はきっと「ありがとう」という言葉とは縁遠い日々を送ってるんだ。

「ティモ、どうしてここに？」

「あの、薪を拾いに。そうしたら、坊ちゃまが池へ入っていくのが見えて……」

本当、九死に一生を得た。

彼がたまたま居てくれなかったら、ぼくは死んでいただろう。

「ティモ、君は命の恩人だよ」

「そんな……僕はただ……」

居心地が悪そうに、視線を彷徨《さまよ》わせるティモ。

助けた側の彼が、申し訳なさそうにしてた。

「でも、君がぼくを助けたことは黙っておかないと」

「お、お気遣い、ありがとうございます」

このことが知れれば、お父さんはまた怒る。

ティモに感謝なんかしないだろう。

それどころか、息子の命が魔族に救われたと分かれば、きっと激怒では済まない。

いいことをしたはずのティモが、ひどい目に遭わされる。

ぼくがそう考えたことを、ティモはすぐに理解したみたいだ。

彼は賢い人だった。

それから、服を乾かしつつ色んな話をした。

ぼくは、彼がどうしてうちで働いてるのか訊いた。

ちょっと遠慮の無い質問だったかもしれない。

でも彼は、穏やかに答えてくれた。

「お父さんが、以前こちらのお屋敷で働いてて……」

話を聞くと、彼のお父さんも、うちで働かされてたそうだ。

確かに、前は大人の奴隷も居たような気がするけど、ぼくはよく憶《おぼ》えていない。ここに来てそう経たたず亡くなったらしい。

それで、父親と一緒に連れてこられていたティモは、そのまま一人で働くことになったようだ。

「でも、ティモはぼくと同じで、子供なのに」

「まあ……仕方ないです」

力ない笑顔で答えるティモ。

魔族は子供だからと配慮を与えられたりしない。

彼の境遇の悲しさを、ぼくはまだ理解し切れてなかった。

そんなぼくに比べ、ティモは色んなことを知ってた。

さっきの蟹の名前とか、向こうの木には美味《おい》しい実が生《な》るとか。

草笛というものには心が躍った。

ただの葉っぱなのに、ティモが口に当てると、ぷうぷうと音が鳴った。

ぼくが中々上手く出来なくて少ししょげてると、ティモは丁寧に教えてくれる。

彼の言うとおりにすると、ぼくも綺麗な音が出せるようになった。

すごく嬉しかった。

ティモは、故郷に居た時、お父さんにこういうことを教わったらしい。

ぼくもだけど、ティモにはお母さんが居なくて、お父さんだけが家族だったそうだ。

お父さんの話をする時、やっぱりティモは悲しそうだった……。

それからしばらくして、服が乾いた。

屋敷に戻る前に、ぼくにはティモへのお願いがあった。

「ティモ、頼みがあるんだ。敬語はやめてくれないかな」

「え……でも……」

「お願いだ。ぼくは友だちが欲しいんだよ」

「友だち……」

戸惑うティモ。

しばらく考え込んだあと、彼は答えた。

「うん……。分かったよ」

こうして、ぼくに初めての友だちができた。

◆

それからというもの、ぼくの日々は変わった。

灰色だった世界に色がついたようだった。

友だちが居る毎日って、きっと楽しいんだろうなって、ずっと憧れてた。

でもそれは思ってた以上だったんだ。

もちろん、ぼくらが友だちだってことは、お父さんや家の者たちには内緒だ。

だからぼくたちは、もっぱら夜に会った。

家の者たちがその日の仕事を終え、自室に戻っているころ、ぼくとティモはこっそり会う。

そして二人だけで遊んだ。

夜に部屋の外へ出ること自体、すごくワクワクしたし、そこにティモが居れば最高に楽しかった。

ティモも次第によく笑うようになっていった。

ティモと一緒に居ることで、ぼくの世界は一気に広がった。

それまでは、教育係から伝えられることだけがぼくの世界だった。

でもそれは瞬く間に様変わりしたんだ。

色んなことをした。

蔵を探検したり、裏庭で虫を探したり。

屋根裏に忍び込んだ時はすごく興奮した。見たことも無い大きなクモが居て、ぼくもティモもびっくりした。

あの林にもよく行った。木に登って鳥の巣を見つけた時は感動した。

厨房《ちゅうぼう》に忍び込んだりもした。

果物を盗み食いした時はティモも躊躇っていたけど、構うもんかとぼくは言った。

ここで働いてるんだから、それを食べる権利がティモにはある。

ぼくがそう伝えると、ティモは小さくありがとうと言った。

それと、ぼくたちは駆け回るばかりでなく、時にはゆっくり語り合った。

裏庭に座って月を眺めながら、色んなことを話した。

その日あったこととか、最近屋敷を訪れた人の話とか。

ティモは、彼のお父さんから教わった季節と自然の話に詳しかった。

ぼくはそれを聞くのが大好きだった。

対してぼくは、教育係から教えられた、歴史の話なんかを伝えた。

それはたぶん、王国の主観による歴史だったんだろうけど、それでもティモは興味深げに聞いていた。

でも未来のことは話さなかった。

いつかこんなことをしたい、あんなところに行きたい。

そういう話をティモとすることは出来なかった。
ティモにちゃんとした未来があるのか、それは考えたくない問いだったんだ。
だから今日を生きた。
ぼくとティモは、ぼくたちの少年時代を大切に過ごした。
その日々は本当に楽しく、ぼくは夜を待ち遠しく思うようになっていた。

◆

ある日、お父さんがぼくに、養子の話を告げた。
偉い貴族が子を欲しがってるそうだ。
すごく名誉なことのようにお父さんは言ってる。
でもぼくはショックだった。
お父さんとの仲は良好とは言えないけど、でも家族だ。別れたいわけじゃない。
そして何より、ここには大切な友だちが居る。
離れ離れになりたくはなかった。
それに、ぼくは知ってる。
その貴族がやってるのは、青田買いというやつだ。
子を何人も囲って、神疏《しんそ》の秘奥を経て有望な者のみ手元に残すんだ。

そういうやり方だから、ほかの貴族家から養子を取ることは出来ない。

かといって出自のちゃんとしない子を迎えることも出来ない。

だから、うちみたいに平民ではあるけど中央との繋がりもある商家なんかはもってこいなんだ。

お父さんは、うちの後継ぎには別の子を養子に貰うつもりなんだろう。

そして有力な貴族家と親族になる。

「お前が貴族家の跡取りとなるのだ。私より偉くなるんだぞ」

お父さんは、楽し気に言ってた。

◆

「ティモ。今日は夜を待たずに出かけてみないかい？」

「え？」

「海を見てみたいんだ。ティモは見たことがある？」

「無いけど……」

「じゃあ行こうよ！」

その日、父や主だった家人は出かけており、明日まで戻らない予定だった。

例の養子の話で、会合があるのだ。

だから日のあるうちから出かけることが出来る。

この機会に、ぼくは海を見てみたかった。

この地には海があるんだけど、ぼくは一度も見たことが無い。

屋敷から海までは、子供の足で三時間ぐらいの距離らしい。

今から行けば、夜には戻ってこられる。

「でも……」

さすがに大胆な行動だ。

だけど、ぼくはどうしても行きたかった。

ティモと海を見てみたかった。

彼との日々に証が欲しかった。

ぼくの表情から、そのことが伝わったのかもしれない。

ティモは少し考えてから笑顔を見せ、そして言った。

「分かったよ。行こう」

◆

数時間後。

ぼくとティモは海を見ていた。

「…………」

「…………」

二人とも、言葉を失っていた。

すごい。

見渡す限り、空と水面が広がってる。

世界。世界ってこういうことなんだ。

どれだけの時間、無言で海を眺めていただろうか。

ぼくは、その日のもう一つの目的を思い出した。

「ティモ……話しておくことがあるんだ」

「ん？　なに？」

「ぼくね、養子に行くことになった」

「…………」

それからぼくは、ぽつりぽつりとティモに話した。

貴族家に貰われていくということ。

気が進まないということ。

でも、その日は近いということ。

十三歳になっていたぼくは、未来のことを考えなければならない。

ティモも同い年だけど、彼にはここで働く日々しか無い。

解決方法が欲しかった。

でも、何も思い浮かばない。

そんなぼくに、ティモは穏やかな声で言った。

「そもそも、断りようが無いんでしょ？」

それはそのとおりだ。

お父さんには断る気なんかないし、あったとしても、たぶんそもそも断れない。

これはそういう話だ。

「平民が貴族になるって、すごいことなんだよね？　それに、ずっとあのお屋敷に居ちゃ駄目だよ」

同い年だけど、ティモはぼくより大人だった。

ぼくよりずっと大変な思いをしてきたんだから当然だ。

「そ、それじゃあさ。ぼくは貴族になって、偉くなって、そしたらティモを領地に呼ぶよ！」

何とも現実味に欠ける話。

それでもティモは笑って、ありがとう、期待してるよと言ってくれた。

◆

それからぼくたちは、しばらくの間、海風を共に受けた。

残された時間を噛みしめるように。

そして数時間の距離を歩いて帰り、屋敷に戻った時にはすっかり日が暮れていた。

「!?」

ぼくは、その光景に狼狽えた。

屋敷の前に、大勢の人が出て騒いでいる。

ぼくが居ないことについて話していた。

そして使用人の一人がぼくに気づいて指さした。

お父さんが走り寄ってくる。

「いったい何処《どこ》に行ってたんだ!」

「あ、あの。お父さん」

「うん!? 貴様! どういうつもりだ!」

お父さんが、ぼくの隣にいるティモに気づいた。

すると表情をみるみる怒りに染め、そして怒声をあげた。

「貴様が連れ出したのか!!」

これは駄目だ。

誤解を解かないと、ティモがひどい目に遭う。

ぼくが口を開こうとすると、父の後ろから身なりの良い男が近づいてきた。

「これはどうしたことですかな?」

「あ、いえ、これは……」

激しく動揺するお父さん。

男は貴族だった。

どうやら、ぼくを養子に取る例の貴族だ。

予定を変えてこの屋敷を訪れたらしい。

ぼくを見定めようということだろう。

それなのに、その子供は魔族と行動を共にしている。

お父さんが顔中に脂汗を浮かべるのも当然だった。

「ふん。少し脅しつけてやっただけでホイホイついてきやがって」

お父さんもぼくも思考出来なくなっている時、声をあげたのはティモだった。

「少しばかり外に出てただけだよ。ここは窮屈だからな。お坊ちゃんには供をさせてやったのさ」

「貴様ァ!!」

お父さんが叫んだ。

貴族の男も怒り、ティモを睨みつけている。

魔族が善良な子供を勝手に連れ出した。

それがティモの筋書きだ。

ここに居る貴族の不興を買えば、養子の話は無くなる。

それは、都合よく元に戻ることを意味してはくれない。

この家は権勢を失うし、ぼくにも良くないレッテルが貼られる。

色んな未来が消えて無くなる。

魔族と共にあろうとしたぼくには、希望の無い未来だけが与えられる。

それはこの国で、大げさな話じゃないんだ。

そのことを、ティモは正しく理解してしまった。

「ま、待ってティモ……！」

「黙れ！　鬱陶しいぞお前！」

「あっ……！」

両手でぼくを押しのけるティモ。

ぼくは尻もちをついてしまう。

「こいつを捕らえろ!!」

お父さんの怒号は、絶叫に変わっていた。

使用人たちがティモに飛びかかる。

ティモは特に抵抗すること無く、捕らわれていた。

◆

屋敷の地下にある倉庫。

正確には倉庫だった場所。

暗くてがらんとしたそこは、今では懲罰房のような用途になってるらしい。

ティモが捕まった日の深夜、ぼくはそこへ来ていた。

それまでぼくは自室に押し込められていたのだ。

ティモを庇《かば》いたかったけど、誰にも声を届けることが出来なかった。

ぼくは気が気でないまま時を待ち、見張りの者が居なくなる深夜になったところで、ここを訪れたのだ。

扉を開け、中に入る。

殆ど明かりの無い中、彼は居た。床に蹲《うずくま》ってた。

「ティモ!!」

ぼくは駆け寄る。

冷たい床に倒れる彼は、血まみれだった。

「こんな……!!」

ティモは鞭で打たれていた。

鞭打《むちう》ちは、大人にとっても恐ろしい刑罰だ。

背中の皮膚が破れ、肉が裂け、とにかく痛みに喘ぐことになる。

ティモはそれを子供の身で、しかも全身に受けていた。

「あ………」

ティモがぼくに気づく。

血を大幅に失い、顔面は蒼白《そうはく》だった。

命が零《こぼ》れ落《お》ちていっている。

それが分かる表情だった。

「ティモ！　ティモ！」

「来てしまった……の、かい……？」

「大丈夫！　誰にも見られていないよ！」

そう言って、ぼくは手巾《ハンカチ》でティモの顔を拭う。

彼は笑顔を浮かべていた。

いつもの穏やかな笑顔だ。

「ごめんよ！　ごめんよティモ！　ぼくが海を見たいなんて言ったから！　ぼくは……ぼくは君に迷惑をかけてばかりで……！」

ティモはゆっくりと首を振った。

それから、消え入りそうな声で言う。

「迷惑だなんて……思ったことはない、よ……。君が居なければ、ここでの、僕の日々は……ただ悲しいだけの、ものだった……」

ティモは別れの言葉を言っている。

愚かなぼくでも、それは理解できてしまう。

彼は、命を使った。

ぼくのために。

ぼくが、ぼくが弱いから、彼にそれを選ばせてしまった。

「ティ、ティモ！　しっかりして！　うあああ！　ごめんよ！　ごめんよ！　ぼくは卑怯《ひきょう》者だ!!」

「いや……君は、卑怯者なんかじゃない。だって……泣いてるじゃないか……。僕のために……」

「ティモ！　ティモ！」

瞳から光を失っていく友だちに、たった一人の友だちに、ぼくは精一杯、声をかける。

ティモの居ない世界なんてイヤだ。

絶対にイヤだ。

「ありがとう……君の未来を……信じてるからね……」

「いかないで！　いかないでティモ！」

涙が頬を伝う。

ぼろぼろと、次から次へ雫《しずく》がこぼれ落ちた。

それとは対照的に、ティモはにこりと微笑む。

そして最期の言葉を口にした。

「……ずっと、友だちだよ…………………アルフレッド」

◆

貴族家に貰われたぼくには、実家に居た時より更に厳しい英才教育が施された。

辛かったけど、ぼくはティモが言った「未来」のために頑張った。

ただ、王国貴族としての未来を目指すということは、つまり魔族と戦うということなのだ。

仕方が無かった。

ほかにはまったく道が無かったのだ。

友だちの死を無意味にしないためにも、ぼくはここで自分の未来を作るしか無かった。

でも時々、自分がどうしようもない人間に思える。

至ろうとしている場所が、本当に正しいのか分からなくなるのだ。

そしてそういう毎日を過ごしていると、記憶の中で微笑むティモの顔に靄《もや》がかかっていく。

彼を忘れるのは受け入れ難いことだ。

だからそんな時は彼の言葉を思い出しながら、日々を耐えた。

◆

イスフェルト侯爵家へ養子に入ってより二年後、神疏《しんそ》の秘奥では、図抜けた魔力を与えられた。

私は正規の後継ぎとされた。
そこから数年間、魔導の修業と、そして戦いに明け暮れた。
それが私の役割だったのだ。
そしていつの間にか、私は済生軍で最強の魔導士となっていた。
魔族を、滅ぼすべき邪悪と見做し、打倒する日々。
未来への途上にそれがある以上、受け入れるよりほか無かった。
そう。魔族は敵なのだ。
今では、そう考えることに躊躇いは無い。
神疏《しんそ》の秘奥を受けてからは、迷いが消えていた。
人間である以上、この世界で責務を与えられている以上、それと向き合わねばならぬ。
魔族との戦いが責務であるなら、それを全うせねばならぬ。
当然のことだった。
私はそれを何度も考え、自身に納得させたのだ。
だからこそ。
あの男には苛立った。
大逆犯ロルフ。
奴は私の前で、身を呈し魔族の男を守ったのだ。

「人間として生まれておきながら……！　ましてその男を守らねば、いま私を殺せたはず！」

「彼は友人だ。友を守る。それの何がおかしい」

「友……！　友、だと……!!」


友と言った。

奴は、魔族を友と。

私が諦めた道を、奴は堂々と歩いている。

許せぬ。許せるはずが無かった。

嫉妬と怒りが、激しく胸に渦巻く。

こうなれば、奴を倒すことでしか、私は未来に至れぬ。

それを思う私の前に、またしても現れたのだ。

今度は女だった。


「その戦鎚《せんつい》をどうする。戦うつもりか……！」

「……そうだよ！　この人たちは殺させねえだ！」


怯える百余名の魔族たち。

切り抜けようの無い状況において、女はその魔族たちを守ると言っている。

いったい私は、何を見せられているのか。

いや違う。問うべきはそれではない。

いったい私は、何をしているのか。何を目指しているのか。

そして今、何をすべきなのか。

そうだ。考えるべきは、それだ。

そこに答えを得ることでのみ私は、いま感じている羞恥心と向き合うことが出来るのだ。

決意が込められた女の目。

何かを信じ、何にも迷わぬその目。

私はそれを強く見返す。

すると頭の奥で、何かがぱきりと音を立てたような気がした。


「『火球《ファイアボール》』！」


私の放った火の玉が、済生軍の兵士を捉えた。

兵たちは、驚愕《きょうがく》をもって私を見ている。

あの女もそうだった。

戦鎚《せんつい》を手に、私を見つめている。

「呆《ほう》けるな女！　一人とて死なせぬと誓ったのであろうが！」

「えっ⁉」

「アルフレッド様！　ご乱心あそばしたか⁉」

侯爵の側近リドマンが叫ぶ。

狂ったか、と。

違う。

今までがおかしかったのだ。

「ずいぶん回り道をしてしまったが……この身に刻まれた罪は、もはや消えぬであろうが……」

杖を構える。

守るべき存在と、倒すべき存在を見まわし、そして言った。

「やるぞ……ティモ‼」

◆

「『聖帳《グリームカーテン》』！」

アルフレッドが選択したのは障壁魔法だった。

百余名の、戦う力を持たない魔族たち。

彼らを大きく囲う、ドーム状の障壁である。

本来、ここまで大きな障壁を張れるものではない。

アルフレッドの図抜けた力の為せる業《わざ》であった。

ただし、『聖帳《グリームカーテン》』は物理攻撃に対する障壁である。

魔力を纏った武器による攻撃は防ぐが、純粋な魔法は防げない。

そしてこの場には、魔族たちを移送してきた十数名の済生軍兵士のほか、リドマンら魔導士も数名いる。

本来は物理、魔法両面防御の完全障壁を張りたいところだ。

だがそれは高等魔法である。

魔導の天才と謳《うた》われるアルフレッドを以《もっ》てしても、百余名を守る規模の完全障壁を、持続性を保って展開するのは不可能だった。

そして戦闘の常識から言って、たとえ戦力に勝《まさ》っていても、百余名の護衛対象を抱えて勝つのは無理である。

しかし、ここには好材料が二つあった。

一つは、アルフレッドが愚か者ではないという点。

彼は名望を集める天才だが、万能感に身を横たえる類の男ではない。

周囲にそのような印象を与えはするが、実際は大きな挫折を知る男だ。

世の中には、出来ないことが幾つもあると分かっている。

彼がすかさず物理障壁を張ったのは、ゆえにこそである。

必要な妥協を瞬時に選択したのだ。

そして今一つ。

アルフレッドには、仲間が居た。

「女！　物理障壁を張った！　先に魔導士を倒せ！」

彼はそこに居あわせた女の、〝マレーナ〟という名も知らない。

同じ済生軍に所属する者ではあるが、面識は無かった。

だが、名など知らずとも、彼はマレーナを信じた。

彼女は今、命を賭して守るべきを守ろうとしたのだ。

アルフレッドはそんな彼女を、信じるに足る者と理解していた。

一瞬戸惑ったマレーナだったが、アルフレッドの目に嘘が無いことを見て取ると、魔導士たちの方へ踏み込んだ。

そして大きく戦鎚《せんつい》を振るう。

「であっ！」

「ぐぉっ！」

巨体から繰り出される攻撃は、魔導士たちを紙のように吹き飛ばした。

先の戦いでは、済生軍最強の剣士、スヴェンに賞賛されたほどの女である。

今まで正しい評価を与えられてはいなかったが、その強さは一兵卒のものではない。

一兵卒と言えば、アルフレッドも同様だ。

彼の場合はマレーナと異なり、養父イスフェルト侯爵の方針により、修行の意味合いで与えられた身分だった。

だがマレーナと同じく、その力は一兵卒のものではない。

「く……こんな規模の物理障壁を！」

「アルフレッド様！　血迷われたか！　障壁を解除されよ！」

禁術の実行を急がねばならない済生軍は、障壁を破ろうとしている。

『聖帳《グリームカーテン》』は、通常さして強力ではない。

武器が通らぬとは言っても、波状攻撃で破ることは可能だ。

だがアルフレッドが張った障壁は強固で、小動《こゆるぎ》もしなかった。

「おのれ！」

魔導士の一人が叫んで、マレーナに杖を向けた。

だが詠唱するより早く、彼はマレーナの戦鎚《せんつい》によって打ち倒される。

「ごぶっ⁉」

魔導士たちは、戦う力を持たぬ魔族を、ただ殺すためにここへ来ていた。

戦闘に及ぶ予定など無かったのだ。

移送のために居あわせた兵たちとの間にも連携など無い。

兵たちは、魔導士を守る前衛として立ち回ることが出来なかった。

「ぎゃっ！」

あっという間である。

その巨体からは想像出来ない機敏な動きで、マレーナはたちまち魔導士の半数をなぎ倒したのだ。

侯爵の側近リドマンを含めた残りの魔導士たちは、泡を食って部屋の壁際まで後退した。

逆に、剣を持つ兵たちは前へ出る。

気弱なだけの雑用係であるマレーナに後れを取るはずが無い。

マレーナから感じる強いプレッシャーは何かの間違いだ。

自らにそう信じ込ませ、斬りかかった。

「このデブがぁ！」

「せっ！」

襲いくる剣を、マレーナは戦鎚《せんつい》で迎え撃つ。

がきりと音がして剣が撥ね返された。

彼女は大きな鎚を精密にコントロールし、剣を迎撃していく。

マレーナの武は卓越したものだった。

才もあり、またいつか認められるようにと、一人鍛錬を欠かさなかったのだ。

その認めて欲しかった同僚たちと戦うことになってしまったが、選択を後悔はしない。

ここに至ってマレーナは、彼女が本来持っていた心の強さを発露させていた。

「だぁぁっ!!」

「ぐぁ！」

打ち倒されていく兵たち。

彼らは、マレーナに感じる恐怖を認めたくなかった。

見下していたこの女から後退するなど、あってはならないのだ。

「奴をやれ!!」

だからリドマンの命令は有り難かった。

彼はアルフレッドを指さしている。

本来なら、強い封建主義を持つロンドシウス王国において、侯爵家の息子に剣を向けるなど、まず考えられないことだ。

だが、魔族に与するという事実はそれをすら帳消しにする。絶対にあり得ない、あってはならないことなのだ。

女神に背く人間の存在など、許してはならないのである。

ましてや禁術は絶対に実行せねばならない。

もはや、アルフレッドは明確な障害であった。

「所詮は平民の出！　下賤《げせん》が本性を現したのだ！」

口角泡を飛ばすリドマン。

兵たちはその命令に従い、標的をアルフレッドという名の神敵に変えた。

彼は障壁を展開中で、無防備である。

だが、臆した様子は無い。

アルフレッドはその場から一歩も動かぬまま、口を開いた。

「『風刃《ブリーズグリント》』」

「なっ⁉」

兵たちは瞠目する。

障壁は張られたままだ。にもかかわらず、アルフレッドは詠唱した。

魔法の並列起動は魔導士にとって奥義の一つである。

アルフレッドは天才だが、ここまでの高みにあることを兵たちは知らなかった。

「ぐあぁっ⁉」

風の刃に蹂躙される兵たち。

そしてその中へ果敢に踏み込み、マレーナは戦鎚《せんつい》を振るう。

彼女は刃が自分を裂かないことを確信していた。

今日初めて共に戦うアルフレッドを信じたのである。

「っせい！」

殆どの兵が倒れ、残った二名が屈辱に顔を歪めながら後退する。

だがその間に、魔導士たちは魔力を練り上げていた。

蹂躙されながらも、兵たちは魔導士の前衛として機能したのだ。

そして魔導士たちは魔族へ杖を向ける。

彼らを殺すことが勝利条件であると分かっているのだ。

「『雷招《ライトニング》』！」

複数の杖から雷光が迸る。

だが、アルフレッドも魔法を詠唱していた。

「『撥壁《プロテクション》』！」

物理障壁を、すかさず魔法障壁に切り替えたのだ。

果たして雷光は、障壁の前に霧散した。

その光景に絶句する魔導士たち。

「裏切り者めぇ!!」

それと同時に、残る二名の兵がアルフレッドへ斬りかかっていた。

だが彼は、迫る刃から退こうとしない。

ただ信じ、次の魔法の準備を優先した。

そして彼が信じたとおり、横合いからマレーナが割って入り、兵たちを倒す。

「でぇい!!」

「ぐあっ！」

同時にアルフレッドは障壁を解除し、すかさず魔法を放った。

「『雷招《ライトニング》』！」

魔導士たちが見せたそれとは、発生の早さも威力も段違いだった。

轟雷が、魔導士たちを一気に飲み込む。

悲鳴をあげ、彼らは崩れ落ちていった。

それを見届けると、アルフレッドとマレーナは残る一人に顔を向ける。

そこには、リドマンが立ち尽くしていた。

「おのれ……！　こ、このような……許されぬぞ……！」

「リドマン。許しなど求めていない」

「黙れ！」

リドマンが杖を構えた。

そして魔法を詠唱しようとする。

だが、その前にマレーナが踏み込み、戦鎚《せんつい》を振り抜いた。

声をあげることも出来ず、壁まで跳ね飛ばされるリドマン。

そしてずるりと横たわり、動かなくなった。

「…………」

「…………」

すべての敵は掃討された。

視線を交わらせるアルフレッドとマレーナ。

「……女。名は？」

「あ、あの。おらは……」

「待て！」

名乗ろうとするマレーナを、アルフレッドは手で制した。

びくりと驚くマレーナ。

それから一拍を置き、アルフレッドは言った。

「私はアルフレッドだ。それで女。名は？」

名を訊く時は先に名乗る。

アルフレッドは、紳士の流儀に従った。

◆

神殿には門も城壁も無い。籠城には不向きだ。

だがそれでも、寄せ手が有利ということは無い。

戦いが長引けば、こちらの被害が大きくなる。

急ぎ突入しなければ。

「ロルフさん！　前！　開きました！」

「ああ！」

そう考える俺へ呼応するように、仲間たちが敵の隊列を削り、穴を開けた。

俺は煤の剣を構えつつ、そこへ踏み入る。

「せい！」

飛び込みつつ左右へ二閃《せん》。

敵を散らし、穴を広げる。

そしてそのまま、突入した。

「通すか！」

「はっ！」

「ぐぉ!?」

槍を突き込んでくる敵を斬り倒す。

俺はプレッシャーを利かせ、退かずに踏み込んでいった。

「調子に乗るなァ!!」

正面から、怒りを剣に乗せて男が斬りかかってきた。

かなり大柄な髭面《ひげづら》の男だ。

剣には鋭さがあり、この場に居る敵の中で、上位の強さを持つことが分かる。

俺は一歩をずしりと踏みしめて、煤の剣を横薙ぎに振り抜いた。

「でぇぇあっ!!」

ばごりと鈍い音があがる。

男は銀の鎧ごと、体を上下に両断された。

「ひっ!?」

敵たちが顔色を失う。

それを好機として俺は更に斬り込み、敵隊列を縦断していった。

「どけ!!」

「うわぁぁぁっ!?」

そしてほどなく、人波を突破する。

俺は巨大な神殿を眼前にした。

「このまま突入する!」

「ご武運を!」

部下の声を背に、神殿へ駆け込んでいく。

俺はプランどおり敵の本丸へ飛び込んで戦う。

この場は皆を信じて任せるのだ。

◆

「これが大神殿か……」

神殿へ入った俺は、周囲を見まわしながら走る。

ヨナ教の信仰において、象徴の一つとなっている霊峰ドゥ・ツェリン。

その頂にそびえる神殿は荘厳だった。

全面石造りの見事な造形。

磨き上げられた床は、鏡かと見紛うほどだ。
巨大で真っ白な円柱が立ち並び、美しい空間を作り出していた。
この一階は一般信徒たちが訪れる場だ。
教団関係者の執務や居住の部屋は上階にある。
イスフェルト侯爵もそこだろう。
俺は横合いに見えた階段を上った。
上階では、廊下の全面に臙脂《えんじ》の絨毯が敷かれていた。
一般信者が立ち入らないフロアだが、体裁は美しく整えられている。
俺はその絨毯の上を走った。
前方の曲がり角から足音が聞こえてくる。
軽くて速い足音だ。
俺はおそらく不要であろう警戒を胸に、その角へ至った。
「やぁぁっ！」
「俺だ」
「あ！　ごめん！」
警戒が不要ということも無かったか。
俺は出会い頭に斬り込まれる双剣を躱し、声をかける。
走ってきたのは予想どおり、リーゼだった。

彼女も敵を突破し、この大神殿へ突入していたのだ。

「本当ごめんね！　怪我なかった？」

「大丈夫だ。リーゼこそ、ここまで負傷していないか？」

「うん。問題ないよ」

胸を張って答えるリーゼ。

このまま敵将撃破と行きたいところだ。

「こっちには侯爵は居なかったわ。ロルフは何か見つけた？」

「いや……む？」

物音が聞こえた。

しかもこれは戦闘の音だ。

リーゼも気づいたらしく、俺たちは顔を見合わせた。

俺たちより先に突入していた者が居るのか？

何にせよ、行ってみなければならない。

俺とリーゼは音のした方へ走った。

そして扉の前に取りつくと、それを蹴り開ける。

同時にリーゼが飛び込み、双剣を構えた。

「え？」

リーゼが困惑に声をあげる。

俺も同じ気持ちだった。

かなり広い部屋。それも何か特別な部屋であるようだ。

魔法陣による何らかの措置が部屋中に施されている。

そしてそこには、大勢の魔族が居た。

皆、民間人だ。囚われていたのだろう。

百人ほども居そうだ。

そして怯える彼らの周りに、済生軍の兵たちが倒れ伏していた。

いや、二人だけ立っている。

うち一人には見覚えがあった。

「来たかロルフ」

「ロルフ、知り合い？」

「アルフレッド・イスフェルトだ」

「えっ⁉」

済生軍最強の魔導士であり、要注意人物とされていた男の名。

それを聞いて、リーゼは警戒を強めた。

だが、状況を見る限り、これは……。

「そっちの貴方は？」

リーゼが誰何《すいか》すると、体の大きな女がおずおずと答えた。

アルフレッド同様、済生軍の兵であるようだ。

「お、おらはマレーナというだよ。あの、済生軍が酷いことをしようとしたから……」

「私の父と済生軍は、この地に備わる禁術を用いるため、百人からの魔族を殺そうとしたのだ」

そしてそれを阻止した。

人間の二人がである。

「あ、あの！　この方々は、私たちを守って……！」

魔族の一人が、前へ出て声をあげた。

周りで、ほかの者たちが頷いている。

「どうやら、守られたのは貴方たちだけではないみたいね」

構えを解きながらリーゼが言った。

これほどの生贄を必要とする大規模な術式だ。

禁術とやらが発動していれば、取り返しのつかないことになっていたのだろう。

「…………」

そして俺は、敵地の只中、感慨に黙り込んでしまう。

この状況が意味するもの。

またも枷《かせ》を引き千切る者が現れたのだ。

しかも、ヨナ信仰を象徴するこの霊峰で。

「なんか、どんどん……」

どんどん世界が変わっていく。

リーゼの言葉に、若干の高揚が見て取れた。

それをよそに、アルフレッドは歩き出す。

俺はその背中に声をかけた。

「どこへ？」

「気づいていよう。第二か済生軍か分からぬが、外に居た者たちが階下へ戻ってきている」

彼の言うとおり、僅かに鎧の音が聞こえていた。

外に居た敵軍の一部が神殿内へ入ってきているのだ。

突入した俺やリーゼを追ってきたのだろう。

彼らがここへ至り、魔族たちを見つければ、望まぬ事態が訪れる。

アルフレッドにもそれは分かっているらしい。

彼は振り返り、魔族たちを一瞥すると言った。

「守った以上は最後まで責を負わねばならぬ。マレーナ、貴公はどうか」

「お、おら、肚は決めてるだよ。おっ父とおっ母に顔向け出来る人間になるだ」

王国に居ては、それになれない。

マレーナは言外にそう主張し、両手で戦鎚《せんつい》を握りしめた。

「アルフレッド。マレーナ。ありがとう。君たちは友人だ」

「えっ!?　お、おら……」

「礼など要らぬ」

目を見開いて驚くマレーナと、冷然としたままのアルフレッド。

二人の反応は対照的だった。

「……だがアルフレッド。俺とこのリーゼは、お前の父を倒そうとしている」

「好きにせよ。養父との間に親子の情愛は無い」

そう言って、再び背を向け歩き出すアルフレッド。

マレーナは、きょろきょろして俺とリーゼに目礼し、それからアルフレッドの後に続いた。

「侯爵に決まった居室は無い。三階に居るはずだが、そのどこに居るかは分からぬ。急ぐことだ」

言って、二人は歩き去った。

階下での戦いに赴いたのだ。

◆

扉を施錠して静かにしているよう魔族らに言い含め、俺とリーゼは最上階である三階へ向かった。

人員が居れば魔族たちを守らせたいところだが、今はそれが出来ない。

アルフレッドとマレーナが階下の敵を抑えているうちに、侯爵を討たなければ。

「彼が言ったとおり、急がなければならない状況だ」

「そうね。それじゃ私はあっちへ」

話は早かった。

答えるとリーゼは即座に走っていく。

二手に別れ、侯爵を探すのだ。

まだ強敵は神殿内に居るはずで、こちらとしても戦力を分散させたくはないが、やむを得ない。

俺も走り出した。

角を曲がり、南側へ。

「む……」

自然、声が出る。

こちらの区画には壁面が無かった。

大きな円柱が立ち並び、高い天井を支えている。

そして円柱の間からは、一面に、この山頂からの景色が広がっていた。

霧を纏う尾根と、周囲の雄大な山々。

美しかった。神々しいという表現がぴたりと当《あ》て嵌《は》まる光景である。

こういうものを見れば、神を信じたくもなるかもしれん。

「いよぉ」

その光景にそぐわぬ、軽い口調。

立ち並ぶ円柱の向こうから男が歩いてきた。

「外に出なくて正解だった。お前さん、ロルフだろ？　単騎で突っ込んで来ると思ったんだよ」

「あんたは？」

「スヴェンっていうんだ。よろしく」

高名な剣士であることは見れば分かったが、返ってきた名は、予想どおりのものだった。

済生軍で最も優れた剣の遣い手と謳われる男、スヴェンである。

最強の魔導士とは再戦せずに済んだが、最強の剣士と戦うことになったらしい。

「いかにもロルフだ。よろしく頼む」

そう言って、煤の剣を正眼に構える。

スヴェンはだらりと下げた腕に剣を持ち、近づいてきた。

そして、戦いは即座に始まる。

ひゅるりと、素早いがしかし余裕を感じさせる体捌き《たいさば》き。

彼は極端なまでに身を低くして踏み込んできた。

頭が俺の腰より低い位置にある。彼が下段に構えた剣の出所《でどころ》が見えない。

このまま迎え撃つのは無策に過ぎるが、下がるのも恐らく危険だ。

俺は横への跳躍を選択した。

そうすることで彼の手元を視界に収めようとしたのだ。

しかしその選択は読まれていた。

跳ぼうとする先へ剣を突き出すスヴェン。

だが俺にとってもそれは、幾つか予想していた動きの一つだった。

スヴェンの剣を払い、返す刀を振り入れる。

「おっと！」

後転して黒い刃を躱し、彼は距離を取った。

その表情には、なお余裕を浮かべている。

「今のを読んじゃうかあ。こりゃ面倒な相手だ」

そう言って薄く微笑むスヴェン。

それを見つめながら、俺は敵を分析していた。

この男は当然ながら相当強い。

済生軍最強の剣士というのは事実だろう。

対応を少しでも誤ればやられる。危険な相手だ。

だが今の剣を見る限り、やりようはある。

こういう独自のリズムを持った相手との戦いでは、ペースに乗せられないことが重要なのだ。

俺は流れを引き込むべく、やや強引に踏み込んだ。

「であ！」

「とっ！」

スヴェンはすかさず迎撃を試みてくるが、その剣筋は読みどおりだった。

俺は剣を大きく躱し、下段からの振り上げを見舞う。

剣の振り終わり、ベストのタイミングを狙った一撃だった。

しかしスヴェンは体を捻りながら跳び退《すさ》り、俺から離れる。
無理な体勢からでも、五体を十分に操ることが出来るようだ。
相当に優れた身体能力である。
だが、俺は剣先をスヴェンに届かせていた。
彼は胸を、ざくりと深く斬り裂かれている。
致命傷だ。
戦いをあまり長引かせたくない相手である。早い段階で終わらせたかった。
俺は狙いどおりの展開を引き寄せることが出来たらしい。
「ぐ……！」
大きく裂けた胸。
その胸の傷に、変化が起きた。
分かたれた肉が、まるで縫合されるようにくっつき、そして傷を閉じていったのだ。
目の前で起きていることに、俺は理解が追いつかない。
「ふぅ……いやはや」
何事も無かったかのようなスヴェン。
ほぼ一瞬だった。
傷は完全に消失している。
「自動再生《リジェネレーション》……？」

回復効果を継続的にもたらす魔法は存在するが、これは明らかにおかしい。

致命であったはずの傷を瞬時に塞ぐなど、そんな魔法があるのか？

あれでは、それこそ神の奇跡のようではないか。

いや、奇跡？

そうか、奇跡か。

「……神器だな」

「即座に見破っちゃうのな」

霊峰に存在するという神の武器。

奴の手にあるのはそれだ。

どうやら超高度な自己再生能力を、持ち主にもたらすらしい。

「いいだろコレ。欲しい？」

「要らん。俺はこいつの方がいい」

手にある黒い剣を、俺は構え直した。

そして厳しい戦いの予感に、心を強く引き締めるのだった。

◆

「退がりながらで良い！　崩れた隊列はもう組み直すな！　中央へ固まれ！」

デニスの声からも、いよいよ余裕は消えていた。

圧倒的な強者である第一騎士団。

その武威の前に、彼ら反体制派は麓近くまで押し返されていた。

だがそれでも、なお抵抗を続ける。

ここに居るのは体制によって何かを蹂躙された者たちである。

目の前に居るのは、その体制の、最大の守護者たる第一騎士団。

彼らの胸にある怒りは並々ならぬものだったのだ。

「うおぉぉぉぉっ!!」

「踏み留まれぇ!!」

反体制派は正規の軍ではなく、際立つ強さを持っているわけではない。

だがここに来てなお、粘りのある戦いを見せ、ギリギリで戦線を維持していた。

中核を成す傭兵たちは、場末の戦場からの叩《たた》き上《あ》げである。彼らには泥臭さがあったのだ。

「それで良い！　無理に斬り込むな！　こっちに引きつけろぉ!!」

決死の表情で戦い続ける反体制派の兵たち。

フランシス・ベルマンは、その姿を第一騎士団の中衛付近から観察していた。

そして隣にいる団長エステル・ティセリウスに言う。

「たいした者たちです。あのレベルの敵に、ただ引きつけることを目的とした戦いをされると、我らとて、おいそれとは勝ち切れません」

「そうだな」

短く答えたティセリウスの視線は、反体制派の右後方へ向いていた。

ベルマンもそちらへ視線をやる。

そして、この冷静な紳士にしては珍しく、驚愕に声をあげた。

「むっ!?」

そこに現れたのは、新たな敵影。

魔族の一軍である。

南側から、レゥ族が駆けつけたのだ。

「増援……だというのか」

ティセリウスが言った。

彼女をして、想定していた事態ではない。

反体制派は、一瞬、後方から現れた軍に顔色を変えた。

何者かに挟撃を受けたのかと思ったのだ。

だがレゥ族は彼らの横に並び立ち、一斉に第一騎士団への攻撃を始めた。

「いくぞぉ!」

先頭で豪槍を振るう男、ギードは、気合も十分に雄たけびをあげる。

そして彼に呼応するように、レゥ族の兵たちは剣を振り上げた。

「おおおおおぉぉぉぉっ!!」

彼らは一度敗れたが、その雪辱を晴らそうとするかのように戦場へ戻ってきた。

人間に助勢するためである。

ここに居る人間たち、反体制派は、済生軍を退けたうえで、かつ第一騎士団を相手に、なお踏み留まっている。

見れば、誰も彼もが戦傷を負っていた。

第二騎士団に敗れ、諦めようとしていたレゥ族。

突出した英雄に支えられていた彼らは、その英雄の敗死に、一度は望みを失ったのだ。

だが英雄を持たぬ者たちが、なお戦っている。

レゥ族の兵らの胸中には、第一騎士団を相手に諦めぬ人間たちへの、引け目や羞恥心、それから敵愾心があった。

そして誰の胸にも、僅かながら生まれていたのだ。

敬意が。

「こっち！　回復班まわせ！」

「人間！　弓を扱える者はこちらへ来い！」

怒号が空を劈《つんざ》く。

人間と魔族が手を取り合おうとする怒号が。

デニスはその光景を、驚きをもって見つめていた。

傍らのフリーダも同様である。

その二人へ、レゥ族の女が近づいた。

「デニスさん。それとそっちの貴方はフリーダさんかしら？　二人とも、まだ戦える？」

「あ、ああ。貴方は……エリーカ殿。援《たす》けに来てくれるとは……」

「エリーカさんというのかい。勿論まだ戦えるよ。たった今、元気になった」

「そう」

微笑むエリーカ。

その笑顔を一瞬よぎる陰に、デニスは気づいた。

アーベルで会った時、ヴァルターに向ける彼女の視線は、ただの戦友のものではなかった。

人生経験に富むデニスである。男女の機微にも敏《さと》い。

ヴァルターの戦死が彼女にとって如何《いか》なる意味を持つか、理解出来てしまうのだ。

だが、今は慰めの言葉をかけている時ではない。

喪えぬものを喪い、それでも援けに来てくれた彼女たちの、その決断に報いる時である。

それを思い、デニスは敵の方へ向き直り、そして言った。

「よし、もうひと頑張りだ。あと少し、あと少し耐えれば、きっとこの戦いは意味あるものになる」

根拠は無かった。

だが確信があった。

いま少し第一騎士団を引きつければ、きっと山頂で歴史が動く。

デニスの言葉に、人間の女と魔族の女が同時に頷いた。

そして反体制派とレゥ族は、第一騎士団に立ち向かう。

士気を満たしたかけ声が、至る所からあがった。

「ご覧なさい、お嬢様」

正面に目を向けたまま、ベルマンは言う。

隣に居るティセリウスも、前方に広がる光景に視線を取られたままだ。

「人間と魔族が、共に戦っております」

「ああ、そのようだな」

ティセリウスは答え、目を閉じ、俯き、それから暫《しば》しののち顔を上げ、目を開いた。

そして少しだけ震える声で言う。

「誰かが世界を変えようとし、世界がそれに応えつつあるのだ」

◆

「ぬぐっ！」

「トマス！」

ダンが駆け寄る。

トマスは肩口に槍を受けてしまったのだ。

本丸である大神殿を背後に置いた済生軍と第二騎士団は、ここへ来てその攻勢を強めている。

背水の状況が如何に人を強くするか、ヴィリ・ゴルカ連合の者たちは思い知っていた。

「だ、大丈夫だ！　傷は浅い！」

なお剣を手に前へ踏み出るトマス。

確かに肩の傷は浅い。

だが彼が受けている傷はそれだけではなかった。

体中、あちこちから出血している。

そしてそれはダンも同様だ。

戦傷著しく、頭から流れる血が片目の視界を塞いでいた。

二人はクンツを回復班のもとへ送り届け、すぐに前線へ戻った。

そして退くことなく戦い続けているのだ。

大車輪の活躍だが、結果、ダメージの蓄積は無視出来ぬものになっている。

「おい！　あんたたち、退がれ！　ここは俺たちが！」

「いやいや！　心配なさるな！　ここを薄くしたら斬り込まれてしまうぞ！」

「そうだ！　最後まで共に戦うとも！」

一人の魔族兵が声をかけるが、トマスとダンは謝絶する。

勝負の際《きわ》にあるこの局面、退くわけにはいかなかった。

「しかしその傷では……！」

「友よ！　傷ついた人たちを守るための戦いではないか！　我ら傷つくことを厭いはしないぞ！」

「うむ！　心配無用だ！」
「…………！」
周囲の魔族たちが言葉を失う。
トマスとダンは朴訥な顔立ちをしており、そういう強い言葉はあまり似合わない。
だが、傷だらけの笑顔で口にしたその言葉には、不思議と力があった。
真摯に戦う姿を見せることで、信じるに値する人間も居ると魔族たちへ示す。
それはロルフの目標の一つだ。
実際彼はそれを実行している。
トマスとダンは、そのロルフの思いを詳しく知るわけではない。
だが、図らずも彼らの行動はロルフの思いに沿っていた。
「さあ行くぞ！　ここが頑張りどころだ！　遅れるなよダン！」
大神殿に突入出来た者たちは居るが、果たしてそれで十分かどうか。
なにせ、神殿の中にはまだ恐るべき強者たちが居るはずなのだ。
更に敵は外で戦っていた隊列から、一部の人員を神殿内に向かわせた。
突入した者たちを追わせているのだろう。
これ以上、神殿内で戦っている味方に、不利を強いるわけにはいかない。
不甲斐ない戦いは出来ないのだ。
二人は、それを強く思った。

「やるぞトマス！　皆も最後まで油断するなよ！」

トマスとダンが、そして二人に感化された魔族たちが、力を振り絞る。

この最後の局面にあって、彼らは決意を新たにした。

戦い抜くという決意を。

◆

「気でも触れたのか……！」

これ以上なく険しい顔つきで、そう言葉を漏らしたのは第二騎士団副団長、アネッテだった。

敵が神殿内へ入り込んだことに気づき、それを追ってきたのだ。

この戦いの司令官であり、この地の領主でもあるイスフェルト侯爵を討たれれば、彼女たちは負ける。

ゆえに、入り込んだ敵は止めねばならない。

大神殿に突入したのは、強力な敵戦力であるロルフらと目される。

個の武勇に優れる者でなければ、止めることは出来ないだろう。

当然、侯爵に護衛は居るし、上階には強力な戦力も残っているが、大逆犯を放ってはおけない。

それを思い、アネッテは外の指揮をフェリクスに任せ、麾下を連れて自ら神殿へ入ったのだった。

しかし、彼女はロルフが向かったと思われる上階へ至れていない。

一階で足止めを食ったのだ。

「いったい何の真似なのだ、アルフレッド殿！」

目の前には、侯爵の息子アルフレッドが立ちはだかっている。

その横にはもう一人、済生軍の女兵士の姿もあった。

「言ったとおりだ。ここは通さぬ」

アルフレッドの周囲に、数名の騎士が倒れ伏している。

押し通ろうとしたアネッテの部下たちである。

アルフレッドによって倒されたのだ。

「我々は、貴方のお父上をお救いしに行くのだぞ！」

「あれは私の才を買っただけの男。父ではない」

実家に居るのも父などではないが。とアルフレッドは胸中で続けた。

ティモは復讐《ふくしゅう》を望まぬだろうが、さて私は何を選ぶのか。

自身にそう問う。

「敵に与すると言われるのか！　魔族どもに！」

「第二騎士団の名も知らぬ副団長よ、よく聞け。私は敵に与する」

「貴様……！」

アネッテの額に血管が浮き出る。

アルフレッドは覚悟を口にしたまでだが、台詞は挑発の意味を成した。

アネッテの部下たちも怒りに顔を歪ませている。

「そっちの女も同じ考えか！」

「ああ、おらもだよ！」

「どこの愚物か知らんが、何をしているか分かっているのか！」

「おら、やんなきゃなんねえ事をやってるだけだ！」

アネッテは震えた。

我慢の限界だった。

この日は霊峰を侵され、あまつさえ聖域である大神殿を踏み荒らされているのだ。

敬虔《けいけん》なヨナ教徒である彼女にとって、ひたすら不快であった。

加えて、この造反。

目の前に、女神を裏切る人間が二人も居るのだ。

一方は侯爵の息子である。だが、魔族を守る意思を見せるなら、それは神敵なのだ。

「もう一度だけ、もう一度だけ、確認するぞ……！　裏切るのだな……！」

「そうではない。自らを裏切ることを止めたのだ」

ぎりりと歯を食いしばるアネッテ。

大きく呼吸し、自身を落ち着ける。

それでもなお震える手。

彼女はその手を上げ、そして振り下ろした。

「かかれえ!!」

斬りかかっていく騎士たち。

アルフレッドは杖を構え、マレーナは戦鎚《せんつい》を手に踏み出した。

VI

「すぅ……」

俺はスヴェンから距離を取り、呼吸を整えた。

何度目かの仕切り直しだ。

「ふぅ！　いやはや、強いな。たいしたもんだ」

スヴェンの言葉は本音であるようだった。

実際、幾合《いくごう》も斬り結んだすえ、はっきりした。剣技では俺に軍配が上がる。

だが、奴の手にある神器がその差を埋めている。

致命傷ですら一瞬で快癒してしまうのだから。

「俺の剣は、魔法を消し去ることが出来るんだがな」

「聞いてるよ。でもこれ、魔法じゃないから。神の奇跡、宝剣アルトゥーロヴナってんだよ」

アルトゥーロヴナ。

聖者ラクリアメレクの薫陶を受けたとされる、古い聖人の名だ。

だが聖なる御業というには、やや悍《おぞ》ましいものに見える。

実際あれは魔法の一種だろう。

剣から湧出し続ける魔力が、奴の全身に魔法効果を及ぼしているのだ。

あの剣は所謂聖遺物のような、大それた古代の武器には見えない。

神器とは、要するに高度な魔法処理が施された武器なのだと思う。

したがって、奴を断っても、煤の剣で魔力の流れを断てば勝ち筋が見えるかもしれない。

だが、奴を断っても、神器から奴の体へ流入する魔力が一瞬で傷を塞いでしまうのだ。

それなら神器を持つ両腕を一刀で落とせば良いのだが、それは簡単ではない。

凡百の剣士が相手なら可能だが、いま相対《あいたい》しているのは、済生軍最強の剣士だ。

まして、俺がそれを狙うことは、奴にも分かっているはずなのだ。

「ロルフさんよ。それだけ強いなら、もっと大胆に踏み込んできても良いんじゃないか？」

スヴェンが誘う。

俺としても、出来れば強い一撃で勝負に出たい。

しかし、このレベルの剣士を相手に、おいそれと勝負に出ることは出来ない。

「慎重さが持ち味でな」

「時には思い切りも大事だぞ」

時間をかけるという選択肢もある。

神器という武器は、リスク無しで使えるものでもないだろう。

根拠は無いが、神と名がつくなら、代償は強いられると思う。

生命力なり何なり、スヴェンは消費しているのではないか。

だが、俺としても時間を使い過ぎるのは憚《はばか》られる。

何せこちらにもタイムリミットはあるのだ。

こうしている間にも、仲間たちは命がけで戦っているのだから。

それに、スヴェンのような搦《から》め手《て》を好みそうな者を相手に、戦いを長引かせたくはない。

予想外の状況が出来《しゅったい》せぬとも限らないのだ。

「ふぅー……」

いけない。息を吐いて、いったん頭をクリアにする。

思考の淵《ふち》に嵌《はま》っていては、奴の思《おも》う壺《つぼ》だ。

「風体に似合わず、考えて戦うタイプなんだな」

にやりと余裕を見せるスヴェン。

治るとは言え、身に刃を受ければ焦りが出そうなものだが、そんな気配は無い。

戦い慣れしているのだ。

俺は改めて糸口を探すべく、スヴェンを観察する。

筋肉の動き、表情に呼吸、それから纏う空気。

それらを視界に捉えて何かを探す。

その視界が、望まぬものを捉えた。

スヴェンの後方に人影。

誰かがこちらへ近づいてくる。

「おや？」

スヴェンも気づき、そして声をかけた。

「来られたのですか」

「外は部下に任せてある。うちの者たちは皆、優秀だからね。問題ないよ」

そう答え、男は俺に顔を向けた。

茶色い直毛に、やや童顔の騎士である。

「外よりこちらが重要だからね。強い敵を迎え撃たないと」

俺の目をしっかりと見据えながら、そう言った。

彼は俺と戦いに来たのだ。

「ステファン・クロンヘイム……」

「憶えててくれたかい？　何度か会ったことあるよね」

向こうが俺を憶えていたことの方が意外だ。

エミリーの従卒として中央へ行った際、確かに何度か顔を見たことがある。

言葉を交わしたことは無いが。

「旧知と斬り合うのは気持ちの良いものじゃないけど……」

そう言って、剣を抜くクロンヘイム。

その所作だけで、空気が張り詰める。

「まあ何はともあれ、やろうか」

「…………‼」

構えを見ただけで気づく。

否応《いやおう》なしに気づかされる。

やはり、とんでもない強さだ。

そして二対一という状況。

第二騎士団団長と、済生軍最強剣士である。

「クロンヘイム団長。私は構いませんが、よろしいんですか？　正道を行く騎士として高名な貴方が、二人がかりとは」

肩を竦めながらスヴェンが問う。

騎士に対してやや敵愾心も感じる物言いだった。

彼はおそらく、戦いに精神性を見出す考えを嫌う種類の人間なのだろう。

「スヴェン殿。戦争なんだよ、これ。しかも大将の近くにまで攻め込まれている。全力で排除しないと駄目だ」

「ごもっとも」

二人の意見は統一されているようだ。

俺は彼らを、同時に相手取らなければならない。

そして、まともに戦力を比較すれば、当然向こうが上である。

連携の隙を見つければ、勝ち筋が見えるだろうか？

「おや、それが例の黒剣かい？」

考える俺をよそに、クロンヘイムが煤の剣に気づいた。

そして興味深げに見つめる。

「なるほど……美しい剣だね」

「ああ、俺もそう思う。見惚《みほ》れるような黒だ」

「それに何かこう……何だろう。美しいだけじゃなくて」

怒り。

この剣からは、僅かながら怒りが感じられる。

何に対する怒りなのかは分からないが。

「まあいいや、それじゃあ、行くよ」

会話を切り上げ、間合いを詰めてくるクロンヘイム。

剣が一瞬で突き入れられる。

凄いスピードだった。

俺は退かずに、煤の剣で突きを払う。

ギリギリ間に合ったかと思いきや、真横にはすでにスヴェンが居た。

「せっ！」

気合いと共に、スヴェンの中段斬りが飛来する。

俺は身を低くし、スヴェンの方向へ転がりながら回避した。

そして彼の横で膝立ちになり、剣を横薙ぎに振る。

その剣を躱し、大きく跳び退《すさ》るスヴェン。

入れ違いに、クロンヘイムの剣が襲いかかってくる。

「くっ！」

膝立ちの姿勢から、俺は大きく後ろへ跳んだ。

そしてすかさず立ち上がり、剣を構え直す。

「何とまあ。今のも対応出来ちゃうのか。凄いよな、やっぱり」

「これは油断出来ないね」

二人はそう感想を漏らす。

クロンヘイムは油断などと口にしたが、元より彼にそんなもの期待出来ない。

マズいのは、彼らの攻撃がすでに連携の体《てい》を為しているということだ。

個の力に優れる者が連携を不得手とすることはよくある。

それを期待し、隙を突けないかと思ったが、そう上手くはいかないらしい。

しかも戦っているうちに、二人の連携は更に熟《こな》れていくだろう。

不利な条件ばかりが揃《そろ》い過ぎている。

「『刎空刃《ビヘッドラプチャー》』！」

そこへ、さらなる不利を強いる声があがった。

音に聞こえた、クロンヘイムの魔法剣だ。

彼は、遠間《とおま》から動かぬまま、剣を袈裟懸《けさが》けに振り抜いた。

俺は頭の中で激しく鳴り響く警鐘にしたがい、横合いへ転がる。

それを見たクロンヘイムは、振り抜いた剣を反転させ、すかさず横薙ぎに振った。

立ち上がっていた俺は、何も無い真横の空間へ向けて煤の剣を振り下ろす。

何かを斬る感触。そしてそれがかき消えた。

そこには魔力の帯が流れていたようだ。

「……なるほど。君は魔力そのものを斬れるのか」

今のが、清騎士クロンヘイムの見えぬ刃か。

何とか煤の剣で迎撃出来たが、紙一重だった。

「それにしても初見で……しかも連撃を見舞ったというのに斬れてしまうとはね。凄まじいな、君という男は」

クロンヘイムが感嘆に声をあげ、スヴェンも瞠目している。

俺はヴァルターとの模擬戦を思い出していた。

あの時、彼が放った『風刃《ブリーズグリント》』も、目では追えぬ刃だったのだ。

あれを見ていなければ、クロンヘイムの刃に対応出来ていなかっただろう。

ヴァルターという友が俺を生かしたのだ。

それを思う俺に、クロンヘイムが言った。

「強いね。ヴァルター以上かもしれない」

「……………あんたが？」

「ああ、僕が倒した。死んだよ」

「………………」

覚悟してはいた。

だが聞きたくなかった。

「友達だったのかい？」

「ああ」

降りる沈黙。

ややあって、俺は口を開いた。

「……彼の部隊の仲間は？」

「多くは討った。一部は逃れていったが」

「……そうか」

第二騎士団が山頂に戻ってきた以上、レゥ族は敗れたということだ。

そしてレゥ族は、多くの点でヴァルターという英雄に支えられている。レゥ族の敗北は、高い確率でヴァルターの敗死を意味していたのだ。

それでも生きていて欲しかった。

だが目の前のクロンヘイムは嘘を言っていない。それが分かってしまう。

「彼は強かったよ」

「……知っている」

戦っていれば、喪う。避けられぬことだ。

つまり、この痛みは常に付《つ》き纏《まと》うということ。

受け入れなければならない。

……そう、受け入れなければならないのだ。

「せい！」

「つっ！」

スヴェンの剣が襲いくる。

剣でガードしながら、俺は後ろへ下がった。

そこへ刺さる殺気。

クロンヘイムが遠間で上段に構えている。

彼が剣を振り下ろすと同時に、俺は横へ跳んで転がり、不可視の刃から逃れた。

そして立ち上がり、スヴェンから距離を取る。

「ふぅー……！」

息を吐きながら、剣を構え直した。

今、意識に一瞬の間隙を作ってしまった。

友の死に自失したのだ。

これではいけない。
目の前の戦いに集中しなければ。
心に活を入れ、俺は剣を握る手に力を入れる。
そして距離を取り、二人との間合いを測り直した。
また不可視の刃が来る前に踏み込みたいが、スヴェンがカウンターを狙っている。
精神を消耗する差し合いの中、俺は心に縺《もつ》れを生じさせていた。
そこに焦りを感じていると、視界に、クロンヘイムが中段を振る姿が映った。
俺は、不可視の刃を煤の剣で迎撃しようとしたが、それが誤りだと気づく。
スヴェンが踏み込み、下段を狙っているのだ。
不可視の刃と、宝剣アルトゥーロヴナ。
中段と下段が同時に襲ってきている。
「くっ！」
俺は迎撃の構えを解き、すかさず後方へ跳んで逃れた。
だが、二人の攻撃を完全に躱すことは叶わず、脛《すね》にずきりと痛みが走る。
スヴェンの剣が、その剣に纏《まと》われた魔力が、俺の足をかすめたのだ。
「捉えたぞ。精神が乱れてるな？」
スヴェンは微笑を浮かべて言う。
彼の言うとおりだった。

理屈のうえで、俺は人々の死を受け入れている。
だが、感情面での痛苦を無視することは出来ないらしい。
今、ヴァルターの、友の死は、改めてそれを俺に突きつけている。
ヘンセンでベルタという友を得た日。
俺はその日に彼女を喪った。
彼女は、友となった日に逝ったのだ。
そのことを思い出す。
無情だ。これから友誼を深めることが出来るはずだった。
そうやって、死は突然訪れる。
戦っている者たちにとって、死はあまりに身近なのだ。
ヴァルターも、あの気の良い男も、再会すること無く逝ってしまった。
これから日々を共有出来るはずだった。
だが、もう二度と会えない。
「…………」
痛い。
この痛苦を、あとどれだけ味わうのだ。
分かっていても、分かっていても痛いのだ。
思考が沈む。

体が重さを増していく。

「せぁっ！」

「くっ！」

再び襲いかかる、クロンヘイムとスヴェン。

俺はその場に踏み留まり、どうにか不可視の刃を砕き、宝剣アルトゥーロヴナを払う。

そして返す刀をスヴェンに振り入れた。

だが、煤の剣は空を切る。

スヴェンは一瞬で跳び退《すさ》っていた。

「はぁ……はぁ……！」

「削れてきてるな。こりゃあ何とかなりそうだ」

今のは対応出来たが、かなり危なかった。

判断が僅かにでも遅れていれば、俺は死んでいただろう。

次の攻撃も、その次も、この有様《ありさま》で防げるわけが無い。

これでは駄目だ。

俺は全力で床を踏みしめ、自らを奮い立たせる。

戦うのだ。

戦わなければならないのだ。

そう、残された者は、戦い続けなければならないのだ！

たとえ、一人になっても！

「僕も何人も喪ってるし、覚えがあるけど、その沼に捕らわれたら、すぐには戻ってこられないよ」

「……‼」

誰であれ、死から目を逸らすことは出来ない。

クロンヘイムはそう言っている。

心の裡を言い当てられ、俺は焦燥を深める。

頬を伝う汗が、顎先から滴り落ちた。

そんな俺へ、クロンヘイムは剣を向け直して言う。

「さあ、君の旅を終わりにする時だ」


「終わんねーよボケ」


…………………。

男が、肩に剣を担ぎ、悠然と歩いてくる。

ああ。

そうだ。そうだとも。

去りゆく者は居る。だが、留まる者も居るのだ。

友人たちは居る。常に傍らに。

俺は、一人ではないのだ。

そんな当たり前のことをようやく思い出し、不覚にも感動している俺へ向け、奴は犬歯を露わに叫んだ。

「てめぇ……しけたツラしてんじゃねーぞロルフ！」

◆

「この神殿に突入出来てる時点で強者だ。こりゃあ気をつけないとな」

スヴェンは俺へ固定していた視線をシグに向け、警戒を強めた。

そう。彼が言うとおり、シグは強者だ。

「じゃあ、俺の相手はお前だ」

あっさりと言い放ち、シグはスヴェンに斬りかかる。

それを剣でガードし、鍔《つば》ぜり合いのまま後退するスヴェン。

「とっ！」

スヴェンは、やや意表を突かれたようだ。

そしてパワーではシグに分がある。

剣を離し、鍔ぜり合いから逃れつつ、スヴェンは横へ跳ぶ。

すかさずシグはそれを追った。

そのまま、二人は俺から離れていく。

俺はクロンヘイムと、シグはスヴェンと戦うことになったらしい。

シグは理由も無く、このかたちを選択したが、これで合っている。

スヴェンのような変則的な剣を使う男は、体系だった剣を修める俺のような相手を得意とすることだろう。

シグの方が相性が良い。

ただ、神器はやはり厄介だ。

「シグ！　そいつは剣の力で自動回復する！　気をつけろ！」

「ああ!?　何だそのフザけた力は！」

そう言いながら、剣を構え直すシグ。

台詞とは裏腹に、口角が上がっていた。

それを見届け、俺は自分の相手に目を向ける。

こっちの相手も十分にフザけているわけだが、大丈夫だ。

負けはしない。

「立ち直ってしまったか。たいしたものだよ、君も彼も」

クロンヘイムはそう言った。

友の死を受け、精神に変調をきたしていた俺だが、もう迷いは無い。

黒い剣をまっすぐ構え、俺は倒すべき敵へ向き直った。

◆

シグと呼ばれるこの男の本名、シグムンドは、親から与えられた名ではない。

路上生活の中、いつの間にかつけられていた名である。

確か、どこかの酒場の名を適当に振られただけと本人は記憶しているが、定かではない。

名すら親から与えられなかった男。

裕福な家に生まれたロルフとは対極の子供時代であった。

あの貧民窟《スラム》の奥、廃材で出来た住処。

そこに居た時シグは、誰に顧みられることも無い存在だった。

世界の片隅で潰《つい》えるだけの、一粒の芥《あくた》であるはずだったのだ。

そんな彼が今、世界を変える戦いに参加している。

ロルフと共に。

そして、そうとは口にしないが、ロルフと共にある時、シグは今までの人生に無い感情を感じていた。

楽しいのだ。

このロクでもない世界。

唾棄すべき世界。

それを変えるべく戦っている。

そして実際、眼前で世界は変わりつつある。

あの男、ロルフは、彼を次の世界へ誘《いざな》った。

国と戦い、領土を落とし、更に大きなうねりを作り出している。

今日に至っては、誰もが知る信仰の象徴である、霊峰ドゥ・ツェリンへ踏み入ったのだ。

そしてその頂にそびえる大神殿までやってきた。

そんな場所で今、自分は剣を振るっている。

ただ日々の糧を得るために戦った日々からは、考えもつかない。

こんなところにまで来ることになるとは。

どこに繋がっている？　この道を往けば、どこに辿《たど》り着《つ》く？

こいつは俺をどこへ連れていく？

楽しみだ。この先の景色が。

そう。変えられる。

世界は、変えられるのだ。

シグはまさに、歓喜の只中にあった。

その思いが、口をついて出る。

「見せてもらおうじゃねーか！」

がつがつと打ちつけられるシグの剣。

さっきまで戦っていたロルフの剣とはまるで違うその剣筋に、スヴェンはやりづらさを感じる。

だが彼も超一流である。

シグの剣の間隙を縫い、凄まじいばかりの剣速で突きを入れた。

それを躱しつつ、なお剣を振り入れるシグ。

二人の剣が交錯する。

そして一瞬の後《のち》、シグとスヴェンは同時に後ろへ跳んだ。

シグの肩口とスヴェンの胸元に、それぞれ一直線の傷が走っている。

剣は互いを捉えたのだ。

だが。

スヴェンの傷は、一瞬で塞がる。

そこには、もとどおり無傷の肉体があるのみだった。

「はぁん。世の中には、こんなんまでありやがるのか」

感嘆するシグ。

こんな敵まで現れるとは、つくづく遠くまで来たものだ。

「で、どうするね？」

「まあ首落としゃ死ぬだろ」

シンプルな解を出すシグ。

剣戟において斬首など、ましてや実力が拮抗した相手の首を落とすなど、そうそう出来ることではない。

それを思い、シグの目を覗き込むスヴェンだが、そこにハッタリは無いように見える。

「自信家だな。俺の首を落とせるか？」

「知らねえ。やってみりゃ分かんだろ」

そう言って、再び突っ込むシグ。

無造作に、しかし本能的に探り当てた有効な角度で、次々に剣を打ちつける。

「やっぱり面倒だなあ」

駆け引きを好み、得意とするスヴェンとしては、一様に激しい剣戟を挑んでくるシグは嬉しい相手ではない。

しかし我慢のしどころだ。

宝剣アルトゥーロヴナを巧みに操り、シグの攻撃をガードしながら隙を探す。

「…………ッ！」

だが、ずしりずしりと衝撃が、スヴェンの両腕に痛みを蓄積させる。

十合、二十合と打ちつけられる剣。

そろそろかと思うも、剣は途切れない。

どういう肺活量なんだと恨み言を口にしたくなりつつも、スヴェンの目はシグを冷静に注視し続ける。

そして足元に一瞬の隙を見つけた。

剣でガードしたまま、するりと懐へ入り、足払いを仕掛ける。

「とっ!?」

バランスを崩し、転倒しかけるシグ。

そこへ向け、スヴェンは剣を振り下ろした。

「でい！」

「オラァ！」

シグは転倒しなかった。

膝を折り、上体を床とほぼ平行にまで倒した姿勢から、剣を振り抜く。

あり得ぬ角度から飛来する刃に、スヴェンは完全に虚を突かれた。

自身の剣を弾かれたうえ、首の左半分を斬り裂かれたのだ。

「ぐぅっ!?」

たたらを踏むスヴェン。

シグは上体を戻し、追撃に入る。

だが、すでにスヴェンの傷は塞がっている。

踏み留まり、返礼とばかりにシグの首を狙うスヴェン。

その首を、刃は浅く通過した。

「いっつ！」

「ちっ！」

表情には常に余裕を浮かべていたスヴェンだが、ついに顔を歪めた。

そして屈辱に舌打ちしている。

シグの剣は、スヴェンの頸動脈《けいどうみゃく》を断っていた。

スヴェンの手にあるのが神器でなければ、勝負がついていたのである。

対してスヴェンの剣も、あと一センチずれていればシグの頸動脈に達していたのだが、それはシグに何らの感想も与えない。

生きている。

シグにとって意味を持つのは、その事実のみである。

その男に、スヴェンは若干の恐怖を感じた。

首から血を垂らし、しかしそれを意に介さず彼はずいずい踏み込んでくるのだ。

「狂人め！」

叫びながら突きを繰り出すスヴェン。

動揺と共に剣先が乱れるであろう場面だが、しかし彼はここに至って一流だった。

その剣はなおも鋭さを失わない。

回避を試みるシグだが、完全には躱せなかった。

宝剣アルトゥーロヴナは目の僅かに横を突き通り、耳を斬り裂いていく。

にもかかわらず、シグは瞬《まばた》きすらしない。

恐怖を知らぬかのように、スヴェンと同様に選択した突きを、彼の胸に突き込んだ。

「がっ……！」

剣が胸を貫通する。

吐血するスヴェンにそのまま組みつき、その鼻先へシグは頭突きを見舞う。

「どぉらあ!!」

「ぅぶ……!?」

半歩を退きつつ、シグは剣を抜いた。

そして抜いたままの流れで後方中段に構えた剣を、スヴェンの首へ向け振り抜く。

「るあぁぁ!!」

白刃が閃く。

剣は、スヴェンの首をまっすぐ通過した。

「こ……!!」

口から血を零し、目を見開くスヴェン。

「……!!」

次の瞬間、シグも瞠目した。

さすがの彼も、驚くほか無かったのだ。

首は落ちず、刃が通過した先から接合されていった。

そして、血走った目をぎょろりと向けるスヴェン。

首を斬られてなお取り落とさなかった剣を、彼は下段に振り抜いた。

「ちっ!!」

即座に跳び退《すさ》るシグ。

だが腿《もも》に刃を受ける。

びしりと血が飛んだ。

距離を取って構え直す両者。

死出の旅から帰還したスヴェンは、ぶるりと首を振った。

当然、突かれた胸の傷も消えている。

「ふぅ……。貴重な経験だが、二度とゴメンだね」

「てめえ、気色ワリーな」

シグの感想は、見た目の悍ましさではなく、命の摂理に逆らうことへの嫌悪を表したものだった。

それに気づくこと無く、スヴェンは言う。

「ご挨拶だな。でも、これで万策尽きたんじゃないか?」

二人は気づいていないが、実のところ、煤の剣なら斬首でスヴェンを殺せたのだ。

刃に触れるものから魔力を消失させる黒い剣であれば、神器の魔力が首に流通し、そこを繋ぐ前に、スヴェンを絶命せしめていただろう。

ここへ来て、マッチアップの幸運がスヴェンを照らしたのだった。

「さあ、どうする?」

「………」

シグはスヴェンに正対し、まっすぐ立った。

そして剣を正眼に構える。

「おや？」

策が尽きれば、立ち戻るべきは正攻法。

シグの選択は、戦いにおいて理に適ったものであるようだ。

だが、それはスヴェンに怖さを与えない。

彼にとっても、望むところだった。

同じく正眼に構え、スヴェンはシグへ切っ先を向ける。

目の前の敵が強者であることを、スヴェンは理解している。

なにせ致命の斬撃を度々食らわされたのだ。

だが、それは相性によるところが大きい。

スヴェンはそう見ていた。

正面からの技量の比べ合いなら負けはしない、と。

じりじりと、両者が距離を読み合う。

数センチずつ、数ミリずつ近づいていく。

ここまでの戦いで、二人は相手の間合いを把握している。

それをもとに、有利な距離を作ろうとしていた。

一寸を奪う差し合い。

正統派の剣士が戦う際に見られる展開である。

変則的な剣を使う者同士が、戦いのすえ、正統的な勝負に及んでいるのだ。

「…………」

「…………」

少しずつ、少しずつ近づく。

シグの顎先から、汗が一滴、次いで、切れた耳から流れる血が一滴、床を打った。

両者が相手の呼吸を見定めようとする。

瞬きもせず、すべての神経を次の一閃《いっせん》に込めようとしていた。

「…………」

「…………」

二人の剣先が、ぴくりと動く。

次の瞬間、同時に上段斬りを放った。

「せい！」

「うらぁ！」

シグの脳天へ向けて飛来するスヴェンの剣。

対して、シグの剣はスヴェンの剣を打った。

「っ!?」

シグは、剣をスヴェンの剣の軌道に割り込ませ、刀身同士をかち合わせる。

そして剣の背を捉えた。

そのまま振り下ろし、磨き抜かれた石の床に剣を叩きつける。

ばきりと鈍い音が響いた。

ヨナ教団の至宝である神器、宝剣アルトゥーロヴナが、無残にも叩き折られた音である。

当然の帰結として、自動再生《リジェネレーション》の効果は消失する。

「ぐぅっ!?」

手を伝う激しい衝撃に、声をあげるスヴェン。

シグは再び、上段の構えをとっている。

もう奥の手は使えない。降伏しろ。

そういう言葉を用いるシグではなかった。

彼は彼流の敬意を剣先に乗せ、再度の振り下ろしを見舞う。

「おおぉぉぉっ!!」

――――どしゅり

剣は真っすぐスヴェンを捉えた。

そこに走った深く紅《あか》い傷は、もう塞がることは無い。

「あ…………」

スヴェンは両膝をついた。

それから顔を上げる。

信じ難いものを見る目をシグに向け、何かを言おうとしたが、吐き出される血が言葉を阻害した。

そしてうつ伏せに倒れ込む。

床に広がる血が、彼の死を告げた。

最後の差し合い。シグは決死の覚悟を持って臨んだが、スヴェンは違った。

首を斬られても死ななかった彼は、決死の覚悟など持ち得なかったのだ。

それが勝負を分けたのだった。

「ふん」

今の技は、屈辱と共にシグの記憶に刻まれているものだった。

アーベルでロルフと初めて会った時、シグは彼に剣を叩き折られたのだ。

その技を今、成功させてやった。

ロルフが攻めあぐねていた相手に対してである。

それを思い、彼は歯を剝き出しに笑った。

「やってやったぜ！」

◆

大神殿三階。

扉の前に護衛が置かれた部屋を見つけたリーゼは、迷わずそこへ走り込んだ。

「せぁ！」

「ぐわっ!?」

護衛は済生軍の剣士たちだった。

それを倒し切り、そしてリーゼは扉を開く。

その向こうには、槍を持った兵が五人と、更に魔導士が二人。

そして奥に、身なりの良い男が居た。

年のころは四十代。

やや長い赤茶色の髪を持った長身の男。

情報と一致する姿であった。

「バルブロ・イスフェルト侯爵ね？」

「無作法者め。まず自ら名乗れ」

「ヴィリのアルバンが娘、リーゼよ！」

言うが早いか、リーゼは駆け出す。

ヴィリ族でも随一のスピードを持つ彼女は、一気に侯爵へ近づいた。
だがこの場に居る護衛は皆、当然ながら精鋭だ。
すかさず三人が同時に槍を突き込んでくる。
一糸乱れぬ動きであった。
「はぁっ！」
リーゼは、その槍を躱しつつ前方へ跳躍する。
そしてそのまま、護衛たちの頭上を跳び、イスフェルト侯爵へ躍りかかった。
やや常識を無視したその動きに、護衛たちは一瞬たじろぐ。
リーゼはそのまま、双剣を侯爵の喉元へ。
しかし、がきりと音がして、双剣は槍に防がれる。
護衛が割って入ったのだ。
着地したリーゼは、囲まれる前にすかさず横へ跳躍し、更に後ろへ跳んだ。
そして元の場所へ戻り、再度身を低く構える。
一瞬の間に、侯爵の喉元近くへ刃を突き出され、護衛たちは緊張に身を引き締める。
侯爵も、額に汗を浮かべていた。
対してリーゼの方は、好機に昂る感情を自覚する。
目の前に居るのは敵のトップ、バルブロ・イスフェルト侯爵で間違いない。
敵軍の総大将である。

それを前に、リーゼは思う。

彼女には、予《かね》てよりロルフに追いつきたいという思いがあった。

彼女は、強い者への劣等感に自身を卑下するようなことはしない。

不毛な嫉妬に囚われたりもしない。

強きを強きと認めたうえで、払うべき敬意を払う。

そういう公正な人である。

だが、その一方で、強き人としっかり肩を並べたいという思いはある。

戦功を挙げ、認められたいという思いもある。

そして目の前には、敵の最高司令官が居るのだ。

彼を倒し、大将首を挙げる。

今、リーゼは、それを目標に定めた。

ストレーム領を落とした際も、タリアン領を落とした際も、リーゼは大将首を獲《と》っていない。

イスフェルト侯爵を前に、今度こそという思いを強くする。

ロルフに置いていかれないために。

もっとも、実のところロルフも大将首を獲ったことは無い。

ストレーム領主、アーロン・ストレーム辺境伯を斬ったのはシグであり、タリアン領主、バート・タリアン子爵を倒したのはフリーダなのだ。

収容所の戦いでヴィオラ・エストバリをロルフが討ったのは、大将首を挙げたに近いが、彼女は正確には代理の司令官に収まっていただけである。

だがそれはそれとして、リーゼは大将首を獲る。

そう決めたのだ。

そのリーゼの視線が、杖を掲げて魔法を準備する魔導士の姿を捉える。

そうはさせじと、彼女は床を蹴った。

だがその前方に槍を持った護衛が立ちはだかる。

「ちっ！」

普段は比較的行儀の良いリーゼだが、戦場でそんなことは気にしない。

盛大に舌打ちすると、素早く判断し、後方へ跳んだ。

槍を処理している間に魔法を撃たれることを嫌ったのである。

そしてリーゼが距離を取ると同時に魔法が詠唱される。

「『火球《ファイアボール》』！」

大きく横合いに跳んで、火の玉を躱すリーゼ。

ギリギリを小さく躱して次の攻撃に繋げたいところだが、距離感が上手く掴めなかった。

彼女は、元より魔法の処理を苦手としているのだ。

魔導士を含む部隊と一人で交戦するのは、彼女にとって難しいチャレンジだった。

しかし、それを気にせず言う。

「侯爵。一応、降伏の意思を訊いておくわ」

「馬鹿なことを。私は貴様に降伏など許さぬぞ」

アルフレッドとスヴェン。

済生軍最強の魔導士と剣士が健在で、この神殿に居る。

更に、第二騎士団団長、大英雄クロンヘイムもである。

目の前に居る女は網をくぐり、ここへ辿り着いてしまったが、ほかの侵入者は問題なく処理されるだろう。

対応を終えた味方が、ここに駆けつける可能性も高い。

そして何より、大神殿とその周囲に居るすべての魔族を焼く禁術が、今にも発動するのだ。

それはもう、次の瞬間かもしれない。

イスフェルト侯爵は、有利を自覚している。

降伏などあり得ないのだ。

「一応言っておくけど、アルフレッドはここへは来ないわ。それと、禁術も発動しない」

「!?」

侯爵と、そして護衛の兵たちは驚愕に顔を歪める。

ハッタリだと信じたいが、彼女が禁術の存在を知っているはずは無かった。

「どういうことだ……。アルフレッドを倒したとでもいうのか」

「どうかしら。いずれにせよ、守勢に回って時間を稼ぐのはお勧めしないわよ」

その言葉に、考えを巡らせる侯爵と兵たち。

それはリーゼにとって十分な隙だった。
最も近くに居た兵へ、瞬時に肉薄する。そして双剣を振るった。
「っ!?」
兵は喉を斬られた。
声帯を失い、断末魔の悲鳴も満足にあげられぬまま、彼は絶命する。
それを見て、兵たちは激昂した。
「貴様!!」
またも突き込まれてくる槍の群れ。
ここだ。
ここで飛んだり跳ねたりしているから、毎回同じリズムになる。
知覚を加速させ、圧縮された時の中でリーゼはそう考えた。
自分が殻を破るには、踏み留まる勇気を手に入れなければならない。
床を踏みしめ、交差させた腕に双剣を構えるリーゼ。
そして、襲いくる槍を迎え撃った。
右で一閃、左で二閃。更に右で一閃。
都合四本の槍を、一秒足らずの間にすべて打ち払った。
がきん、ばきんと金属音をあげ、槍は軌道を曲げられる。
パワーでは、兵たちの槍が上回っているはずだった。

だが速度と技術でそれをカバーし、リーゼは槍を防ぎ切ったのだ。

そして、それで終わりにはしない。

そこから一歩を踏み込み、兵たちの懐へ。

一人の首に刃を通し、一人の腿へ刃を突き立てる。

頸動脈と大腿《だいたい》動脈を的確に損傷せしめた。

「がはっ!?」

同時にリーゼは、目の端で魔導士の動きを捉える。

二人の魔導士が、杖を構えていた。

「『炎壁《フレイムウォール》』!」

「『氷礫《フロストグラベル》』!」

魔法が詠唱される。

これまでの彼女なら、必要以上にマージンを取って大きく跳び退《すさ》り、結果戦闘の流れを切っていた。

だが、スピードで流れとテンポを作るのがリーゼの戦い方である。自ら流れを切るのは正しい行動ではないのだ。

それを考え、彼女は体に魔力を満たす。

魔力運用が苦手だったリーゼだが、ヘンセン侵攻よりこっち、弛まず鍛錬してきた。

強いくせに地道な鍛錬に少しも手を抜かないロルフの姿を見て、反省したのだ。

今までの鍛錬は不十分だった。
そして今、鍛錬の結果は出ている。
これまでとは段違いのスピードで体に魔力を満たすことが出来たのだ。
そして彼女は、そのまま回避行動に移った。
恐れず魔法を見定め、そして必要最小限の回避行動を取る。
炎の壁は彼女の横数センチを通過した。
氷の礫は、六つが彼女をかすめつつ、通り過ぎていく。
だが礫は七つあった。一つがリーゼの肩に当たる。

「つっ!!」

だが、十分に魔力を満たした体は、その衝撃に耐えた。
もう華麗に舞うだけのリーゼではない。
彼女は正面から押し通る強さを手に入れているのだ。
そしてリーゼは魔導士たちに肉薄すると、双剣を大きく横に振った。
二本の短剣が、彼女の前方で半円を描く。
その半円が魔導士たちを巻き込み、彼らは膝をついて倒れた。
二人とも、喉を完全に斬り裂かれている。
なおもリーゼは流れを切らない。
彼女は振り返らぬまま後ろへ跳んだ。

降り立った場所は、槍を持った兵の真横だった。

そのまま双剣を兵の脇腹に刺し入れる。

「ぐぁっ！」

槍を取り落とし、倒れる兵。

彼の悲鳴に重ねるように、別の声が響く。

「『雷招《ライトニング》』!!」

魔導士はすでに倒し切っている。

だが、今ひとり。

イスフェルト侯爵も強力な魔導の使い手なのだ。

彼が放った雷は、轟音をあげてリーゼに迫る。

だがリーゼは、侯爵が詠唱するより早く、最後の兵へ近づき、そして、その鳩尾《みぞおち》へ強烈な蹴りを刺していた。

「がっ!?」

軽い体重ながら、優れたスピードと体捌《たいさば》きによる蹴りは強烈だった。

兵は声をあげて蹴り飛ばされ、そして飛来する雷と接触する。

ばしりと音をあげ、雷は兵に直撃し消滅した。

膝をつき、倒れゆく兵の横を風のように駆け抜け、そしてリーゼは侯爵に肉薄する。

「『水《スラム》……』

杖を向け、詠唱に入る侯爵だが間に合わない。

リーゼは侯爵の杖を双剣で撥《は》ね上《あ》げた。

「ぐっ!?」

たたらを踏みながらも杖を放すことなく、リーゼから離れる侯爵。

その彼へ向け、リーゼは言った。

「イスフェルト侯爵。護衛はすべて倒れたわよ」

「……せい！」

侯爵は、懐から出した短剣を投げつけた。

刃がリーゼの胸へ向け飛来したが、彼女は半身になってそれを躱す。

追い詰めながらも、リーゼに油断は無かった。

「はぁっ……！　はぁっ……！」

顔を絶望に染めるイスフェルト侯爵。

待てど暮らせど禁術は発動しない。

どうやら、リーゼが言ったことは本当らしかった。

そのリーゼは、双剣を構えて踏み出る。

今日を勝てば、自分は殻を破れるだろう。

それを思い、彼女は目の前の敵を睨みつけた。

◆

「シグ！　そいつは剣の力で自動回復する！　気をつけろ！」

「ああ!?　何だそのフザけた力は！」

そう言いながら、剣を構え直すシグ。

台詞とは裏腹に、口角が上がっていた。

スヴェンは強敵だが、シグなら大丈夫だ。

彼を信じて任せる。

それを即断し、俺は自らの相手へ向き直った。

「立ち直ってしまったか。たいしたものだよ、君も彼も」

「まあな」

煤の剣をゆっくりと構える。

目の前に居るのは、第二騎士団を任される英雄。ステファン・クロンヘイムだ。

だが俺に恐れは無い。

「…………」

「…………」

どちらともなく、俺たちは距離を測り始める。

だが、俺には細かい差し合いをする気は無い。

彼にあの不可視の剣、『刎空刃《ビヘッドラプチャー》』がある以上、距離は不利をもたらすだけだ。

「はっ！」

床を蹴り、一気に間合いを詰める。

近接距離での戦いに持ち込むのだ。

「速い――！　だが！」

がきりと響く金属音。

俺の斬撃は彼の剣にガードされた。

それ自体は想定内である。だがその先が違った。

ガードされたら、そこから膂力《りょりょく》で押し込むプランだった。パワーでは俺が上回っているはずなのだ。

だが彼は剣を引きながらの巧みなガードで、柔らかく衝撃を吸収してしまう。

やはり技術も超一流だった。

いや、技術の妙を見せてくるのはここからだ。

危機を察知し、俺はすぐに剣を戻して下段をガードする。

そこへ、閃くような剣が振り入れられた。

またも響く金属音。

彼はガードを解き、すかさず下段斬りを見舞ってきたのだ。

視線は俺と合わせたまま、足元をまったく見ずに放った下段だった。

「でぁっ！」

それを防いだ体勢から、そのまま煤の剣を上へ振りぬく。

クロンヘイムは慌てず半歩を下がって躱し、そのまま横薙ぎを一閃。

再び煤の剣で阻み、俺は突きの体勢に移行する。

だが突きを入れる相手は、すでに居ない。

彼は床を蹴って大きく後ろへ跳んでいた。

距離を取り、両者剣を構え直す。

「ふぅ……なるほど。やはり強いね」

クロンヘイムの口調は穏やかだが、そこへ潜む殺気に俺は気づいていた。

次の瞬間、彼は遠間《とおま》から動かず、剣を真一文字に振る。

同時に、俺は煤の剣で右前方の空間を斬った。

不可視の刃が消失する。

訪れる静寂。

それを経て、クロンヘイムが口を開いた。

「本当、馬鹿げた話だよ。なんでアレを斬れるのかな？」

「これはそういう剣だ」

「いや、そうじゃなくて。寸分たがわぬタイミングで剣を合わせないと、君が両断されてるはずなんだよ。手前味噌《てまえみそ》だけど僕の剣は凄く速いし、そもそも見えないわけで、斬れてしまうのはおかしいんだよね」

「………………」

「『赫雷《イグニートスタブ》』をすら斬れるらしいじゃないか。一体どんな鍛錬を積んできたんだい？」

「別に特別なことはしていない」

事実だった。

俺はただ、懸命に剣を振ってきただけだ。

「そうかい」

改めて剣を構え、中間距離で相対《あいたい》する俺とクロンヘイム。

そのまま互いを観察し、次の手を探る。

踏み込んで近接戦闘を仕掛けるという基本方針は変わらない。

相手が誰であれ、俺は近づかなければ攻撃出来ないのだから。

だが、単調に近接距離ばかりを取りにいっては、動きを読まれ返り討ちに遭うだろう。

彼はそういうレベルの敵なのだ。今の攻防で、改めてそれを理解した。

しっかり隙を見つけたうえで踏み込まなければならない。

頭の中でプランを練る。

クロンヘイムも、俺を見据えながら考えを巡らせているようだ。

そんな俺たちの頬を、風が撫でた。

ここは霊峰の山頂にそびえる大神殿。その最上階である。

この区画はテラスのようになっており、壁が無く、立ち並ぶ石柱が天井を支えるのみだ。

そして壁面の代わりに広がっているのは、雄大な山々である。

霧を纏いながら広がる山領。

遠くまでかすむように続く稜線。

その美しい風景は、確かに神秘を感じさせる。

そんな見事な景色を背景とし、俺とクロンヘイムは向き合っている。

この霊峰の戦いに決着をつけるために。

「はっ！」

静寂を破るクロンヘイムの声。

距離を取ったまま、彼は剣を振る。

今度はやや変則的な角度を選んできた。

スリークォーター。斜め下からの斬り上げである。

難しい軌道だ。だが俺も、あの技に対応出来始めている。

刃を迎撃するために構え直していては、そのあとの攻撃に繋がらない。

体をクロンヘイムに正対させたまま、煤の剣を横合いに振り入れて不可視の刃を消し去る。

そしてすかさず、クロンヘイムへ向けて踏み込んだ。

「させない！」

クロンヘイムは、遠間《とおま》に居たまま上段斬りを放ってくる。

あの刃は、少なくとも二発までは、クールタイム無しでの連撃が可能だ。それは確認済みだった。

ここで迎撃のために剣を振っていたら、動きにロスが生まれる。

それを考え、俺は正面やや上方向へ向け、まっすぐ突きを繰り出した。

黒い剣先は不可視の刃を直撃し、それを消失せしめる。

「ッ!!」

顔に驚きを浮かべるクロンヘイム。

その彼に向け、俺は突きの体勢のまま突撃する。

「ぜぁっ!!」

「つっ!」

横へ跳び、突きを躱すクロンヘイム。

彼のこめかみを、剣がかすめた。

そこから僅かな血が零れる。

だが彼は焦りを見せない。

跳びながら、しっかりと下段を振り入れていく。

俺の追撃を掣肘《せいちゅう》したのだ。

結果、俺は二の太刀を諦め、鋭い下段斬りから逃れて跳ぶことになった。

そして、また中間距離で向き合う俺たち。

両者とも肩を上下させ、大きく息を吐いた。

「ふぅっ……！」

「はぁー……」

互いに油断なく剣を構え、相手を見据える。

一瞬たりとも気を抜けない戦い。

俺も彼も、精神を削りながらここに立っている。

「……王都で会った時のことを憶えているよ。君は従卒だった」

クロンヘイムは語り出した。

当然その間も、彼に隙は生まれない。

「僕やヴァレニウス団長……当時のメルネス団長が、国事について話し合う時、君は彼女の椅子を引いていた」

「そうだな」

「だがそんな君が、僕と伍して戦っている」

「そのようだ」

言葉を紡ぐクロンヘイム。

さっきから意外に感じていることだが、彼には俺への興味があるようだった。

「君への評価は不当だったということだ。その事実を、君はどう思う？」

「さあな。知らん」

俺は、境遇への怒りで国に背いたわけじゃない。

俺が王国を許し難く思うのは、もっと別のことだ。

俺への評価についてどう思うと問われても、別に感想は無い。

「王国の在りようをおかしいと思ったから、こんな行動を起こしたのだろう？」

口ぶりから言って、彼にも体制への疑心があるのかもしれない。

だが俺と違い、彼が国へ弓を引くことなど無い。

そこは、こうして剣を交えれば理解出来るというもの。

しかし、いや、だからこそ、彼は問わずにいられないのだ。

国に背いた男の胸の裡を。

「……俺が羨ましいのか？」

自分では、国に背くという選択に至りようがない。

だから彼には、それを選んだ俺への羨望があるのかもしれない。

「そうとまでは言わないけどね…………いや、どうかな……」

苦笑し、しかし油断なく半歩を踏み込んでくるクロンヘイム。

誘《いざな》われるように、俺も踏み込む。

「…………」

「…………」

沈黙。

そろそろ『刎空刃《ビヘッドラプチャー》』のクールタイムは終わったはずだ。
それを思い、俺は三歩の距離を一息で踏み込む。
ぴくり。
クロンヘイムの剣先が揺れる。
それが迷いによる揺れであることを確信し、俺は残りの距離を一気に詰めた。
「でぇあぁ!!」
「うっ!?」
今の距離。
詰めて剣技で戦うか、不可視の刃を振り入れるか、判断に迷うギリギリの距離だ。
俺はその位置を取った。
あえて選択肢を与え、判断を強いたのだ。
それでもクロンヘイムほどの男である。
迷いが彼の動きを止めたのは、ごく一瞬だった。
だがそれで十分だ。
俺たちは一瞬を奪い合っている。
その一瞬の隙に、俺は剣を突き入れた。
しかし、予想に反して、クロンヘイムは叫び声と共に突っ込んでくる。
「だあぁぁっ!」

彼は剣戟も魔法剣も選ばなかったのだ。
一瞬でこの判断を下す胆力に、俺は舌を巻く思いである。
彼は、距離をゼロにして自身の肉体をぶつけることを選んだ。
懐に入ると頭を俺の顎先へ叩き込み、下からかち上げる。
「あぐ!?」
俺はたたらを踏んだ。
下顎への強打が視界を揺さぶる。
その揺れる視界の中で、クロンヘイムが剣を下段に構えている。
そして高速の斬り上げが俺を襲った。
体勢を崩している俺は、剣を構え直すことが出来ない。
「……っ」
呼吸を殺す。
そして一瞬、五体から力を消した。
そのうえで、直後、指先にまで力を満たす。
剣のために修めてきた脱力の技術がものを言った。
これにより、限界値を超えた瞬発力を獲得し、俺は横へ跳ぶ。
俺が居た空間を、刃が垂直に通過した。
だが、これで終わりではない。

二撃目が来る。
無理な跳躍で、俺はなお体勢をもつれさせている。
煤の剣で迎撃する余裕は無い。
圧縮した時の中、後方へ逃れることが最適解と判断し、全力で後ろへ跳び退《すさ》る。
「はぁぁっ!!」
この二撃目が本命だったのだろう。
雄叫《おたけ》びと共に、クロンヘイムが横薙ぎを放つ。
そして、迫る剣は間違いなく不可視の刃を纏っている。
巧みだ。一撃目は通常の剣で有利な体勢を作り、二撃目でこれを繰り出す。
だが、回避はギリギリ間に合った。
刃は、後方へ逃れる俺の、胸の前を通過する。
そして距離を取り、再び構え直す二人。
ほぼ同時に、大きく息を吐く。
「今ので終わったと思ったんだけどな」
「俺も今の攻めには自信があったんだが」
またも遠間《とおま》で仕切り直しだ。
俺は、再び近接戦闘を仕掛けるタイミングを測る。
剣を向けたまま、慎重に攻め口を探した。

この敵を、俺は過小評価してなどいないつもりだった。

だが、彼には想定の上を行かれてしまう。

やはり恐ろしいまでに強い。

当然ではあるが、ステファン・クロンヘイムという男は尋常な相手ではないのだ。

そして次の一手で、俺はその思いをより深めることになる。

「よし……それじゃ、全開でいこう」

「……？」

しばしの睨み合いのあと、クロンヘイムは剣を正眼に構えた。

そして上段に振り上げる。

その動作は今までと寸分たがわぬものだった。

俺は、次の瞬間に飛来するであろう不可視の刃に備え、迎撃の構えをとるが……。

「!!」

氷のナイフを心臓へ突き込まれたかのような感覚。

頭の中で、警鐘がけたたましく鳴り響く。

俺は迎撃を放棄して後ろへ跳んだ。

そこへ不可視の刃が襲いくる。

「ぐっ！」

刃は俺の体の前面を僅かに撫でながら通過していった。

だが、クロンヘイムはこちらへ踏み込みながら、第二撃を袈裟斬《けさぎ》りに放ってくる。

「せいっ！」

逃れるため横合いへ転がるが、今度は回避し切れない。

刃は、俺の前腕をかすめた。

斬られた箇所から血が飛ぶ。

その血に構わず、俺はすぐに立ち上がって構え直した。

「今のも躱してしまうのか……」

クロンヘイムはそう言った。

だが、今のは躱したことにならない。

腕から零れる血がそれを証明している。

俺は対応し切れなかった。

彼の斬撃は、今までより鋭さを増しているのだ。

「……これまで本気じゃなかったというのか？」

「いや、間違いなく本気だったよ。だけど、最後の一滴までを絞り切ってはいなかった。人にはあまり分かってもらえない話だけど、君には分かるはず」

「…………」

確かにクロンヘイムは本気で戦っていた。

だが、剣を振り抜く時、最後の最後に一念を刃に乗せる、その行程を省略していたのだ。

剣というものは、百パーセントを超えた先で、使い手に感応し鋭さを増すもの。
百パーセントから百一パーセントへ。更にそこからコンマ一パーセントでも先へ。
そうやって剣に伸びを与え続けようと研鑽するのが本物の剣士である。
当然クロンヘイムは本物の剣士であり、したがって彼の剣にはその領域がある。
そして今までは、最後のコンマ一パーセントを出していなかったのだ。
そこにはあまりに僅かな差しか無い。
コンマ一パーセント。それだけだ。
それだけだが、俺たちの戦いでは、それがあまりに重大な意味を持つ。
「この僅かな差が重要なんだ。少なくとも、僕と君にとっては。そうだろう？」
そのとおりだ。
今までの戦いで、俺は不可視の刃への対応を済ませている。
あの刃を迎撃するタイミングを、少しのズレも生じさせないよう体で憶えているのだ。
「…………」
いや違う。
覚え込まされたのだ。
そこへ、今までより鋭さを増した斬撃が飛来する。
これへの対応は、殊の外難しい。
「はぁっ！」

クロンヘイムが横薙ぎを放つ。
不可視の刃を消し去るべく、俺は下段に構えた腕へ力を込めるが……。
駄目だ！
やはりタイミングが合わない！
俺は迎撃を諦め、後ろへ跳んだ。
しかし刃は俺を逃がしてはくれない。
不可視の刃が上腕を通過していく。
ひゅっ、と軽い音を立て、上腕に傷が刻まれる。
それはかなり深く、血が勢いよく噴き出した。
「く……！」
俺は上腕に力を込め、血の流出を少しでも抑える。
「せっかく会えた対等の剣士だけど……」
そしてクロンヘイムは油断なく剣先を向けてくる。
その台詞は本音のようで、表情は残念そうだ。
しかし瞳に込められた殺気には、一分の曇りも無い。
だが、まだ終わらせはしない。
いくら血が流れ出たところで、魂は少しも擦り減らないのだ。
そして魂ある限り、俺は戦える。

歯を食いしばり、クロンヘイムを睨みつける。
そして床を踏みしめ、剣を握り直すのだった。

◆

ヘンセンの町。
夕暮れの木陰に座り、少女は遠い空を見上げていた。
優しい風が吹き、絹糸のような少女の髪を静かに揺らす。
少し前からは想像もつかないほど穏やかな日常が少女を包んでいた。
しかし少女は知っている。
その日常のために、今も戦っている人たちが居る。
傷つき、喪いながらも、身命を賭して立ち向かっている。
そしてその先頭に、あの人が居る。
「ミア、心配？」
少女の姉が近づき、気遣わしげに問う。
だが少女はふるふると首を振った。
「約束、してくれたから」

――大丈夫。必ず帰ってくる。

彼はそう言った。
そして、少女はその言葉を微塵《みじん》も疑っていない。
彼は約束を守る人。
だから帰ってくる。
少女の待つ、この場所へ。

――ロルフ様は負けません。…………いちばん、いちばん強いですから。

出兵の前夜、彼にかけたその言葉は、心からの本音だった。
だから少女は信じている。
信じて、待っている。
「あ……」
宵の明星が空に瞬いた。
美しいその星へ向け、少女は早い再会を願うのだった。

◆

山々の稜線を薄暮が覆いつつある。

朝から始まった霊峰ドゥ・ツェリンの戦いは、最終局面を夕闇と共に迎えようとしていた。

ここから見える雄大な風景は、夕暮れに至ってもやはり美しい。

「景色に目を向けるとは、余裕じゃないか？」

クロンヘイムが言う。

確かに、剣を手に、腕から血を流しながら景色を愛《め》でるのもおかしな話だ。

もっとも油断してはいない。

むしろ向こうから近接戦闘を仕掛けてきてくれれば有り難い。

だが彼は、斬りかかってはこない。

俺が隙を作ったわけではないと分かっているのだ。

「宵の明星が出ている。美しい星だ」

「僕も好きだよ。ぽつんと一人光ってるところが良いよね」

俺は少しずつ距離を詰める。

まだ『刎空刃《ビヘッドラプチャー》』のクールタイム中だ。

やはり近接戦闘への警戒は十分と見えて、踏み込む隙は見当たらない。

だがこのまま待っていてもジリ貧だ。

リスクを冒してでも行くしか無い。

「せっ！」

突っ込みながら、体重を乗せた中段斬りを放つ。

クロンヘイムは剣でいなすようにガードし、返す刀で同じく中段斬りを繰り出した。

それを俺は、クロンヘイムの方へ前転しながら躱し、すかさず膝立ちからの斬り上げに移る。

「でい！」

「ふっ！」

飛び込んでの斬り上げは虚を突けるかと思ったが、それにもクロンヘイムは反応する。

彼は斬り上げを剣で払いながら、背後へ大きく跳んだ。

また距離を置いての仕切り直し。

そして、たったこれだけの攻防に、俺は激しく消耗する。

「ふぅっ……！」

ほんの僅かでも判断に迷えば、即座に斬られる。

少しも気を抜けない戦いだ。

それは向こうも同じはずだが、現状、負わされた傷は俺の方が深い。厳しい状況である。

だがクロンヘイムは軽々《けいけい》に仕掛けようとはせず、狩人《かりゅうど》のように機を窺《うかが》う。

「やはり簡単に押し切らせてはもらえないか。まあ、当然だろうけど……」

半歩を後ろに動き、間合いを調節しながら彼は言う。

『冽空刃《ビヘッドラノチャー》』にとって最適な距離を取ろうとしているのだ。

「そうだ。王都で妹さんに会ったよ」

「唐突だな。今する話なのか」

クールタイムは終わっているはずだ。

だが、彼は不可視の刃を放つではなく、話をしたがった。

「良いじゃないか。名残惜しいんだよ」

名残惜しい。

クロンヘイムはそう口にする。

この戦いを終えることが、俺と別れることが名残惜しいと。

「第二騎士団の団長は、ずいぶんウェットな男なんだな」

「たぶん君も大概だけどね」

殺気を乗せた剣を突きつけ合いながら、しかし俺たちは言葉を交わす。

まもなく、いずれかは世界から去ることになる。

それは確実で、そして双方とも、それは相手であると思っている。

だから確かに、話したいことがあるなら話しておいた方が良いのかもしれない。

「妹は、兄の不始末について責任を追及されただろうか？」

父母の蟄居《ちっきょ》については聞いているが、フェリシアについて処断されたという情報は入っていない。

だが気になってはいたのだ。

そんな俺に、クロンヘイムはにこりと笑って答える。

「追及したがる者たちも居たけど、王女が彼女を許した。だから何の責も負わされてないよ」

「…………」

「黙らなくて良いよ。自分に心配する権利は無い、とか思ってるんなら、そんなことは無いから」

「…………」

「その権利は誰にでもある」

「かもな……」

正道の騎士、ステファン・クロンヘイム。

強くて優しい英雄か。

「さて、終わりは近い。行かせてもらおうかな」

そう言って、彼はゆったりと上段の構えをとる。

そしてそのまま、一拍おいた。

何かを思うような視線を見せ、頭上で剣を強く握る。

それから振り下ろした。

「てぁっ!!」

横へ躱させて、そこへ二撃目を合わせる算段だろう。

そう予測しながら、俺は精神を集中させる。

斬撃の鋭さを僅かに抑制し、俺の対応能力の裏をかいたクロンヘイム。

俺は、彼が放ち得る最高の斬撃には対応し切れていなかった。

だが対応せねばならないのだ。

俺はすべての神経を迫りくる刃に向ける。

目に見えぬそれを心で見る。

クロンヘイムの殺気は刃に乗り、薄暮の中に明々と輝いていた。

それがびりびりと俺の肌を刺す。

分かる。刃が見える。

百パーセントを超えたクロンヘイムの斬撃は、凄まじい代物だ。

だが、その凄まじい斬撃も、もう三回見た。

いけるはずだ。

やれるはずだ。

彼が如何に素晴らしい剣士で、その剣筋が余人に測れぬものであろうとも、三度も見れば対応出来る。

「でぃ!!」

煤の剣を振り抜いた。

至高を極めたクロンヘイムの斬撃を、黒い刃が捉える。

そして前方で、不可視の刃が消失した。

「ここへ来て……！」

想定外だったようだ。

クロンヘイムは歯噛みし、しかし予定どおり、二撃目のモーションに入る。

ここへ来て。

それは俺こそ言いたい台詞だった。

事ここに至って、彼の挙動はなお淀《よど》みない。

二撃目を振り入れようとするその動作は、流麗で迫真だった。

その姿に、俺は危険を察知した。

今の斬撃を、更に超える剣が来る。

ここで再度の迎撃を試みるのは、慢心の表れでしか無い。

それを理解した俺は、床を蹴って後方へ跳んだ。

そしてそこへ、クロンヘイムの袈裟斬りが繰り出される。

「!!」

ぞくりと悪寒を感じ、俺は更に床を蹴って遠間《とおま》へ。

そして俺が着地すると同時、俺の左前方で石柱が両断された。

壁の無いこの広大な空間にあって天井を支える石柱は、どれも直径一メートル近くある巨大なものだ。

その一つが、ナイフを入れられたバターのように、すぱりと斜めに斬られる。

ずず……、と低い音を立て、石柱は斬られたところで斜めにスライドし、崩れ去った。
この巨大な石柱を一刀のもとに両断するあの刃は、やはり凄まじい威力を持っている。
だが、いま問題にすべきはそこじゃない。
この石柱は、射程外にあったはずなのだ。
「もう、なりふり構ってられないからね」
額に汗を浮かべつつ、そう言うクロンヘイム。
そこには疲れが見えた。
どうやら彼は、いよいよケリをつけようとしている。
「…………」
状況は概ね把握出来る。
まず『刎空刃《ビヘッドラプチャー》』は世間で言われている風の魔法剣ではない。
剣で受ける限り、風など感じなかったし、いま石柱が両断されるのを見て確信した。
あの刃は空間を断っているのだ。
たぶんヴァルターは、もっと詳しいところまで気づいていたのだろうな。
しかし、魔力の消費が極めて大きいということは俺にも分かる。
だから、継戦能力を維持するための射程とクールタイムが設定されていたのだろう。
巧みな魔力運用で、技に制限をかけていたのだ。
そして今、彼はその魔力運用を止めた。

継戦能力を捨て、不可視の刃に本来の暴威を取り戻させたのだ。
おそらく数分のうちに、彼の魔力は枯渇する。
だが、そうしない限り勝ち切れぬと踏んだのだろう。
「いくよ！」
そう言って、剣を振るクロンヘイム。
同時に俺も振る。
そして手応え。
振った先で不可視の刃が消失したのだ。
やはりクールタイムも短縮されている！
これは危険極まる。
射程もまだ伸ばしてくるかもしれない。
四の五の言わず、突っ込むしか無い状況だ。
俺はクロンヘイムの間合いへ踏み入る。
それを狙っていたかのように、彼は切っ先を俺に向けた。
気づき、すかさず半身になるが、不可視の刃が真っすぐ俺を削っていく。
首を一センチほど斬られ、真っ赤な血が美しい床に飛び散る。
更にクロンヘイムは下段の構えに移行した。
不可視の刃は、まだ連撃出来るのだ。

だが俺は一瞬早く剣の届く距離へ踏み込む。

そして煤の剣を構えた。

しかし、その構えた剣で斬撃には及ばない。

クロンヘイムが斬撃をガードし、カウンターを取ろうとしていることに気づいたからだ。

俺は剣を持ち替え、その柄を彼の鳩尾《みぞおち》に叩き入れる。

「ごふっ!?」

体をくの字に曲げ、悶絶《もんぜつ》するクロンヘイム。

正道の騎士に似合わぬ姿だ。

そこへ向け、俺は煤の剣を振り上げた。

だが、クロンヘイムは体を曲げながらも、ぎらりと目を光らせる。

そして崩れた姿勢から、しかし完璧な刃筋で斬り上げを繰り出してきた。

近接距離だが、この剣も不可視の刃を纏っている。

退がって躱すことは出来ない。

振り上げていた煤の剣を、俺はすかさず彼の剣へ叩きつける。

消失する不可視の刃。

だが流れはまだ切れていない。

クロンヘイムは、更に連撃の体勢へ入る。

彼は後方へ剣を引いて、居合のような姿勢をとっていた。

鋭いのが来る。
一度逃れるか？
駄目だ。射程が読めないのだ。
刃の射程外に逃れて仕切り直す、というかたちはもう取れない。
クロンヘイムは、背後側に引いた剣を、前方へ向け振り抜いた。
床と平行に半円が描かれる。
俺は、剣戟の常識から外れた行動を選択する。
垂直にジャンプしたのである。
俺の爪先の下を刃が通過し、背後でまたしても石柱が両断された。
そして俺は空中で剣を上段に構え、着地しながら振り下ろす。
「であ!!」
「ぐぅっ!?」
すんでのところでガードしたクロンヘイムだが、衝撃を殺し切れない。
黒い剣先は彼に届き、頭蓋を撫でながら、その額を通過した。
眉間を真っすぐ斬られ、血を流すクロンヘイム。
「やってくれる！」
顔を鮮血に染め、しかし闘志を衰えさせること無く、彼は逆袈裟《けさ》を繰り出す。
着地後、俺が選択していたのも逆袈裟だった。

がきりと剣がかち合う。

剣の正面衝突においては俺に、そして煤の剣に分がある。

ここまでの戦いで、クロンヘイムにもそれは分かっているのだ。

彼は鍔迫《つばぜ》り合《あ》いへの移行を嫌い、すぐに剣を引き、跳び退《すさ》った。

「はぁっ！　はぁっ！」

「ぜぇ……はっ……！」

互いに息を荒らげる。

ここで距離を与えるわけにはいかない。

一足先に呼吸を整え、俺は間合いを詰める。

「おおおっ！」

「く！」

クロンヘイムも、いよいよ表情に焦燥を強めている。

だが、その剣はなお鋭さを失わない。

強烈な中段斬りが、不可視の刃を伴って迫る。

しかし、もうタイミングは摑めている。

煤の剣を一閃し、刃を消し去り、そして踏み込んでもう一閃。

スウェーバックで剣から逃れようとするクロンヘイム。

だが、俺の剣は彼の胸を捉えた。

今度はやや深い。
右胸に走った傷は、肋骨《ろっこつ》にこそ届かなかったものの、肉を抉り、血を噴き出させた。
「せぇあ!!」
それを意に介さず、後ろへ跳びながら剣を振るクロンヘイム。
不可視の刃は垂直に俺を襲う。
俺は半身になってそれを躱すが、肘を刃がかすめていく。
かすめるだけでも、刃に触れた箇所へ確実に断裂をもたらすその剣。
肘に刻まれた傷は、骨まで到達していた。
「おおおぉぉぉっ!!」
「はあぁぁーー!!」
血と激痛に構うことなく、俺は剣を振る。
クロンヘイムも同じく剣を振る。
荘厳な神殿の一角に、剣の音が響き続けた。
横合いへ跳ぶクロンヘイム。
同時に俺は逆方向へ跳ぶ。
そして息を吸い、すかさず相手の方向へ跳び込む。
一瞬で肺の空気を入れ替え、再び斬りかかるのだ。
クロンヘイムもそれを選択した。

「ロルフ・バックマン‼」

「ステファン・クロンヘイム‼」

剣をかち合わせる俺たち。

終局は近い。

まもなくクロンヘイムの魔力は切れるだろう。

だが。

「ぐ……っ！」

剣戟の中、俺の動きはやや精彩を欠いていく。

先に深い傷を負った分、俺の方が出血が多いのだ。

血を失い過ぎた。

「ぜぇぇぇい‼」

そこへ、大きく振りかぶったクロンヘイムが、全力の上段斬りを見舞ってくる。

「が……あっ！」

剣でガードするも、膝が折れる。

俺は後転して距離を取った。

そしてすぐに立ち上がり、クロンヘイムへ剣を向け直す。

「はぁ……はぁ……」

「ぜぇ、はぁ……」

互いを見据える俺たち。

呼吸を整え、そしてクロンヘイムは言った。

「先に、君にタイムリミットが訪れたようだね」

「…………」

「君は、傷つくことに無頓着すぎた。早い段階で上腕を深く斬られたのは大きなミスだ。もう血が足りないだろう？」

「そうみたいだな……」

彼の言うとおりだ。

傷は両者とも負っているが、太い血管の流れる上腕深くに『冽空刃《ビヘッドラプチャー》』を受けたのはマズかった。

「惜しむらくは、君に十分な経験が無かったことだ。僕は数え切れないほどの戦場を知っているが、君は違う。そもそも戦う機会をたいして与えられなかったんだ」

「…………」

「素晴らしい剣技を持つ君にも、ダメージコントロールという技術は身につかなかった」

確かにな。

鍛錬こそ弛まず続けてきたが、それは一人で剣を振る日々だ。

クロンヘイムに比べれば、実戦の経験は少ない。

「……僕は王国の軍事における一つの記号だ」

「知っている。それが？」

「敗北は許されないんだよ。まして大逆犯と斬り結んで敗れたとなれば」

「戦局に影響するだろうな」

「そういうこと」

クロンヘイムは、散りゆく者に最後の言葉をかけているのだ。

そして自身の記憶に、俺という男を刻みつけようとしている。

「だから僕は、君を殺す」

一歩を踏み出すクロンヘイム。

次に来る『刎空刃《ビヘッドラプチャー》』は渾身《こんしん》の一撃になるだろう。

俺は不可視の刃にギリギリで対応し続けてきた。

出血によって身体能力を損なった状態で躱すのは、いよいよ厳しい。

「クロンヘイム。確かにあんたに比べれば、俺には経験が少ない。だが少ないなりに、俺にも歩んできた道がある」

そう言って、俺は剣を振った。

傍らの石柱に斬りかかったのだ。

「!?」

クロンヘイムは俺の行動の意味を掴み損なっている。

石柱への攻撃は、彼にとって理解の範疇《はんちゅう》外だったのだ。

だが、これこそ俺にとって、経験に基づいた選択である。

ゴドリカ鉱山。

暗い坑道で魔牛カトブレパスと戦った時、俺はこの策を採ったのだ。

壁面が無く、石柱が天井を支えるこの一帯。

クロンヘイムの刃は、すでに二本の柱を崩している。

そして俺は看破していた。

目の前にある柱が、決壊に至る最後の一本であること。

そして、今クロンヘイムが居る位置が、最も危険であることを。

ただ、クロンヘイムと違い、あらゆるものを両断する技など俺には無い。

そしてこの柱は、直径一メートルにも及ぼうかという巨大な代物。

普通は、剣で斬れるものではない。

「おおおおおおぉぉぉぉぉぉっ！」

しかし、それは問題ではない。

何故なら、俺の手にあるのは煤の剣。

古竜の炎を浴びた、超硬度超重量を誇る剣である。

そして……。

そして俺は強いのだ。

——ロルフ様は負けません。…………いちばん、いちばん強いですから。

そうとも！　俺の強さを信じる子が居る！
ならば柱一本！　斬れぬはずが無ぃ!!
「おおぉぉぉ……おおお!!」
ばごりと音をあげ、黒い剣が白い石柱を折り砕く。
同時に、一帯がみしみしと泣き始めた。
建造物の崩壊というものは、始まれば一瞬である。
次の瞬間、この区画の天井が轟音をあげて落ちてきた。
「な……!!」
クロンヘイムの居る位置からの退路は見えている。
彼が跳ぶ先を、俺は完全に特定出来ていた。
俺はそこへ先に跳び、煤の剣を振り入れる。
全力の斬撃。
踏み込んでくるクロンヘイム。
彼は、俺の剣の軌道へ飛び込むかたちになった。
巨石が降りそそぐという状況にあって、彼は警戒心を上へ向けなければならない。
刃を躱すことも、防ぐことも叶わず。

俺の両腕に、どしゅりと響く決定的な手応え。

煤の剣はクロンヘイムを斬り裂いた。

「がっ…………!?」

一瞬、視線を交わす。

「…………」

「…………」

時が止まったかのようだった。

意識が加速し、時間が圧縮された世界。

落ちる瓦礫が空中で静止したように見える。

その中に、俺とクロンヘイムは居た。

視線は互いを捉えながらも、ここに無い世界を視《み》ている。

そこでは、俺たちは友になっていた。

ステファン・クロンヘイムは敬愛すべき男。

人品に優れ、剣には学ぶべきところがあまりにも多い。

手を取り合わぬ理由が無い。

肩を組んで笑い合う俺たちの姿が視えた気がした。

「…………」

「…………」

だが、世界は残酷で。
再び時は動き出し、そんな光景も瓦礫の山にかき消える。
そして俺は後ろへ大きく跳び退《すさ》った。
目の前に、崩れた巨石が降り落ちる。
白い石の群れは、斃《たお》れたクロンヘイムの上に積み重なっていった。

それが正道の騎士の墓標となった。

Ⅶ

信じると決めた以上、シグの戦いにはまったく注視しなかった。
彼が勝つことは俺の中で確定事項だったのだ。
ゆえに気づかなかったが、いつの間にか、シグたちとはかなり離れていたようだ。
こっちはずいぶん飛び跳ねたからな。
崩れた一角を挟んで反対側、積もる瓦礫の向こうに彼は居た。
俺とほぼ時を同じくして、スヴェンに勝利したようだ。
崩落に巻き込まれずに済んだようだが、シグのすぐ横にも大きな瓦礫が落ちている。
瓦礫を迂回《うかい》し、こちらへ歩いてくるシグ。
表情は憮然《ぶぜん》としていた。
「何考えてんだお前。常識ねえのか」
シグに常識を問われてしまった。
俺は自分では常識人のつもりだが、意外とそうでもないのだろうか。
「なに、天井を崩したのはこれで二度目だ。慣れたものだよ」

「慣れたものだよじゃねーんだよ。二度とやるな」

そう言って、俺の体を見まわすシグ。

「だいぶ派手にやられたな。外じゃ戦闘が続いてるが、回復班のところまで連れてった方が良いか？」

「いや、止血しておけば死ぬほどじゃない。ただ、戦闘はもう無理だ。シグはリーゼの援護に行ってくれ」

俺たちと同じく大神殿へ突入しているリーゼ。

シグには、彼女への助勢を頼むことにした。

もっとも必要ないかもしれないが。

◆

「投降を望むなら、認めなくもないわ」

「……投降はしない。良いか、魔族の女よ。忘れるな。私がここで死すとも、ヨナ様は必ず世界から穢れを払われる！」

それが末期《まつご》の言葉となった。

神の徒として、満足のいく最期だったかもしれない。

バルブロ・イスフェルトはリーゼの双剣に喉を裂かれ、絶命したのだった。

侯爵位を持つ大貴族であり、イスフェルト領を治める領主であり、霊峰の大神殿を預かるヨナ教団の司教。

ロンドシウス王国の重鎮であり、この戦いの司令官でもある。

それが敗死した。

「ふぅ……」

戦いを終え、リーゼは息を吐き出す。

その吐息には、あまりに多くの感慨が含まれていた。

◆

「見えるかい、ダン」

「ああトマス。見えているよ」

二人の目には、第二騎士団と済生軍が退いていく姿が映っていた。

彼らは大神殿に戻るのではなく、霊峰の南側へ下っていく。

南側は、第二騎士団がすでにレゥ族を降した方角であり、もうそちらに戦場は無い。

そして麓の向こうにあるのは、レゥ族支配地域を迂回して王国へ帰る道である。

つまり、彼らは退却しているのだ。

「これは……終わった、のか?」

トマスは、抑揚を失った声を漏らした。

まだ信じられないのだ。

勝利を信じて戦ってきた。

だが、実際に撤退していく敵を目にした今、実感を得られないでいる。

それはダンも同じだった。

なにせ、霊峰を陥落させるというのは、世界と歴史に対する、あまりにも大きな挑戦なのだ。

少し前の自分なら、絶対に不可能と考えるであろう作戦である。

今、本当にそれが成ったのかと、どこかに謀《はかりごと》があるのではないかと、懐疑的にもなるというものだった。

そこへ、伝令の声が届く。

高揚に染まったその声が、霊峰の山頂に響いた。

「バルブロ・イスフェルト、ならびにステファン・クロンヘイム撃破！　敵軍は撤退！」

静まり返る仲間たち。

皆が報告の意味を咀嚼している。

敵将を討ったのだ。

目の前の巨大な神殿へ踏み込んでいった頼れる味方が、敵の大将を倒し、そして敵軍は撤退していった。

一拍おいて、熱を持った声が戦場全体に沸き上がる。

「おおおおぉぉぉぉぉぉぉ!!」

雄たけびをあげる者、嗚咽する者、両手を天に掲げる者。

誰もが涙を零している。

誰もが勝利を喜んでいる。

彼らは勝ったのだ。

「やった！　やったぞおい！」

どかりと、咳《せ》き込むほどの衝撃がトマスに。

一人の魔族兵が、強く肩を組んできたのだ。

隣では、別の男がダンの背中に手を当て、声をかけていた。

「聞こえるか？　勝ったんだぜ、俺たち！」

「ああ、聞こえているよ。皆でもぎ取った勝利だ」

笑顔を浮かべてそう言うと、ダンは気を失い、崩れ落ちてしまった。

体力は限界だったのだ。

「あ、いかん！　おい、こっち！　回復班！」

「こっちのノッポの兄ちゃんもヤバい！　急げ！」

トマスも、微睡《まどろ》むように意識を手放す。

二人は笑顔で気絶していた。

◆

「司令官イスフェルト侯爵、戦死！」

伝令の声にも表情を変えないティセリウス。

しかし、霊峰の陥落という途轍《とてつ》もないこの事態を、彼女とて予想していたわけではなかった。

美しい睫毛《まつげ》が僅かに揺れる。

「クロンヘイム団長が司令官代理となって、山頂から指揮を執ることも考えられるが……」

副団長フランシス・ベルマンがそう言った。

確かにクロンヘイムであれば、第二騎士団と済生軍の残存兵力を糾合し、組織的な防衛戦を続行することが可能なはずである。

「それが……」

伝令が言い淀んで目を伏せる。

それを見たティセリウスは察し、そして今度は明確に表情を変えた。

瞠目し、唇から感嘆に満ちた声を漏らす。

「ロルフ……！　クロンヘイムをすら……！」

その横でベルマンが問う。

「第二騎士団と済生軍は？」

「南側へ撤退しています！　山頂と大神殿は完全に制圧された模様！」

つまり、王国と教団は完敗を喫したのである。

そうとなれば、ティセリウスのとるべき行動は決まっている。

第一騎士団も撤退するのだ。

この東側の麓付近からなら、南側へ出ることが出来る。

交戦中の反体制派、およびレゥ族も、まさか追ってはくるまい。

「フランシス、全軍に戦闘の停止を命じよ」

「やむを得ませんな」

最強の第一騎士団が踏み留まり、戦闘を続行すべし。

そう主張する者は、ここには居ない。

最強であればこそ、それが無意味であると分かっている。

第二騎士団も済生軍も、リーダーを失い、敗れた。

この地の領主は死に、そして本拠であった大神殿も制圧されたのだ。

敗戦を受け入れるよりほか無い状況。

なお戦いを選んでも、山頂と麓から挟撃を受け、無為に兵を減らすのみである。

「あの連中も見事だったな」

ティセリウスは言った。

その視線の先に居るのは、反体制派とレゥ族である。

彼らはついに、第一騎士団を相手取って戦い抜いた。

潰走することなく、最後まで戦ったのだ。

ティセリウスは、胸中に若干の感謝を自覚している。

反体制派とレゥ族が第一騎士団を最後まで引きつけていなければ、ティセリウスは山頂へ戻り、次の戦いに臨んでいた。

そして、その戦場で彼に見《まみ》えていたら……。

「…………」

「お嬢様」

「帰るぞ。撤退だ」

最後に振り返り、ティセリウスは山頂へ目をやった。

届くはずの無い視線を相手へ向けたのだ。

◆

「あいつら……南側へ向かってないかい？」

レゥ族と反体制派が糾合し、兵力を増大させても、なお第一騎士団は強大だった。

勝ち筋など見えず、しかしそれでも士気は保ち、皆、全力で戦っていた。

フリーダもその一人である。

傷だらけになり、肩で息をしながらも、なお剣を握る手に力を込め、戦い続けた。

そして折れぬ心で敵を見据えていた彼女は、異変に気づく。

第一騎士団は戦闘を止めると、霊峰の南へ向けて動き始めたのだ。

南側の麓にはレゥ族が本陣を張っていたが、彼らは全軍で反体制派の救援に来ている。

つまり、向こうに戦場は無い。

「山頂へ戻るでもなく南へ？　これは……」

エリーカが疑問に声をあげる。

ある可能性に気づいているが、それを信じ切ることが出来ない。

そんな彼女に向け、デニスが言った。

「勝ったんだよ。私たちは」

そう言って、どさりと地面に尻をつく。

大きく息を吐いて、顔を上へ向けた。

「デ、デニス。つまり……？」

「つまりも何も、言葉のとおりだよ。山頂でロルフ殿たちが勝った。結果、霊峰の戦いは我々の勝利に終わったわけだ」

勝った。

デニスのその言葉の意味を、フリーダはすぐには理解出来なかった。

だが状況から見て明らかである。勝ったのだ。

生き延びてしまったな。

デニスは、頭の中でそう呟く。

第一騎士団を相手に踏み留まって戦うという彼の選択は、多くの死傷者を出した。

その選択の正しさを理解してはいる。

だが、このうえは一人でも多くの部下たちを、そしてフリーダを生きて帰すために、自分の命は捨てるつもりだった。

しかし、そこに至ることなく戦いは終わった。

勝利によって。

周囲にも、勝ったという事実が伝わっていく。

そして少しの間を置いて、皆が歓喜の声をあげた。

泣き、笑い、そして抱き合う。

人間と魔族も抱き合っている。

それを見て、口元に笑みを浮かべるデニス。

エリーカもその光景に微笑んでいた。

だがその笑顔には影が差している。

それに気づいたデニスは立ち上がり、彼女に近づいた。

エリーカの肩に、そっと手を置く。

そして真剣な顔と声音で言った。

「私もずいぶん喪ったが……」

「……？」

「死者はいつだって共に居るよ。これは本当だ。いずれきっと分かる」

それを聞き、エリーカの双眸《そうぼう》に涙が浮かぶ。

そして、ひとしずくがぽろりと零れた。

エリーカは涙に揺れる目を細め、笑顔を作る。

「……ありがとう」

◆

「許せぬ……！」

這《ほ》う這《ほ》うの体《てい》であった。

アネッテは、撤退の列の最後尾にあって、屈辱に顔を歪める。

彼女は大神殿の一階で敵と交戦した。

味方であったはずの敵だ。済生軍のアルフレッドとマレーナである。

そして敗れた。

第二騎士団の副団長である彼女でも勝てなかった。

大神殿からの敗走を余儀なくされたうえ、しかも悪夢のような報告を受ける。

クロンヘイムが死んだのだ。

結果、彼女たちは霊峰からの撤退に至っている。

最悪を極める事態の中、彼女は口中でぶつぶつと呪詛《じゅそ》を吐く。

呪詛は復讐の言葉だった。

敬愛する団長のため、彼女は復讐を誓っているのだ。

「まさか、こんなことになるとは……。予想もしていなかった……」

うしろでフェリクスが言った。

その、ぼそぼそとした、いかにも気弱な物言いがアネッテを苛立たせる。

彼女は振り返り、中年の軍師を叱責した。

「貴様の予想が外れたことなど、どうでも良い！　それより次の戦いの算段を整えろ！」

「ああ、いや。私はただ驚いているのです。敵が、こうも予想の上を行くとは……」

アネッテの目に、フェリクスは敗戦を深刻に受け止めていないように見えた。

どこか他人事《ひとごと》のように感想を述べている。

それが彼女を激昂へ追い立てた。

「貴様！　敵を褒めてどうするか！　状況が分かっているのか！」

「分かってますよ。第二騎士団は敗れ、団長、副団長とも戦死。終わりです。団は解体のうえ、ほかへ糾合されることになるでしょう。勝てればそれで良かったのですが……」

副団長も戦死と彼は言った。

意味の分からない言葉を、アネッテは問い糺《ただ》す。

「何を言っ――――」

だが、最後まで言葉に出来ない。

腹へ深く短剣が刺さっているためである。

短剣を刺したフェリクスは、憐《あわ》れな者を見る目をしていた。

「こうやって、届かぬ場所へ刃を突き立てる。それこそ強さなのです。貴方がた〝武人〟には、それが理解出来ない」

だが、それと同時に周囲から槍が突き込まれてくる。

その武人の矜持を振り絞り、アネッテは血を吐きながら腰の剣に手を伸ばした。

「あが……！」

本来であれば、謀殺の刃を易々と身に受ける彼女ではない。

だが戦傷と疲労の蓄積した身である。

アネッテは自らの死を理解し、膝をついた。

しかしその目はフェリクスを見据え、最期に問うている。

誰が私を殺したのだ、と。

それを言葉にすることは叶わなかったが、フェリクスには伝わった。

だから彼は、目に憐れみを湛えたまま、冥土の土産とばかりに答えてやるのだった。

「そりゃあエーリク・リンデル殿ですよ」

◆

「第一騎士団はあのまま離脱していきました」

「分かった」

撤退した第一騎士団が、そのまま霊峰を離れたという報告を受け、俺たちは息を吐く。

これで終わってくれた。

「…………」

「どうしたの？　ロルフ」

「いや、何でもない」

さっき一瞬、視線を感じたのだ。

憶えのある視線だったが、さすがに気のせいだろう。

結局、エルベルデ河以来の、望まぬ再会とはいかなかったな。

それを喜ぶべきなのかどうか……。

「ありがとう。もう大丈夫だ」

「傷は塞がりましたが、安静にしてくださいね。かなり出血してますから」

回復術士に礼を言い、あたりを見まわす。

俺は大神殿の入口付近に座っていた。

霊峰は夜を迎え、空に星が瞬き出した。その星空の下、皆が勝利を喜んでいる。

「さて、戦後処理を始めないとな。まず部隊長たちと話を……」

「私がやるから座ってなさい。安静にしてろって言われたでしょ」

俺を気遣うリーゼ。

申し訳ないが、ここは甘えさせてもらうとするか。

「それと、貴方たちのことも話さなきゃね。私たちと来るでしょ？」

リーゼが問う。

彼女の視線の先に居るのは、アルフレッドとマレーナだ。

「うむ。私はそう決めた。厄介にならせて頂こう。マレーナもそうであろう？」

「お、おらも行って良いだか……？」

「良いに決まってるじゃない」

「ああ、友を拒む理由は無い」

「………………」

俺の言葉を聞くと、マレーナはやや硬い笑顔を浮かべ、それから頷く。

ヘンセンに居を移すことを決めてくれた。

彼女とアルフレッドは恩人だ。二人が居なければ、俺たちは禁術により大敗を喫していたのだ。

きっと皆に受け入れられるだろう。

いや、それが無くとも友誼を結べるに違いない。

なにせ今日、魔族と人間は共に戦い、そして勝ったのだ。
少し前まで、まず考えられなかったことが起きたのである。
今日という日は、歴史の中で至上の意味を持つ一日になる。
きっとそうなるはずなのだ。俺たちが、前を向いて歩き続ければ。
……そうだよな？
夜空に息を吐きながら、友に、去った魂たちにそう問いかけた。
美しい夜空だった。
「何を見てるの？」
「空を。山の夜空は綺麗だ」
「あ、ほんとだ」
リーゼも空を振り仰ぐ。
多くの血が流れた日に、美しい夜空はやや皮肉にも見える。
だが星明りは穏やかで、何かを悼むようであり、何かを言祝《ことほ》ぐようでもあった。
そして俺は、遠くヘンセンのある北西の空へ目を向けた。
まだ最終ミッションが残っているのだ。
すなわち、必ず帰るという約束が。

さあ、任務を完遂するとしよう。

あとがき

作者の美浜《みはま》でございます。狭いです。この第五巻はこれまでで最大のボリュームとなっておりますため、紙幅を使い果たし、あとがきが一頁《ページ》になってしまいました。

ただ、既刊の本項を見て頂く限り明らかだと思いますが、当方あとがきは甚だ不得手につき、渡りに船とは言わぬまでも、ややホッとした次第です。

〝あとがき〟でググってみたところ（そんなことをしている作家も珍しいでしょうね）読者諸氏への手紙と考えて書くべし、との記述を見つけ得心したものですが、手紙も不得手なのでした。

とりあえず、あれです。最近どうですか？

一巻のあとがきに、コロナ禍の混迷の只中《ただなか》にて平穏を願う旨、書かせて頂きました。しかしその直後に東欧で、更には今日に至って中東でと戦火が熾《おこ》り、平穏は遠ざかるばかりです。

私が書いている小説は恐らく戦記物に類されるのでしょうが、こういう作品も、平和な世の中で語られる絵空事としてこそ楽しめるというものです。皆様に憂いなく作品を喜んで頂ける世であって欲しいと強く願っております。

一方で、そんなことを思うあまり、作品に込めるメッセージを強めようなどと、賢《さか》しく考え始めぬよう、きっと注意せねばならないのでしょう。本作はエンターテインメント作品です。ただ楽しんで頂き、そのうえで登場人物たちから、何かほんの一握りの示唆や共感を受け取って頂ければ、それが作者にとっては望外の喜びです。

貴方《あなた》にとって本巻は如何《いかが》でしたでしょうか？

美浜ヨシヒコ

電撃の新文芸

煤《すす》まみれの騎士《きし》 V

著者／美浜《みはま》ヨシヒコ
イラスト／fame《フェーム》

2024年1月17日　初版発行

発行者／山下直久
発行／株式会社ＫＡＤＯＫＡＷＡ
〒102-8177　東京都千代田区富士見2-13-3
0570-002-301（ナビダイヤル）
印刷／図書印刷株式会社
製本／図書印刷株式会社

【初出】……………………………………………………………………

本書は、「小説家になろう」に掲載された『煤まみれの騎士』を加筆・修正したものです。
※「小説家になろう」は株式会社ヒナプロジェクトの登録商標です。

ISBN978-4-04-915364-4　C0093　Printed in Japan

ファンレターあて先
〒102-8177
東京都千代田区富士見2-13-3
電撃の新文芸編集部

「美浜ヨシヒコ先生」係
「fame先生」係